DANIELLE STEEL

Une centaine d'ouvrages publiés en France, 800 millions d'exemplaires vendus à travers le monde : Danielle Steel est un auteur dont le succès ne se dément pas depuis maintenant plus de trente ans. Une catégorie en soi. Un véritable phénomène d'édition. Elle a été promue au grade de chevalier de l'ordre de la Légion d'honneur.

Retrouvez toute l'actualité de l'auteur sur :
www.danielle-steel.fr

L'APPARTEMENT

DANIELLE STEEL

L'APPARTEMENT

ROMAN

Traduit de l'anglais (États-Unis)
par Marion Roman

PRESSES
DE LA CITÉ

Titre original :
THE APARTMENT
L'édition originale de cet ouvrage a paru chez Delacorte Press,
Penguin Random House, New York

Ce livre est une œuvre de fiction. Les noms, les personnages, les
lieux et les événements sont le fruit de l'imagination de l'auteur ou
sont utilisés fictivement. Toute ressemblance avec des personnes
réelles, vivantes ou mortes, serait pure coïncidence.

Pocket, une marque d'Univers Poche,
est un éditeur qui s'engage pour la préservation
de l'environnement et qui utilise du papier fabriqué
à partir de bois provenant de forêts gérées
de manière responsable.

Le Code de la propriété intellectuelle n'autorisant, aux termes de l'article
L. 122-5, 2° et 3° a, d'une part, que les « copies ou reproductions strictement réservées à l'usage privé du copiste et non destinées à une utilisation
collective » et, d'autre part, que les analyses et les courtes citations dans
un but d'exemple et d'illustration, « toute représentation ou reproduction
intégrale ou partielle faite sans le consentement de l'auteur ou de ses
ayants droit ou ayants cause est illicite » (art. L. 122-4).
Cette représentation ou reproduction, par quelque procédé que ce soit,
constituerait donc une contrefaçon, sanctionnée par les articles L. 335-2
et suivants du Code de la propriété intellectuelle.

© Danielle Steel, 2016

place
des
éditeurs

© Presses de la Cité, un département
2018 pour la traduction française
ISBN 978-2-266-29082-1
Dépôt légal : mai 2019

À mes enfants bien-aimés :
Beatrix, Trevor, Todd, Nick,
Sam, Victoria, Vanessa,
Maxx et Zara.

Je vous souhaite à tous
Un Happy End,
Des amis à foison,
Et, en amour, de trouver « le bon ».
Que vos jours soient toujours doux
Et la vie tendre avec vous.

Je vous souhaite la paix, le bonheur
Et l'amour,
De tout mon cœur, avec tout mon amour.

Maman/D.S.

1

Claire Kelly gravit l'escalier aussi vite que le lui permettaient ses sacs de provisions. C'était son tour de faire les courses pour ses colocataires, mais grimper jusqu'au quatrième étage avec tous ces sacs n'était pas une mince affaire, surtout en petite robe noire et spartiates à talons compensés.

C'était le mois de septembre à New York, et il faisait lourd pour la saison. Claire rentrait du bureau. Elle travaillait comme styliste chez Arthur Adams, une marque de chaussures robustes, classiques, et ennuyeuses comme la pluie. Walter Adams, le fils du fondateur, soutenait mordicus que les souliers extravagants qui faisaient fureur de nos jours n'étaient qu'une mode passagère et il rejetait en bloc toutes les propositions innovantes que lui soumettait Claire. « Notre clientèle n'est pas de prime jeunesse. Elle a besoin de repères. Avec Arthur Adams, on sait ce qu'on achète ! », lui répétait inlassablement le septuagénaire lorsqu'elle se risquait à lui suggérer de dépoussiérer l'image de la marque ou de se lancer à la conquête de nouveaux marchés.

La jeune femme tentait de se faire une raison. Il fallait bien payer le loyer. Du reste, aucun boulot n'était parfait. Dans la chaîne de chaussures bon marché où elle avait fait ses débuts, on encourageait la créativité, mais la qualité des produits laissait à désirer, si bien que la boîte avait fini par couler. Au moins, le vieux Walter mettait l'accent sur l'excellence. Réfractaire au changement, il avait conservé les mêmes partenaires qu'au temps de son père, et les fabricants, situés en Italie, près de Milan, comptaient parmi les plus respectés du secteur. Lorsque Claire se rendait sur place, à Parabiago, deux à trois fois par an, elle ne pouvait s'empêcher de lorgner les collections plus exaltantes des marques concurrentes…

Claire atteignit enfin le palier du quatrième. Ses cheveux blonds lui collaient à la nuque.

Au moins, j'économise l'abonnement à la salle de sport ! se consola-t-elle pour la énième fois.

Cela faisait près de dix ans qu'elle habitait là. Elle avait déniché cet appartement par hasard, peu avant son vingtième anniversaire. Elle flânait dans les rues sans but précis. Elle avait d'abord traversé Chelsea, puis un ancien quartier chaud en voie de réhabilitation, avant de déboucher sur Hell's Kitchen. Cette zone du West Side avait longtemps eu mauvaise réputation : au XIXe siècle, des populations d'immigrants italiens, irlandais et portoricains y vivaient dans la misère et l'insalubrité, et c'était un foyer de criminalité. Mais, en cet après-midi de printemps, Claire n'y avait décelé aucune trace de ce sinistre passé. Cela faisait un certain nombre d'années que danseurs, acteurs et metteurs en scène en avaient fait leur pré carré, à cause de la proximité des théâtres, du célèbre Actors Studio, du Baryshnikov Arts Center ou encore de l'Alvin Ailey Dance Theater. Les vieilles usines et les entrepôts avaient été pour la plupart reconvertis en appartements, et leurs façades décaties conféraient au quartier charme et authenticité.

C'était sur l'une de ces façades que Claire avait repéré l'annonce qui faisait mention d'un loyer plafonné. La jeune fille logeait à l'époque dans la résidence privée de son école de design Parsons, où sa mère avait également étudié, mais sa chambre était au-dessus de ses moyens. Le soir même, elle téléphonait au propriétaire. Le lendemain, elle visitait l'appartement.

Il se révéla étonnamment spacieux. Un vaste séjour aux murs de brique nue et au sol de béton ouvrait sur quatre anciens débarras assez grands pour faire office de chambres. Il y avait en outre une salle de bains ainsi qu'une cuisine équipée. C'était beaucoup trop grand. Et deux fois trop cher. Mais l'appartement était lumineux, clair et en bon état ; les parties communes semblaient bien entretenues… Certes, la cage d'escalier était sombre et le quartier restait un peu limite (le propriétaire avait indiqué non sans fierté que la rue était considérée autrefois comme « un véritable coupe-gorge »). Claire avait cependant eu un coup de cœur. Elle résolut sur-le-champ de trouver une colocataire.

Heureuse coïncidence, elle faisait la semaine suivante la connaissance d'une étudiante en littérature à la recherche d'un logement. À première vue, tout opposait Claire Kelly et Abby Williams. Abby était aussi petite et menue que Claire était grande, aussi brune que Claire était blonde. Claire avait grandi à San Francisco ; Abby à Los Angeles. Claire était passionnée de stylisme ; Abby ne vivait que pour l'écriture. En outre, contrairement à Claire, Abby avait des parents aisés. Apparemment, ils « bossaient pour la télé » (Claire apprendrait par la suite que son père dirigeait une chaîne populaire et que sa mère produisait des séries à succès).

Contre toute attente, le courant passa immédiatement entre les deux jeunes femmes. Elles étaient l'une comme l'autre enfant unique, brûlaient de la même ambition et mettaient le même zèle à réussir leurs études. Bref ! Claire proposa à Abby de visiter l'appartement, celle-ci en tomba amoureuse et c'est ainsi que, quelques semaines plus tard, avec la bénédiction (et la caution) de leurs parents, elles emménagèrent.

Neuf ans plus tard, elles y étaient toujours.

Au début, elles avaient vécu seules, entretenues par leurs parents. Une fois diplômées, cependant, elles avaient décidé de sous-louer deux chambres afin de prendre leur indépendance. Claire avait rencontré Morgan Shelby à une fête dans l'Upper East Side, chez des traders. L'ambiance était morose, les traders semblaient imbus d'eux-mêmes, et Claire s'apprêtait à partir quand une belle brune tout en jambes à la coupe de cheveux impeccable l'avait abordée. Elle s'appelait Morgan. Elle partageait un appartement dont le loyer était trop élevé pour elle, avec une fille qu'elle ne pouvait pas encadrer. Elle cherchait donc à déménager et, tant qu'à faire, à se rapprocher de son lieu de travail, à savoir Wall Street. Claire avait pris son numéro, puis délibéré avec Abby. Morgan avait vingt-huit ans et gagnait bien sa vie, tandis que Claire découvrait à peine le monde du travail et qu'Abby finançait sa passion pour l'écriture en travaillant comme serveuse. Sans être fauchées, elles ne roulaient pas sur l'or et elles craignaient de se trouver en décalage avec cette businesswoman. Elles l'invitèrent néanmoins à visiter l'appart. Le côté chaleureux et le sens de l'humour de Morgan eurent rapidement raison de leurs hésitations.

Et c'était Abby qui avait rencontré Sasha. Par l'entremise d'amis communs. Sasha était étudiante en médecine, interne en obstétrique et gynécologie, et elle cherchait une chambre dans une colocation. « Entre la

12

fac, les gardes à l'hôpital et les exams à réviser, vous ne me verrez jamais ! », avait-elle promis aux trois autres. Sa précaution oratoire se révéla superflue : douce, bienveillante, Sasha fit l'unanimité. La seule chose qu'on pouvait à la rigueur lui reprocher, c'était d'avoir omis de mentionner l'existence de sa jumelle. Valentina débarqua un jour à l'appartement (elle avait visiblement un double des clés), arborant une crinière blonde, un jean et un tee-shirt identiques à ceux de sa sœur. Les autres en étaient restées bouche bée – il était pratiquement impossible de les distinguer l'une de l'autre.

Pourtant, au-delà de leur troublante ressemblance physique, Sasha et Valentina étaient comme le jour et la nuit. Valentina était mannequin de défilé : elle évoluait dans des sphères d'argent et de pouvoir et allait de fête en fête, toujours à la pointe de la mode. Tandis que la garde-robe de Sasha consistait en une collection de blouses blanches et de sabots antidérapants.

C'est ainsi que Claire, Abby, Morgan et Sasha s'étaient retrouvées à vivre ensemble dans le grand loft de Hell's Kitchen. Qui était – toutes s'accordaient à le dire – une véritable perle rare. Deux cents mètres carrés, dans un quartier de plus en plus prisé ! S'il n'avait pas l'élégance du West Village, de Tribeca, ou de SoHo, il n'en avait pas non plus la prétention ni les loyers exorbitants. Il conservait ce charme rugueux qui, ailleurs, s'était émoussé. À Hell's Kitchen, on était dans le vrai. Un peu comme à Greenwich Village dans les années soixante. C'était du moins ce que se plaisaient à penser les filles.

Certes, l'appartement avait ses défauts : l'absence d'ascenseur, la présence d'une caserne de pompiers à proximité (parfois, la nuit, on entendait hurler les sirènes des camions) et la mauvaise isolation. L'hiver, la grande pièce commune était très lente à se réchauffer et, l'été, la climatisation mettait un temps fou à rafraîchir les murs de brique. Cependant, les quatre jeunes femmes y vivaient heureuses, d'autant qu'avec le temps elles étaient devenues bien plus que de simples colocataires : des amies pour la vie.

C'est en ressassant son éternelle préoccupation que Claire franchit le seuil de l'appartement. Comment allait-elle réussir à percer dans le monde de la mode si elle continuait à croupir chez Arthur Adams ? Bien sûr, au vu du contexte économique, avoir un job était une bénédiction, mais elle ne voulait pas renoncer à ses rêves. Sa mère avait tourné le dos à une carrière prometteuse de décoratrice d'intérieur à New York pour soutenir son mari lorsque ce dernier s'était piqué de monter une affaire à San Francisco. Quand l'entreprise avait fait faillite, il en avait monté une autre, puis une autre, et ainsi de suite. L'argent avait commencé à manquer. La mère de Claire s'était mise à accepter de petits contrats – en cachette, par égard pour son époux. À la fin, aigri et à bout de ressources, ce dernier avait accepté un poste ingrat dans une agence immobilière. Claire s'était promis de ne jamais faire passer ses ambitions professionnelles après celles d'un homme. Jamais elle ne renierait son talent pour ménager l'ego d'un autre. Toute sa vie durant, elle avait vu ses parents se saigner aux quatre veines pour payer ses frais de scolarité et ses colonies de vacances. Si c'était cela, le mariage, très peu pour elle ! Elle n'était pas près de tomber dans le panneau.

Morgan avait sur la question une position encore plus radicale. Sa mère n'avait pas seulement sacrifié ses rêves sur l'autel du mariage : elle y avait laissé la vie. Ballerine professionnelle à Boston, elle avait abandonné la danse quand elle était tombée enceinte d'Oliver, le grand frère de Morgan, et ne se l'était jamais pardonné. Son amertume avait empoisonné son mariage et elle avait sombré dans l'alcool. Une cirrhose l'avait emportée alors que les enfants étaient adolescents. Leur père était mort peu après dans un accident de la route. Morgan avait financé seule ses études, et Claire savait qu'elle venait tout juste de finir de rembourser ses prêts étudiant. « Ne dépendre que de soi-même », telle était sa devise. Alors, se marier ? Pour revivre l'enfer de son enfance, les disputes de ses parents, les cuites de sa mère, qu'elle trouvait ivre en rentrant de l'école ? Sans façon.

Sasha et Valentina, elles, avaient eu une enfance heureuse. Toutefois, peu après leur départ de la maison, leur père avait quitté leur mère pour une jeune femme de vingt-trois ans qui représentait à l'époque sa chaîne de grands magasins. Il l'avait épousée et elle lui avait donné deux adorables fillettes – il était un vrai papa poule. Mais son ex-femme refusait de tourner la page. Déjà avant sa séparation, cette avocate d'Atlanta spécialisée dans les divorces était connue dans le milieu pour sa férocité. Depuis, elle était plus hargneuse que jamais. Elle passait son temps à casser du sucre sur le dos de son ex-mari en prenant ses filles à partie. Dans la mesure du possible, Sasha préférait l'éviter. Chaque fois qu'elle avait sa mère au téléphone, elle ressortait épuisée de la conversation.

Des quatre colocataires, Abby était sans doute la moins à plaindre à cet égard : le couple de ses parents se portait bien. Certes, tout à leurs florissantes carrières, ils avaient sans doute un peu négligé leur fille, mais du moins l'avaient-ils toujours incitée à suivre sa propre voie. Laquelle se révélait semée d'embûches. Au cours des cinq années passées, l'aspirante romancière ne s'était guère rapprochée de son but. Tandis que Claire étoffait son C.V., que Morgan gravissait les échelons à Wall Street sous les ordres d'un patron qu'elle adorait – un certain George Lewis – et que Sasha se spécialisait dans les grossesses à risques et les problèmes d'infertilité, Abby, pour sa part, faisait du sur-place. Elle avait bien commencé un roman, mais l'avait abandonné après sa rencontre avec Ivan Jones. Ce metteur en scène de seconde zone l'avait persuadée de rédiger pour lui des textes expérimentaux. Les proches d'Abby s'en désolaient, mais Ivan prétendait qu'il allait monter ses pièces et faire d'elle une star du théâtre d'avant-garde. Pour Sasha, Morgan et Claire, cela ne faisait pas l'ombre d'un doute : l'homme était un escroc. Hélas ! Abby était amoureuse ; elle le considérait comme un génie incompris.

Son palmarès n'était pourtant guère engageant. À quarante-six ans, Ivan sous-louait à un ami un meublé microscopique. Il avait trois enfants qu'il ne voyait jamais, prétextant des relations compliquées avec leurs mères respectives, qui auraient risqué de « troubler le flux de son inspiration ». Surtout, Ivan exploitait effrontément Abby. Sous le titre ronflant d'« assistante-metteuse en scène », elle tenait pour lui la billetterie, passait l'aspirateur, bricolait les décors de ses pièces… Elle lui prêtait même de l'argent. Pour le moment, elle n'en avait pas revu la couleur, mais, confiante de nature, elle persistait à croire envers et contre tout en l'honnêteté d'Ivan. Il traversait une mauvaise passe, voilà tout.

En réalité, Abby avait le don de miser sur le mauvais cheval. Au cours des cinq dernières années, ses colocataires avaient vu défiler quantité de losers et de bonimenteurs. D'abord, il y avait eu cet acteur sans le sou, infichu de garder un boulot, même de serveur, qui avait squatté pendant un mois le canapé du salon (le jeune homme – précision non anodine – était amoureux, non pas d'Abby, mais d'une fille en clinique de désintoxication). Puis il y avait eu le prétendu poète. Puis le pseudo-artiste, puis le comédien raté. Sans oublier l'aristocrate anglais déchu qui siphonnait les économies de la jeune femme. En somme, toute une galerie de minables qui n'avaient eu de cesse de la manipuler et d'abuser de sa générosité avant de la laisser tomber comme une vieille chaussette. Ivan Jones n'était que le dernier en date. Sasha, Morgan et Claire avaient tenté plusieurs fois de raisonner Abby, mais celle-ci se braquait quand elles critiquaient Ivan.

Claire était célibataire et s'en félicitait. Les relations sentimentales ne l'intéressaient pas. Parfois, elle acceptait un ou deux rendez-vous, mais aucun homme ne pouvait rivaliser avec sa passion pour le stylisme. Quand ils s'en apercevaient, ses prétendants préféraient aller voir ailleurs.

Sasha n'était pas aussi intransigeante et, belle comme elle l'était, les sollicitations ne manquaient pas… Mais ses relations ne duraient jamais longtemps : son emploi du temps ne laissait pas de place à l'amour. Quand elle ne travaillait pas, elle était trop fatiguée pour sortir, et même les plus mordus de ses courtisans se décourageaient rapidement. « Il sera toujours temps de me caser plus tard », répétait Sasha à qui voulait l'entendre, comme pour s'en persuader.

Finalement, seule Morgan avait un compagnon digne de ce nom. Max Murphy tenait un restaurant gastronomique à deux pas de l'appartement. C'était là que les filles l'avaient rencontré. Max et Morgan s'étaient plu au premier regard et, trois jours plus tard, ils sortaient ensemble. Max était un homme très pris. Le matin, il se rendait au marché, puis il préparait le premier couvert et, le soir, il restait jusqu'à la fermeture de son établissement. C'était un féru de cuisine, un bourreau de travail et surtout, de l'avis de toutes, « un mec bien ». Il ne demandait d'ailleurs qu'à épouser Morgan et à fonder une famille. Lui-même était issu d'une grande fratrie ; son enfance avait été bercée par un joyeux chaos d'amour et de chamailleries au sein d'une famille d'origine irlandaise. À trente-cinq ans, il se sentait prêt à devenir père à son tour. Toutefois, Morgan avait joué cartes sur table dès le début : le mariage et les enfants, ça ne lui disait rien. Max respectait son choix, même s'il ne pouvait s'empêcher d'espérer qu'elle change d'avis avec le temps…

Claire enfila un short et un tee-shirt, troqua ses sandales compensées contre une paire de tongs et s'installa à sa table de dessin dressée dans un coin du grand salon. Quelques instants plus tard, Abby pénétra dans l'appartement. À sa vue, Claire éclata de rire : elle était tartinée de peinture de la tête aux pieds. Elle en avait jusque dans les cheveux.

— Laisse-moi deviner, lui lança gaiement Claire. C'était atelier décors, au théâtre, aujourd'hui ?

— Ne m'en parle pas ! grogna Abby en se laissant tomber sur le canapé. J'ai mariné dans les vapeurs de peinture toute la journée. Ivan avait rendez-vous avec un mécène qui va peut-être lui avancer des fonds pour sa pièce.

— Ah… J'ai fait les courses, au fait. Il y a des sushis au frigo, si tu as faim.

— Merci, mais je suis trop vannée pour manger. En plus, la peinture m'a donné mal au cœur. Je vais prendre un bain, et au lit ! Tu as passé une bonne journée, toi ?

Claire sourit. Même recrue de fatigue, Abby ne manquait jamais de prendre des nouvelles de ses amies.

— Walter a rejeté toutes mes propositions, pour changer, répondit la styliste d'un ton résigné. Il veut que je les « adapte au style de la maison ». Et on m'a collé une nouvelle stagiaire sur le dos. Une Française un peu prétentieuse. D'après elle, en matière de mode, nous sommes des amateurs. Elle n'a que vingt-deux ans, mais elle me prend de haut, tout ça parce que sa mère bosse chez Chanel !

— Tu n'as qu'à me l'envoyer, il me reste quelques panneaux à peindre. À moins qu'elle ne préfère passer l'aspirateur ?

— Ce qui la botte, apparemment, c'est de critiquer mes croquis…

Une clé tourna dans la serrure et Morgan apparut sur le seuil. Jupe courte, veste en lin bleu marine, escarpins à talons hauts, elle était l'élégance faite femme.

— Bon sang, ce maudit escalier aura ma peau ! pesta-t-elle en déposant sur la table des sachets de plats à emporter. Vous n'avez pas encore dîné, les filles, j'espère ? J'ai rapporté de la salade César et du poulet rôti. Avec les compliments de Max !

Elle envoya valser ses escarpins et s'assit à côté d'Abby.

— Toi, t'as fait de la peinture. Franchement, à ta place, je me ferais embaucher sur un chantier. Au moins, tu serais payée. Et tu pourrais te syndiquer…

Elles avaient presque fini de manger quand Sasha les rejoignit enfin, un stylo planté dans son chignon flou, ses sabots d'hôpital aux pieds, son stéthoscope autour du cou.

— Devinez quoi ? J'ai mis au monde des triplés aujourd'hui !

— Waouh ! Tu n'as pas perdu ta journée ! s'exclama Claire.

— Je te sers un verre pour fêter ça ? proposa Morgan.

— Je ne peux pas, je suis de garde. En fait, on a failli perdre un des bébés. La mère a quarante-six ans et les petits sont nés pratiquement deux mois avant terme. On était six, pour l'accouchement : trois obstétriciens, plus trois pédiatres. C'était tendu, je peux vous le garantir. Mais c'est moi qui ai refermé la césarienne.

— Quarante-six ans, c'est dingue quand même ! s'exclama Morgan.

— Les enfants ont été conçus par fécondation *in vitro*.

— Eh bien, je lui souhaite bien du courage, à cette mère.

— En plus, son mari a au moins soixante ans. Vous vous rendez compte ? Quand les petits passeront leur bac, il sera octogénaire ! Mais ils avaient l'air tellement heureux, tous les deux…

— Mouais, fit Morgan en vidant d'un trait son verre de vin. Ne compte pas sur moi pour suivre leur exemple. Quelle horreur !

— Moi, j'aimerais bien en avoir un jour, des enfants, dit doucement Abby.

— Pas avec Ivan, j'espère ? répliqua Morgan un peu trop vite. Je veux dire… Pour élever des enfants, mieux vaut pouvoir compter sur deux salaires.

— Oh, ce n'est pas pour maintenant, de toute façon. J'y penserai quand je gagnerai mieux ma vie.

Ce n'était un secret pour personne : à vingt-neuf ans, Abby dépendait encore financièrement de ses parents.

— Ne te tracasse pas, lui souffla Sasha. Il te reste du temps jusqu'à tes quarante-six ans…

— Arrête ! J'espère que ça m'arrivera avant !

Les trois autres pouffèrent. Leur amie avait tendance à tout prendre au premier degré.

— Le temps passe plus vite qu'on ne le croit, reprit Sasha en soupirant. Quand je pense que j'ai déjà trente-deux ans. C'est dingue. Il me semble qu'hier encore j'en avais dix-huit.

— Plains-toi ! geignit Morgan. Je te rappelle que je suis la doyenne du groupe. Moi, ce que j'en dis, c'est qu'il faut profiter de la vie. On a tellement d'expériences à vivre, d'échelons à gravir…

Quelques hochements de tête accueillirent cette dernière phrase.

— Bon, je vais tâcher de me reposer un peu, déclara Sasha. Bonne nuit, tout le monde !

Elle se retira dans sa chambre, et Morgan, qui devait étudier un dossier pour le lendemain, l'imita. Abby alla se doucher. Quant à Claire, l'oiseau de nuit de la colocation, elle regagna sa table de dessin.

La soirée avait été bien agréable. Il était rare que les quatre amies se trouvent réunies. On forme une vraie petite famille, songea Claire avec tendresse. Ma famille de cœur.

Le silence tomba sur le loft endormi. Claire, tout en crayonnant, pensait aux sentiments qui les soudaient, toutes les quatre. La confiance. La tolérance. Le respect. Elle ne s'arrêta de travailler qu'à deux heures du matin. Tout en se brossant les dents et en enfilant sa chemise de nuit, elle passa en revue les rêves qu'abritait le grand appartement de Hell's Kitchen. Si seulement la vie pouvait toujours continuer ainsi !

2

Le lendemain matin, alors que Morgan, assise sur un strapontin dans le métro, dépliait son exemplaire du *New York Post*, un immense sourire se peignit sur son visage : en page six, un critique gastronomique encensait le restaurant de Max. Il mentionnait non seulement la cuisine et l'ambiance du lieu mais égrenait également la liste des personnalités qui en avaient fait leur cantine : acteurs, écrivains, danseurs, athlètes… Un portrait de Max, bref mais élogieux, concluait l'article.

Morgan était une lectrice assidue de journaux. Tous les jours, elle se levait à six heures, se rendait à son club de gym pour une séance de cardio, puis s'acheminait jusqu'au quartier des affaires en dévorant le *Wall Street Journal* et le *New York Times*. S'il lui restait un peu de temps, elle parcourait la rubrique potins du *Post*. En l'occurrence, le journaliste était bien informé, et Morgan devina sans peine qui se cachait derrière l'article. Dès qu'elle émergea à l'air libre, elle téléphona à son frère.

— Salut, Oliver ! lui lança-t-elle. Merci pour le coup de pouce que tu as donné au restau.

Ses talons claquaient sur le trottoir et sa jupe courte lui valait des regards admiratifs.

— Je t'en prie, répondit le jeune homme.

Oliver était sorti major de sa promotion à la Boston University, douze ans auparavant. Il s'était rapidement fait un nom dans le milieu de la communication et des relations publiques, jusqu'à devenir vice-président d'une grosse agence new-yorkaise qui comptait parmi ses clients de nombreuses célébrités. Et notamment un joueur des Yankees que le *Post* citait comme un habitué de la table de Max. Oliver s'entendait bien avec le compagnon de sa sœur ; il était ravi de pouvoir lui faire une fleur de temps en temps.

La vie n'avait pas toujours été tendre envers lui. Après la tragédie qui les avait faits orphelins, sa sœur et lui, il avait fait son coming out. Du vivant de son père, il ne se serait jamais risqué à reconnaître son homosexualité : M. Shelby travaillait dans le bâtiment, où les préjugés avaient la dent dure. D'ailleurs, lui-même ne mâchait pas ses mots à propos des gays. Sans doute soupçonnait-il la vérité en ce qui concernait son fils. Quoi qu'il en soit, Oliver avait tourné la page. Il habitait désormais un bel appartement de l'Upper East Side avec Greg, son amoureux, et, à trente-cinq ans, il assumait pleinement qui il était.

Pour Greg, ce n'était pas si simple. C'était un Québécois qui avait grandi dans une famille très catholique, entouré de quatre frères. Trois étaient devenus, comme lui, hockeyeurs professionnels. Lorsqu'il avait annoncé à ses parents que, depuis l'école primaire, il préférait les garçons, son père en avait fait une jaunisse. Avec le temps, il s'était résigné à accepter son fils tel qu'il était, mais il en concevait toujours une profonde meurtrissure.

Greg et Oliver filaient le parfait amour depuis sept ans. Morgan et Max s'entendaient très bien avec eux et les deux couples partaient au ski ensemble quand leurs emplois du temps respectifs le leur permettaient. Greg et Oliver avait adopté des chiens : deux yorkshires et un chihuahua. Greg en était gaga et les affublait de minuscules uniformes de rangers, ce qui constituait pour Max une source d'hilarité sans fin. Son amoureux, en revanche, s'en désolait.

« Bon sang, Greg, lui disait Oliver, tu pèses cent trente kilos et t'es joueur de hockey professionnel ; tu ne pourrais pas t'acheter un vrai chien ? Un labrador, un golden retriever, je ne sais pas, moi ! Avec tes toutous miniatures, on passe pour deux grandes folles !

— Nous sommes deux grandes folles, mon chou ! », répliquait l'autre.

Même si Oliver le menaçait d'échanger ses « bébés » contre un saint-bernard, au fond, il les adorait, lui aussi. Il râlait pour la forme. Et il était fier de son compagnon : Greg comptait parmi les rares athlètes de haut niveau à être ouvertement homosexuels.

— Pour te remercier, on vous invite à dîner samedi, proposa Morgan. Vous êtes dispo ?

— Il faut que je demande à Greg. Je crois qu'il a un gala à Miami… Mais si on est là, avec plaisir !

— OK, tiens-moi au jus. Je te laisse, j'arrive au bureau. Bisous !

Elle raccrocha et recentra ses pensées sur sa journée de travail. Elle recevait ce jour-là un riche particulier en quête d'un placement intéressant pour une importante somme d'argent. George Lewis, son patron, le courtisait depuis des mois. Grâce à son expertise et à son flair hors du commun, il avait permis à un ami de ce client potentiel de réaliser des investissements très rentables. L'affaire n'était pas conclue d'avance pour autant, et Morgan avait longuement préparé la réunion. George comptait sur elle. « Non seulement tu as la bosse des maths, mais tu es plus méticuleuse que nos meilleurs comptables », lui répétait-il souvent.

Si la jeune femme et son supérieur s'estimaient mutuellement, il n'y avait jamais eu entre eux la moindre ambiguïté. George était partisan d'une stricte séparation des sphères professionnelle et privée, ce dont Morgan lui savait gré. Bel homme en plus d'être riche, il possédait à trente-neuf ans une vaste cour d'admiratrices, de la croqueuse de diamants à l'héritière soucieuse d'épouser quelqu'un de son milieu. Morgan admirait la façon dont il avait bâti sa fortune : à la force du poignet et sans jamais compromettre son intégrité. Depuis trois ans qu'elle le côtoyait, que ce soit au bureau, à l'occasion des réceptions privées données en l'honneur des investisseurs ou lors de déplacements à Dubaï ou à Tokyo, elle avait appris à le connaître et à apprécier ses valeurs.

Morgan alluma son ordinateur, passa quelques appels, puis relut sa présentation. À dix heures pile, on lui annonça l'arrivée du client. Un magnat des nouvelles technologies, que l'on disait milliardaire.

La réunion fut un succès. George lui proposa différents investissements au profil de risque plus ou moins important, et Morgan apporta des explications supplémentaires avec son professionnalisme habituel. L'homme les écouta sans ciller, semblant plutôt réceptif.

— C'est dans la poche ! décréta George après son départ.

Il était radieux. Il avait toujours eu le contact facile avec les clients mais là, il s'était surpassé.

Morgan regagna son bureau. De coups de fil en réunions, les heures s'envolèrent sans qu'elle s'en

aperçoive. Déjà, son rendez-vous de la soirée approchait. Elle devait aller boire un verre avec un analyste
financier qu'elle souhaitait interroger au sujet de deux
introductions en Bourse, dont l'une la laissait sceptique.
Ce verre, c'était également l'occasion de développer
son réseau : Morgan rêvait de gérer un jour son propre
portefeuille de clients. Elle était forte de six ans d'expérience et de capacités de travail remarquables. Certes,
elle privilégiait une approche des risques plus pondé-
rée que son patron. Sa trajectoire professionnelle serait
sans doute moins fulgurante que la sienne. Cependant,
jusqu'à présent, les choses se présentaient bien. Morgan
avait confiance en l'avenir et en la vie.

Claire aurait aimé pouvoir en dire autant. Hélas !
Elle avait passé la matinée à discuter avec son patron
de la quantité de sandales à commander pour la collection printemps-été. Comme toujours, Walter voulait
jouer la carte de la sécurité. Et, comme toujours, Claire
avait eu beau négocier, il n'avait pas cédé d'un pouce.
C'était décourageant. Pour ne rien arranger, Monique,
la stagiaire parisienne, exigeait une attention constante :
au lieu d'alléger sa charge de travail, elle l'augmentait.
Ce soir-là, lorsqu'elle poussa la porte de l'appartement, Claire était d'humeur massacrante. Si j'osais,
songea-t-elle, je lui claquerais ma démission, au vieux
Walter !
Restait l'éternel problème : l'argent. Démissionner
sans plan B aurait été du suicide. Quant à passer des
entretiens tout en continuant de travailler… Claire
n'osait pas. Si sa démarche s'ébruitait, elle se verrait
aussitôt renvoyée.

Elle soupira et jeta ses clés sur la table. Puis feuilleta son courrier sans entrain – il s'agissait toujours de factures et de publicités.

Sur le canapé, Sasha lisait un magazine, pieds nus, en short, un verre de vin à portée de main. C'était un spectacle pour le moins inhabituel.

— Ah ! se réjouit Claire. Enfin, tu t'accordes une pause ! Tu n'es pas de garde ?

— Je ne travaille pas cette semaine.

— Tiens ? Hier, tu bossais, pourtant…

Sasha eut un petit rire vague.

— Et toi ? Bonne journée ? s'enquit-elle.

— Tu parles ! Je ne sais pas qui trucider en premier : Walter, ou la peste parisienne. J'y ai pensé toute la journée. Tu ne peux pas savoir ce que j'en ai marre de dessiner des godasses moches pour des vieilles dames aux goûts démodés.

— Démissionne, alors ! Ils y perdront plus que toi. Et tu n'es pas heureuse, de toute façon.

— Je vivrais de quoi ? Je ne suis pas Crésus. Et si je reste au chômage six mois, ou pire ?

— Tu n'auras qu'à vendre tes charmes !

Claire sursauta. Cette provocation ne ressemblait pas à sa colocataire. Elle plissa les yeux et scruta la jeune femme.

— Souris, ordonna-t-elle.

— Pourquoi ?

— T'occupe. Souris, je te dis.

La jeune femme obtempéra et révéla deux rangées de dents parfaites à la blancheur éclatante.

Claire leva les yeux au ciel.

— Valentina ! Franchement, vous devriez vous faire tatouer vos prénoms sur le front, toi et ta sœur !

Elle ne l'avait pas remarqué tout de suite, mais les jumelles ne souriaient pas exactement de la même façon. Ce n'était qu'à leur sourire qu'elle parvenait à les différencier, et encore, ça n'était pas flagrant. La fantasque Valentina en profitait pour jouer des tours à son entourage. À l'en croire, Sasha étant de trois minutes son aînée, elle n'avait qu'à être sérieuse pour deux.

— Tu m'as bien eue, admit Claire.

Valentina affichait une moue polissonne.

— Sasha ne va pas tarder, reprit-elle. Je l'ai eue au téléphone : elle accouche une nana, et elle rentre. Franchement, quelle spécialité pourrie ! À sa place, j'aurais choisi un truc plus lucratif, comme la chirurgie esthétique.

— Ah ? Moi, je crois que les liftings et les rhinoplasties, ça me dégoûterait encore plus que les accouchements.

Claire se servit un verre de vin blanc. Sans la moindre gêne, Valentina avait pris la bouteille qui attendait sagement au réfrigérateur. Elle préférait pourtant le champagne ; ses adorateurs, qui étaient en général vieux, pleins aux as et en extase devant elle, la gâtaient effrontément. En conséquence, Valentina se conduisait comme une chipie. Elle ne manquait pas d'humour, mais ses caprices étaient usants. Claire et les autres la toléraient essentiellement pour Sasha.

Valentina se leva et disparut dans la chambre de Sasha. Elle en ressortit vêtue d'une jolie jupe.

— T'en dis quoi, Claire ? Pas mal, non ? Allez, je lui pique ! De toute façon, elle n'aura jamais l'occasion de la porter.

Claire ne répondit pas. Elle n'avait pas vu le vêtement sur Sasha depuis au moins un an, mais cette manière qu'avait Valentina de piocher dans les affaires des autres sans leur demander la permission l'énervait au plus haut point.

Valentina se laissa tomber sur le canapé, s'empara de la bouteille et poursuivit son monologue.

— En plus, elle me va mieux qu'à elle. Tu ne trouves pas qu'elle a maigri ? Elle bosse trop. Elle flotte dans ses fringues !

Claire ne voyait aucune différence de poids entre les deux jumelles. À ses yeux, elles étaient identiques – exception faite du sourire.

Le top model se replongea dans la lecture de *Vogue*. Une demi-heure plus tard, Sasha fit son apparition.

— Dis donc, c'est ma jupe que tu portes, Val ! fit-elle remarquer, mécontente.

— Déstresse, chérie ! Je te l'emprunte, c'est tout. Je te la rendrai.

Quand les poules auront des dents, songea Claire.

La jupe provenait d'un des magasins de leur père ; il la lui avait envoyée d'Atlanta, sachant qu'elle n'avait jamais le temps de faire les boutiques. Valentina, elle, récupérait des pièces de créateur après les shootings.

— J'y tiens, précisa Sasha. C'est un cadeau de papa.

Valentina leva les yeux au ciel. Ce n'était un secret pour personne : elle ne s'entendait ni avec son père ni avec sa nouvelle épouse. Sasha changea de sujet.

— Je sors, annonça-t-elle.

— Hein ? Tu retournes trimer à l'hosto ?

— Non, je… À vrai dire, j'ai un rencard.

Elle rougit. Valentina et Claire la regardèrent, intriguées. Cela faisait des mois que Sasha n'avait pas accepté de rendez-vous galant.

— J'avais oublié, en fait. Mais il vient d'appeler pour confirmer et…

— Qui ça, « il » ? la coupa sa sœur.

— Un type que j'ai rencontré le mois dernier. Au début, il m'a prise pour toi, d'ailleurs. C'était assez gênant, je l'ai détrompé, et...

— Pff, t'aurais pas dû !

— Quoi qu'il en soit, il m'a invitée à dîner.

— Il fait quoi dans la vie ? intervint Claire.

— Il est acteur, et mannequin pour Calvin Klein.

— Bien joué ! approuva Valentina. Il doit être canon.

— J'avoue qu'il est mignon. Dans un premier temps, j'ai refusé, mais il insistait... Bref, j'ai fini par céder. Il m'emmène à un vernissage.

Claire haussa un sourcil. Les mondanités n'étaient pas la tasse de thé de Sasha. Elle préférait les conférences médicales ou, à la rigueur, les sorties décontractées entre collègues.

— Je file me préparer, il faut que j'y sois dans une demi-heure.

— Choisis un truc sexy ! lui lança Valentina.

Sasha disparut dans sa chambre. Curieuses, Valentina et Claire l'y rejoignirent quelques minutes plus tard. Elle avait jeté sur le lit une robe toute simple en coton blanc.

— Tu vas à un vernissage, pas à la plage ! s'exclama sa sœur. Mets plutôt ta jupe moulante et ton top à paillettes. Tu permets ?

Valentina entreprit de fourrager dans le fond de sa penderie, tandis que Sasha en profitait pour se doucher.

— N'oublie pas le brushing et ne lésine pas sur le maquillage ! cria la première à travers la porte. Et il faut que tu te trouves des chaussures à talons...

Claire, qui faisait la même pointure que Sasha, alla lui chercher une paire de sandales compensées.

Dix minutes plus tard, la jeune femme était prête.

— Alors ? demanda-t-elle.

— T'es une vraie petite bombe ! s'exclama Valentina, ravie.

La ressemblance entre les deux sœurs était particulièrement frappante. Seul un détail trahissait l'identité de Sasha : elle titubait sur ses hauts talons. Il faut dire qu'elle n'en portait jamais.

— Je ne peux pas mettre des ballerines ? implora-t-elle.

— Non ! répliquèrent Valentina et Claire d'une même voix.

C'est donc clopin-clopant que Sasha descendit l'escalier, tel un double moins assuré de sa jumelle top model.

Elle héla un taxi sur la Dixième Avenue. Déjà, elle regrettait d'avoir accepté ce rendez-vous. Le type l'avait prise pour sa sœur et risquait d'être déçu. Cela était arrivé avec d'autres, par le passé. Elle soupira. Adolescente, elle chargeait Valentina de prendre sa place auprès des hommes, tandis que elle, elle s'asseyait à la table des examens de sa jumelle. C'était plus simple !

Le taxi la déposa devant une galerie de Chelsea. Elle poussa la porte. L'apercevant, Ryan fonça droit sur elle.

— Waouh ! s'exclama-t-il. Tu es renversante.

Sur ce, sans lui demander son avis, il dégaina son téléphone portable et la prit en photo.

— Hé ! protesta Sasha. Qu'est-ce que tu fais ?

— C'est pour mes followers, sur Instagram. Je poste assez souvent.

L'idée d'avoir son portrait affiché sur un compte inconnu mit Sasha mal à l'aise, mais elle n'eut pas le temps de s'appesantir sur le sujet : déjà, Ryan l'entraînait au cœur de la foule.

Il semblait connaître tout le monde. Les femmes, notamment, se montraient sensibles à son charme.

Sasha, elle, était mal à l'aise : le décolleté plongeant que sa sœur lui avait imposé ne correspondait pas à son style. Sa blouse d'hôpital lui manquait. Plusieurs hommes l'abordèrent avec amabilité, mais rien n'y fit : elle se faisait l'effet d'une copie ratée de sa sœur.

Ryan et elle se rendirent ensuite en taxi à SoHo. Le restaurant était bondé, bruyant et, là aussi, Ryan fut accueilli en habitué. Sitôt attablé, il prit une nouvelle photo d'elle. Faisait-il croire à ses « followers » qu'il sortait avec sa sœur, le top model ? Plus que jamais, Sasha se sentit en position d'imposture. Dire qu'elle s'était persuadée que sortir lui changerait les idées !

— Alors, dis-moi ! hurla-t-il pour couvrir le vacarme dans la salle de restaurant. Tu fais quoi dans la vie ?

— Je suis obstétricienne.

Son cavalier en resta bouche bée.

— Je te croyais mannequin, comme ta sœur, bredouilla-t-il.

— Non, je suis interne en gynécologie au NYU Hospital. Concrètement, je mets au monde des enfants.

— Ah… c'est cool, répondit-il en opinant lentement.

Le jeune homme semblait complètement décontenancé.

— Et, euh… ça te plaît, la médecine ?

— Beaucoup. Et toi ? Le métier d'acteur ? Ça marche ?

— À fond ! J'ai passé une audition pour le rôle principal dans un long-métrage la semaine dernière. Le tournage doit avoir lieu à Los Angeles, j'attends le retour du directeur de casting. Sinon, j'ai décroché pas mal de seconds rôles dans des séries. Mon contrat avec Calvin Klein m'a vraiment mis le pied à l'étrier…

Elle l'écouta en hochant la tête poliment. Leurs plats arrivèrent. Le bruit alentour se faisait de plus en plus assourdissant, et la conversation se poursuivit sur le même mode : décousu et sans intérêt.

C'est avec soulagement que Sasha vit le serveur apporter l'addition. Enfin, c'était fini ! Ils sortirent. Mais là, sur le trottoir, Ryan la prit par les épaules et la couva d'un regard lourd de sous-entendus.

— Bon… Tu veux venir boire un dernier verre chez moi ? C'est à deux pâtés de maisons…

Sasha réprima un rictus. Elle n'avait aucune envie de passer à la casserole avec ce quasi-inconnu, si bien fait de sa personne fût-il. Non qu'elle soit particulièrement pudibonde. Mais son cavalier avait passé la soirée à s'admirer le nombril !

— Je dois être au boulot à six heures demain. Je ferais mieux de rentrer.

— Ah. Bon. On se refait ça à l'occasion, grommela-t-il.

Tout laissait penser qu'il ne chercherait pas à la revoir. Il eut à peine la courtoisie d'attendre qu'elle soit montée dans un taxi pour détaler.

Sur la banquette arrière, Sasha souffla. La soirée l'avait épuisée, ennuyée et déçue tout à la fois. Ryan avait monopolisé la conversation et ne lui avait posé que très peu de questions. Visiblement, faire connaissance avec elle n'était pas le but véritable de ce dîner en tête à tête. Il attendait autre chose. Eh bien, tant pis pour lui ! Sasha, pour sa part, fuyait ces rapports superficiels. Elle se sentait plus proche du présentateur du J.T. que de ce genre d'individus. Elle soupira, humiliée. Quelle perte de temps ! En plus, les chaussures de Claire lui avaient entaillé les chevilles.

Des sirènes résonnèrent. Une demi-douzaine de camions de pompiers et un véhicule de police garé de biais barraient l'accès de sa rue. Il y avait des flics partout.

Le chauffeur de taxi se gara en double file.

— Désolé, madame, je vais devoir vous déposer ici.

— Pas de problème. J'habite à deux pas.

Elle régla la course et descendit de voiture. Un frisson la parcourut. Deux ambulances complétaient l'inquiétant cortège des camions de pompiers. Sitôt qu'elle tenta de s'engager dans la rue, un policier l'arrêta :

— Défense d'approcher, madame. Les pompiers sont en train de maîtriser un incendie.

— Mais j'habite ici…

— C'est trop dangereux pour le moment. Patientez là ou allez dormir chez des amis.

Un ruban de balisage délimitait la zone sinistrée. Elle se pencha sans réussir à distinguer les flammes, mais les forces de l'ordre et les sapeurs-pompiers semblaient concentrer leurs efforts sur le milieu du pâté de maisons. Un vent de panique soufflait sur la rue : les hommes s'affairaient, coiffés de casques, leurs masques de protection vissés sur le visage, escaladant les échelles déployées contre le flanc des bâtiments. Il y en avait une juste à côté de chez elle. Son cœur se mit à battre la chamade. Où étaient ses amies ? Elles avaient prévu de rester au loft, ce soir-là… Vite, elle dégaina son portable et sélectionna le numéro de Morgan. Pas de réponse.

Des flammes apparurent alors, lapant les fenêtres des deux immeubles centraux. Des pompiers crevaient les toits à la hache pour laisser sortir la chaleur. D'autres, au sol, maniaient les lances à eau. Une fumée d'un noir d'encre oblitérait le ciel : le brasier était loin d'être éteint.

Sasha fit défiler les noms dans son répertoire de favoris.

— Allô ? Sasha ?

— Claire ! Dieu merci, tu es vivante ! Et les autres, ça va ? Que s'est-il passé ? Pourquoi vous ne m'avez pas prévenue ?

— On ne voulait pas te gâcher la soirée. Tu n'aurais rien pu faire, de toute façon. On a été évacuées une demi-heure après ton départ. L'incendie s'est déclaré dans un premier immeuble puis il s'est propagé au suivant et, apparemment, il gagne du terrain…

— Oui, les flammes sont à deux immeubles du nôtre… C'est une catastrophe ! Vous êtes où ?

— À l'angle de la 10e Rue. Max est parti nous acheter de l'eau. On meurt de chaud ; l'air devient irrespirable.

Deux pompiers en tenue complète descendaient d'une échelle, des corps entre les bras. L'un d'eux ne bougeait pas. L'autre corps était celui d'une femme âgée qui paraissait folle de terreur. Elle avait dû rester prisonnière du brasier pendant des heures. À cause des flammes et de l'eau, les résidents de l'immeuble allaient sans doute perdre toutes leurs possessions.

Et le loft ? Serait-il réduit en cendres lui aussi ? Le vent soufflait vers l'ouest, ce qui jouait en leur faveur. L'incendie contamina d'ailleurs un troisième édifice, de l'autre côté. Sasha oscilla entre le soulagement et la culpabilité. Déjà, les appartements de ses voisins crépitaient dans le flamboiement infernal.

— C'est de pire en pire, murmura-t-elle dans son téléphone. Ils viennent de sauver une vieille dame mais elle n'a pas l'air en forme. Les urgentistes sont en train de lui mettre un masque à oxygène. Oh ! Les pompiers évacuent deux autres personnes…

— Tu vas proposer ton aide ?

— Euh… Pas à moins qu'une des victimes soit sur le point d'accoucher. Ces gens savent ce qu'ils font. C'est leur métier.

Deux ambulances la dépassèrent, toutes sirènes hurlantes.

Sasha et Claire se parlèrent au téléphone pendant toute l'heure qui suivit, incapables de s'arracher à l'effroyable tableau. Enfin, des gerbes de fumée blafarde s'échappèrent d'un premier toit, puis d'un autre, puis d'un troisième. Les fenêtres dégorgeaient des panaches blancs. Les pompiers avaient maîtrisé l'incendie.

Les ambulances se relayaient en une course folle. Sur des civières gisaient des formes inertes. Un pompier traîna un corps hors de la carcasse d'un immeuble et le confia aux urgentistes sans que Sasha puisse voir s'il respirait. Le nombre des camions et des véhicules de secours avait triplé au cours de la soirée, convergeant depuis les quatre coins de la ville.

Vers deux heures du matin, enfin, la panique retomba. Alors commença le funèbre défilé des corps extraits du brasier. Sasha surprit un échange entre deux policiers : on dénombrait déjà sept morts et six blessés graves, dont un pompier. La jeune femme rappela Claire. Les amies convinrent de se retrouver au restau de Max. Leur immeuble n'était plus menacé, mais il leur faudrait patienter encore une heure ou deux avant de pouvoir réintégrer leur logement.

Sasha redoutait déjà le moment où elle en franchirait le seuil. L'atmosphère devait y être chargée de fumée. Si le vent avait tourné… Elle se mit en route, chancelant sur ses talons hauts, hantée par l'image des victimes de la nuit.

Au restaurant, l'ambiance était morose. L'établissement avait fermé une demi-heure plus tôt. Les serveurs rangeaient les tables. Max faisait les comptes. Claire, Abby et Morgan ruminaient, mutiques, les événements de la soirée, en tongs et pyjama – elles avaient à peine eu le temps d'enfiler un pull avant de sortir. Sur leurs visages, le choc le disputait à la fatigue.

— Vous tenez le coup ? s'enquit Max en leur apportant une bouteille de vin.

Un petit remontant s'imposait.

— Sept personnes sont mortes, annonça Sasha. Des personnes âgées, surtout. Intoxiquées par la fumée.

Peut-être connaissaient-elles de vue certaines des victimes. Peut-être les avaient-elles saluées dans la rue…

— C'est le danger des immeubles anciens, murmura Morgan. D'après un pompier, le foyer est parti d'une installation électrique vétuste.

— Rien n'est aux normes ! C'est ce qui explique les loyers, intervint Max.

Un peu avant quatre heures, la police autorisa les jeunes femmes à rentrer chez elles. Sur le seuil de l'appartement, elles restèrent un instant pétrifiées : la fumée avait tout imprégné. Même en ouvrant les fenêtres en grand, même en allumant à fond la climatisation, il flottait dans l'air des vapeurs toxiques. L'odeur persisterait sans doute pendant de longues semaines. Dehors, les pompiers continuaient d'arroser les immeubles voisins, dévastés.

— On l'a échappé belle, commenta Morgan en se laissant tomber sur le canapé. On a failli tout perdre.

Elle était sortie sans rien emporter. Abby, elle, avait attrapé son ordinateur portable, pour sauver son roman. Claire avait saisi au vol une photo de ses parents.

Sasha frissonna.

— Quand je pense que, jusqu'à l'an dernier, on n'avait même pas de détecteur de fumée !

— On n'en avait jamais eu besoin, murmura Abby, sonnée. Enfin, jusqu'à présent.

Pourtant, des gens étaient morts. C'était bel et bien arrivé.

Il était à présent cinq heures du matin.

— Au fait, glissa Claire à Sasha avant d'aller se coucher. Ce rencard, ça a donné quoi ?

Sasha bâilla.

— C'était nul. On n'avait vraiment rien à se dire…

— Ne te décourage pas. Tu finiras par trouver chaussure à ton pied.

— Tu crois ? À mon avis, Morgan a mis le grappin sur le dernier mec bien du pays !

Max sourit, prit congé des filles et alla se doucher.

— En même temps, le mec est mannequin pour Calvin Klein, souligna Morgan. Tu t'attendais à quoi ?

Sasha haussa les épaules.

— Pas à ce qu'il me mitraille toute la soirée pour m'exhiber sur Instagram, en tout cas ! Je le soupçonne de raconter qu'il sort avec Val…

— Tel que tu le décris, ça ne m'étonnerait pas, reconnut Claire.

— Bah ! Au moins, tu as essayé, la félicita Morgan.

— Je ne suis pas près de recommencer, je t'assure. Et ces chaussures… Claire, comment peux-tu marcher sur ces échasses ? Toute la soirée, j'ai eu peur de me faire une entorse !

— On n'attrape pas les mouches avec des Crocs, riposta Claire.

Pour la première fois de la soirée, les quatre amies pouffèrent. Sasha reprit, songeuse :

— Pourtant, le dernier mec qui m'a plu était orthopédiste. Quand on se voyait, il portait ses Crocs, justement, et ça ne me dérangeait pas ! On s'entendait bien… jusqu'à ce qu'il m'avoue qu'il était fiancé et qu'il voulait « profiter de la vie » avant de se faire passer la corde au cou.

— Classe, ironisa Morgan.

— Il s'est marié un 4 juillet. Le pire, c'est qu'il dénigrait sans arrêt sa femme parce qu'elle n'était « que » infirmière. Quel snob ! Les hommes, ça craint.

— Ah, tu ne vas pas recommencer ! pesta Morgan. T'as rencontré deux tocards, soit. Mais ce n'est pas une raison pour renoncer. Ils ne sont pas tous comme ça ! Et ce que je dis là, ça vaut pour toi aussi, Claire. Le prince charmant ne va pas se présenter un matin sur le pas de ta porte. Trouver l'amour exige de faire des efforts…

— À quoi bon ? bougonna Claire. Si c'est pour finir par se détester et se pourrir la vie…

— Quel optimisme, vraiment ! Tu n'es pas forcée de répéter les erreurs de tes parents. Et le mariage n'est plus un passage obligé. Si tu veux mon avis, ne pas se marier permet d'éviter pas mal de désagréments.

— N'empêche que, pour le moment, je fais une pause, murmura Sasha.

En formulant cette résolution, elle se sentit envahie par une profonde sérénité.

— Tu jettes l'éponge, se désola Morgan. C'est bête…

— Moins que de perdre mon temps avec des mecs qui ne pensent qu'à coucher avec moi.

Ses paupières se fermaient. Elle souhaita bonne nuit à ses colocataires et se retira dans sa chambre. Dans quelques heures à peine, elle serait à la maternité, en train de mettre au monde des nourrissons. Au cours de la nuit, des innocents avaient perdu la vie, mais d'autres étaient nés. La vie reprenait toujours son cours, inexorable, beau et terrible à la fois. Comment Sasha se serait-elle intéressée à des hommes aussi creux et superficiels que Ryan, quand son existence battait au rythme de préoccupations essentielles, de miracles et de tragédies ?

Elle bascula dans le sommeil, et l'acteur imbu de lui-même disparut à tout jamais de ses pensées.

3

Abby était en train de peindre le décor de la pièce d'Ivan quand une jeune fille à l'air un peu perdu pénétra dans le théâtre. Un marcel près du corps moulait sa poitrine opulente, un jean slim soulignait la finesse de ses jambes, et sa chevelure blonde ébouriffée accentuait sa moue hébétée. Abby ne l'avait jamais vue auparavant. Ivan avait-il programmé des auditions ? C'était curieux. Non seulement il ne lui en avait pas parlé, mais il déjeunait ce midi-là avec un agent. Sans compter qu'il n'y avait pas de rôle de jeune fille dans la pièce qu'il préparait.

Abby posa son pinceau.

— Je peux vous aider ?

— Je... je cherche Ivan Jones. J'ai un truc à lui remettre. Il est là ?

Abby secoua la tête. La jeune fille pressait contre ses seins une grosse enveloppe en papier kraft.

— C'est ma pièce, expliqua-t-elle. Il m'a promis d'y jeter un œil. Je m'appelle Daphne Blake. J'étudie à l'Actors Studio pour devenir comédienne, mais j'écris aussi un peu et il m'a proposé de me relire... de me filer des tuyaux...

Dans l'inconscient d'Abby, un voyant rouge s'alluma. Trois ans plus tôt, elle aussi s'était présentée au théâtre avec un manuscrit dans une enveloppe. Ivan l'avait persuadée d'écrire une pièce pour lui, jurant de la faire publier.

— Vous êtes sa directrice artistique ? s'enquit la blonde.

— Non, je suis dramaturge. Je le dépanne, là, c'est tout. Il faut bien, dans ce milieu. Tu peux me laisser ton enveloppe, si tu veux ; je la lui donnerai.

Abby se mordit la lèvre, craignant d'avoir révélé sa nervosité. Pourquoi cette Daphne Blake lui inspirait-elle un tel sentiment de malaise ? Ivan était en droit de lire les pièces d'autres auteurs. Même s'il ne mettait en scène que les siennes – qu'à son grand dam aucun critique ne commentait jamais.

— Non, merci, je vais l'attendre. Si ça ne vous dérange pas, répondit la fille.

Elle plaquait toujours sa pièce contre son cœur. À croire qu'elle redoutait un vol à l'arraché. Au fond, Abby la comprenait. Elle-même couvait jalousement ses propres écrits, surtout son roman inachevé. Ses pièces lui inspiraient des sentiments plus mitigés, mais elle s'en remettait à Ivan : c'était lui l'expert en la matière.

— Je ne sais pas quand il reviendra, l'avertit Abby. Il en a peut-être pour plusieurs heures.

Elle n'avait pas spécialement envie de peindre tout l'après-midi sous le regard d'une inconnue. En plus, cette Daphne attendait manifestement Ivan comme le messie. Il avait le don de susciter la fascination. Il possédait une plume unique, étrange, surréaliste parfois, et une culture théâtrale inépuisable. Mais le fait qu'une fille à peine sortie de l'adolescence voue un tel culte à son compagnon chiffonnait quelque peu Abby.

La groupie s'installa au deuxième rang. D'une main mal assurée, Abby reprit son pinceau. Elle était en train de faire le portrait du diable pour le deuxième acte. Quand elle eut terminé, ses cheveux dégoulinaient de peinture rouge. On aurait juré du sang.

Deux heures s'écoulèrent sans que la fille émette le moindre son. Elle lisait, immobile, si bien qu'Abby réussit presque à faire abstraction de sa présence. Pas tout à fait, cependant.

Enfin, Ivan reparut.

— Alors, ça prend tournure, ce diable ? lança-t-il.

Il s'avançait vers la scène d'un pas conquérant.

— Fais-moi voir un peu. Il est terrifiant à souhait, j'espère ?

Lorsqu'elle croisa son regard pétillant d'enthousiasme, Abby fondit, oubliant pour de bon la blonde.

C'est alors que Daphne prit la parole. Abby sursauta. Et Ivan, lui, bondit au plafond. Il ne l'avait pas remarquée dans la pénombre qui baignait la salle.

— Qu'est-ce que tu fais là ? s'exclama-t-il en pivotant sur ses talons.

La blonde braquait sur lui un regard plein d'adoration. Abby se crispa. Ivan aussi. L'atmosphère s'était tendue d'un coup.

— Tu m'as dit que tu relirais ma pièce…, ânonna la blonde.

— Ah. Ouais.

Il se passa la main dans les cheveux et lui décocha un sourire contrit. Malgré elle, Abby repensa à ce que lui avait dit Morgan, un jour : « Quand il mate les nanas, on dirait Raspoutine ! » Elle frémit.

— Je la lirai dimanche, ou lundi. C'est relâche. Je te ferai mon retour dans la foulée, promit Ivan.

Puis, de but en blanc, il proposa :

— Et si je te payais un café, là, tout de suite ? Comme ça, tu me raconteras, et je saurai où je mets les pieds. Et puis, il faut que je me fasse pardonner, pour l'attente...

Abby fronça les sourcils, en proie à un malaise croissant. Une bonne pièce se passait d'explications ; Ivan le savait aussi bien qu'elle.

Bien sûr, la blonde accepta l'invitation, et tous deux quittèrent la salle en parlant à bâtons rompus. Abby en avait la nausée. Il lui semblait se revoir, quelques années plus tôt, à la place de cette jeune fille pleine d'espoir et de dynamisme, gobant les belles paroles du génial metteur en scène. Depuis, Ivan en avait charmé bien d'autres qu'elle. Des apprenties dramaturges, des comédiennes en herbe, des aspirantes réalisatrices... Abby ne s'en offusquait pas. Dans le milieu, tout le monde était à tu et à toi. Mais, cette fois, quelque chose la dérangeait. Daphne semblait innocente, mais déterminée. Quant à Ivan... il lui avait paru anormalement fébrile.

Il revint une heure plus tard, seul, et raconta l'entretien à Abby, comme pour la rassurer.

— Son père est plein aux as ! Il est prêt à financer la mise en scène de la pièce de sa fille. Si tu veux mon avis, elle écrit comme un pied, mais ne nous mentons pas : on a besoin de fric. Je vais le lire, son torchon. Si ça peut nous renflouer !

Il baissa la voix, et ajouta :

— Parfois, il faut savoir tapiner un peu. Attention, pas en produisant des bouses grand public, comme tes parents ! Mais disons que... Quand une opportunité se présente, il faut savoir la saisir.

Abby lui accorda le bénéfice du doute. Les pièces d'Ivan ne remportaient pas encore le succès qu'elles méritaient et les financements manquaient cruellement. Puis, quand Ivan examina son travail de l'après-midi, il la couvrit d'éloges, ce qui lui mit du baume au cœur.

— Tu viens chez moi, ce soir ? suggéra-t-il. Mais après le dîner seulement. Faut d'abord que je remonte le moral d'un pote qui vient de se faire larguer. Minuit, ça ne te fait pas trop tard ?

Distraitement, de la main gauche, il lui caressa le sein. Abby en perdit tous ses moyens.

— Ça ira, répondit-elle docilement.

Elle serait épuisée, mais la perspective de sentir le corps nu de son amant contre le sien puis de s'endormir dans ses bras, repue de plaisir, était irrésistible. Ivan avait bien des défauts, mais, au lit, Abby n'avait jamais connu son égal.

Il l'embrassa, chassant de l'esprit de la jeune femme les groupies gênantes, les pièces non publiées et jusqu'à la peinture qui lui maculait le visage.

— Au fait, reprit-elle, je dîne chez Max avec mes colocs, samedi. Tu veux nous y rejoindre après le spectacle ?

Ivan hésita. Il n'avait jamais ouvertement critiqué Claire, Morgan et Sasha, mais il ne les aimait pas, cela se sentait. Il les évitait autant que possible.

— Bof, fit-il. Je risque d'être claqué, il vaut mieux que tu y ailles sans moi. Mais merci pour l'invitation. Une prochaine fois !

— Viens au moins à l'appart dimanche soir. Tu sais qu'on met un point d'honneur à dîner tous ensemble, le dimanche…

— Ah, désolé, ça tombe mal : j'ai rendez-vous avec la comptable ! En plus, il faut que je lise la pièce de la gosse de riche de tout à l'heure, si on veut plumer son papa. On dînera en amoureux la semaine prochaine, OK ?

Abby opina, sceptique. Ivan était éparpillé, désorganisé. Il vivait dans un état de perpétuelle improvisation. Son humeur du moment gouvernait ses actions. En conséquence, les projets qu'ils formaient ensemble tombaient souvent à l'eau à la dernière minute. Lessivé par le processus de création, il annulait leurs rendezvous. Abby s'était fait une raison : elle sortait avec un artiste. Il fallait l'accepter tel qu'il était.

Elle rentra chez elle, tout excitée à l'idée de la nuit qui l'attendait. Ivan avait raison : au loft, ils manquaient d'intimité. Le studio du metteur en scène était en pagaille, mais ils pouvaient s'y adonner sans retenue à leurs étreintes passionnelles. Qu'elle avait été sotte de se sentir menacée ! Daphne représentait pour Ivan une source d'argent, rien de plus. Abby soupira. Si seulement il l'autorisait à demander un prêt à ses parents, il n'aurait pas à recourir à ces méthodes… Mais il les considérait comme des vendus. De son côté, le père d'Abby ne mâchait pas ses mots à propos d'Ivan. « C'est un escroc ! Il t'exploite ! Tu gaspilles ton talent avec lui ! »

Quand Abby arriva chez Ivan, il dormait à poings fermés. Elle dut sonner trois fois avant qu'il vienne lui ouvrir. Nu, les cheveux en bataille, il la considéra d'un air surpris, puis l'attira contre lui. La jeune femme venait de gravir à pied les sept étages qui menaient à sa mansarde non climatisée : elle était hors d'haleine. Sans s'arrêter à ce détail, il lui arracha ses vêtements et lui fit l'amour debout, dans l'entrée. Ils s'aimèrent toute la nuit, fougueusement, jusqu'à l'aube, et s'endormirent enfin, rassasiés, les membres entrelacés.

Il en allait toujours ainsi. Chaque fois qu'Ivan décevait Abby, que le doute s'insinuait dans son esprit, leurs ébats étaient torrides. Ils électrisaient les sens de la jeune femme et balayaient ses inquiétudes. Ivan maîtrisait son sujet.

Le samedi soir, Sasha et Claire retrouvèrent Morgan au restaurant de Max. Abby avait promis d'y faire un saut après la pièce. C'était devenu un rituel pour les quatre amies, si bien que Max s'arrangeait toujours pour leur réserver une table.

— Ivan sera-t-il des nôtres, ce soir ? s'enquit Sasha, un peu tendue.

— Non, la rassura Claire. D'après Abby, il sera « émotionnellement vidé » par la représentation. Tant mieux !

Sasha consulta son portable – elle était de garde. Pas d'appels pour le moment. Dans le doute, elle s'en tiendrait à l'eau ce soir-là. Greg et Oliver devaient les rejoindre. Sasha avait invité sa sœur, mais celle-ci avait décliné : elle passait la semaine à Saint-Barthélemy avec un richissime sexagénaire français fraîchement débarqué à New York.

Les garçons arrivèrent, commandèrent une bouteille et se lancèrent dans le récit de leurs vacances dans les Hamptons. Les filles, elles, leur racontèrent le terrible incendie… Ensuite, pour égayer l'atmosphère, Claire se lança dans une imitation impayable de sa stagiaire aussi snob qu'incompétente. Sasha leur fit un récit haut en couleur de son rencard avec l'insipide Ryan, puis l'on parla de Thanksgiving et l'on ébaucha des projets pour la Toussaint. Morgan suggéra qu'ils louent une grande maison dans le Vermont, idée que saluèrent Greg et Oliver, tous deux fans de sports de glisse. Sasha promit de se libérer au moins le temps d'un week-end.

Le repas touchait à sa fin quand Abby franchit enfin le seuil du restaurant. Elle avait les joues rouges et elle s'excusa profusément pour son retard ainsi que pour l'absence d'Ivan. Les autres l'écoutèrent poliment leur raconter la représentation de la soirée, puis ils s'empressèrent de changer de sujet. Le serveur apporta les cafés. Une vibration retentit. Sasha venait de recevoir un SMS. Elle le lut et secoua la tête, navrée :

— Je vais devoir vous fausser compagnie, les amis. La patiente aux jumeaux prématurés va accoucher.

— Bon, si le devoir t'appelle…, se résigna Morgan.

— Oui… Allez, au revoir, les garçons ! On se voit chez vous à Thanksgiving ; merci pour l'invitation.

— Ta sœur est la bienvenue, au fait, précisa Greg.

— Je lui transmettrai le message. Elle sera sans doute à Gstaad ou à Dubaï avec un vieux beau, mais on ne sait jamais.

Les jumelles évitaient scrupuleusement de fêter Thanksgiving en famille : comment auraient-elles pu choisir entre leurs parents, toujours en guerre sept années après leur divorce ?

Sasha sauta dans un taxi. Arrivée à l'hôpital, elle courut vers l'ascenseur. En gagnant son étage, elle songea à Valentina. Sa liaison avec le Français ne durerait pas, elle en mettait sa main à couper. Pourquoi étaient-elles l'une comme l'autre incapables de nouer des relations stables ? Leur modèle parental n'avait certainement pas aidé, mais il n'y avait pas que cela.

Si Valentina se moquait de l'amour et passait sans états d'âme d'un amant au suivant, il en allait tout autrement pour Sasha. Cette dernière ne se voilait pas la face : elle utilisait sa carrière comme un prétexte pour ne pas s'engager. Dans son service, médecins et infirmiers menaient de front vie de couple et vie professionnelle. Beaucoup étaient mariés et parents. Ce qui retenait Sasha n'était pas tant le manque de disponibilité que la peur de l'échec.

Les portes de l'ascenseur s'ouvrirent. L'heure n'était pas à l'introspection : elle avait des jumeaux à mettre au monde ! Elle s'élança dans le couloir... et percuta de plein fouet un médecin.

— Pardon ! s'exclama-t-elle, et de reprendre aussitôt sa course.

Elle enfila sa blouse en quatrième vitesse, se savonna les mains et se rua au chevet de la parturiente.

Celle-ci sanglotait. Son compagnon, de plusieurs années son cadet et visiblement très inquiet, lui caressait la main. De toute évidence, les contractions de son amie étaient douloureuses.

— Ça va aller, ma chérie, lui murmurait-il. Tu es super courageuse.

Ils semblaient très amoureux malgré leur différence d'âge. Sasha sourit. Ici, elle voyait défiler des couples aussi divers que variés : jeunes et moins jeunes, hétéros ou homos, ayant conçu par voie naturelle, par don d'ovocytes ou par insémination... Les grossesses gémellaires étaient fréquentes chez les patientes de F.I.V., et Sasha se réjouissait toujours pour ces enfants qui ne connaîtraient jamais la solitude.

— Je suis le docteur Hartmann, déclara-t-elle aimablement, le dossier du couple à la main. Je lis ici que vous ne souhaitez pas de péridurale. Sachez qu'il est encore temps de changer d'avis, mais il va falloir vous décider rapidement.

Les futures mamans étaient nombreuses à envisager des naissances « naturelles »… jusqu'à ce que le travail commence.

— Je ne m'attendais pas à ça ! reconnut la femme d'une voix entrecoupée de hoquets.

Sasha comprit le message et alla chercher l'anesthésiste. Les cris de la patiente s'entendaient depuis le couloir.

Un quart d'heure plus tard, les douleurs s'étaient volatilisées, et la future maman arborait un sourire béat. Ses contractions s'affichaient toujours sur le moniteur, mais elle ne les sentait plus. Son compagnon reprit des couleurs. Sasha se félicita d'avoir réagi aussi vite. Dans son métier, il importait de savoir prendre des décisions rapidement, sous la pression, sans laisser transparaître le moindre stress ni la moindre hésitation. Même si la douleur n'était pas alarmante en soi, la panique pouvait avoir de graves répercussions et, du reste, Sasha avait à cœur le bien-être émotionnel de ses patientes.

En fait de décision, la jeune femme allait devoir en prendre une, et de taille : fallait-il procéder à la césarienne envisagée ou laisser la patiente accoucher par voie basse ? Les enfants se présentaient avec quatre semaines d'avance sur le terme mais leur rythme cardiaque était régulier. Une naissance par voie basse favorisait le réflexe de respiration… Sasha consulta le couple.

Ils lui dirent qu'ils préféraient éviter la césarienne, dans la mesure du possible. Le chef de service vint trancher la question et l'on transféra la patiente en salle de travail avec le père, l'infirmière et quelques renforts, naissance multiple oblige. Deux pédiatres se tenaient déjà sur place. Sasha reconnut en l'un d'eux le médecin qu'elle avait bousculé en sortant de l'ascenseur. Elle le connaissait de vue, il était interne en néonatologie, se rappela-t-elle. Elle ne s'étonna pas de sa présence. Deux précautions valaient mieux qu'une, même si une naissance à trente-six semaines n'était pas rare, surtout dans le cas de jumeaux.

On allégea la dose de produit anesthésique de la patiente afin de l'aider à pousser. Elle se remit à hurler.

— Dépêchons-nous de faire sortir ces bébés, OK ? lui dit Sasha d'une voix douce.

En parallèle, elle surveillait, concentrée, les différents moniteurs. Or, chaque fois qu'il aurait fallu pousser et qu'elle y invitait la parturiente, celle-ci se contentait de vagir et de sangloter. Une tension impalpable envahit peu à peu la salle. Si la future maman ne se ressaisissait pas, une césarienne s'imposerait.

— Il vous faut absolument pousser, madame, maintenant. Allez, poussez, ordonna-t-elle d'un ton implacable. Poussez !

Enfin, une tête parut. D'un geste assuré, Sasha extirpa le petit corps. Une fille ! L'enfant s'égosilla, et sa mère, les joues baignées de larmes, se mit à rire de joie. Soudain, elle lâcha un nouveau cri – le second bébé arrivait : cette fois, c'était un garçon !

Quand les pédiatres eurent constaté que le frère et la sœur étaient en bonne santé, ils placèrent les enfants contre le sein de leur mère. Sasha put respirer tranquillement. Le couple s'embrassait, fou de joie et de fierté. Les nourrissons étaient plutôt costauds pour des jumeaux prématurés, mais il leur faudrait tout de même passer quelques jours en couveuse afin de prendre des forces. On les emmena dans le service de néonatologie pour les y soumettre à une série de tests de routine.

Sasha félicita les parents, puis administra quelques soins à la mère (celle-ci, bien que sous sédatif léger, était secouée de violents soubresauts, un phénomène fréquent après un accouchement).

— Vous savez, j'ai moi-même une sœur jumelle, lui confia la jeune femme afin de l'aider à se détendre. Vous allez voir, vos enfants vont vous apporter beaucoup de bonheur...

Elle acheva de recoudre sa patiente et la conduisit en salle de repos pour observation. Les infirmières prirent le relais, et Sasha se retira, non sans lui avoir promis de venir prendre de ses nouvelles le lendemain.

Elle avait besoin d'un café.

Elle s'installait sur une banquette de la salle de garde, un gobelet fumant à la main, quand l'interne pénétra dans la pièce.

— Alors ? lui lança Sasha. Comment vont les petits ?

— Ils respirent la santé ! Bon travail, au fait. Je sentais venir la césarienne, mais tu l'as habilement manœuvrée !

— Merci.

Elle sourit.

— Je ne t'ai pas fait mal tout à l'heure, j'espère ? Quand je t'ai bousculé ?

— Mal ? J'ai à peine senti le choc ! Je faisais du football américain quand j'étais étudiant, tu m'as rappelé des souvenirs.

De fait, il avait une carrure impressionnante ; sous sa blouse, on le devinait musclé. Sans trop savoir pourquoi, Sasha pouffa. Il faut dire qu'elle était grisée par l'accouchement réussi, ainsi que par la fatigue (il était trois heures du matin).

— On a eu de la chance, reprit-elle.

Les accouchements ne se terminaient pas toujours dans la joie. Sasha avait vu plus d'enfants mort-nés qu'elle ne l'aurait souhaité.

— Tu as examiné les triplés qui sont nés cette semaine ? lui demanda-t-elle.

— J'en ai entendu parler, mais j'étais de repos. Et bien content de l'être !

— On a un rythme de vie compliqué, c'est vrai. J'étais en plein dîner quand mon portable a sonné, tout à l'heure.

— Désolé pour toi. Mais j'avoue qu'égoïstement j'étais content que tu sois là, ajouta-t-il galamment. J'espère qu'on aura de nouveau l'occasion de travailler ensemble…

Il lui décocha un sourire.

Sasha lui fit une réponse évasive et prit congé. Elle tombait de sommeil.

Alex Scott, interne en néonatologie, vaqua à ses occupations. Mais la jeune obstétricienne lui trottait dans la tête. Il alla tirer les vers du nez à une amie infirmière.

— Dis-moi, une obstétricienne super canon, tu vois qui je veux dire ?

L'infirmière gloussa.

— Sasha ? T'emballe pas, va !

— Pourquoi ? Elle est mariée ?

— Pire : c'est une vraie vierge de glace. Tous les médecins qui ont voulu l'inviter à sortir se sont pris un râteau. Elle est ici pour bosser, pas pour draguer !

— Elle doit avoir quelqu'un.

— Alors là, mystère. Je crois surtout qu'elle tient à séparer le boulot et le perso, elle est très à cheval là-dessus.

— Bah ! Qui ne tente rien n'a rien, lança le jeune homme. Comment tu dis qu'elle s'appelle, déjà ?

— Sasha Hartmann.

L'infirmière lui lança un regard malicieux.

— Bonne chance, en tout cas !

Alex sourit de toutes ses dents, puis regagna ses pénates pour la nuit.

4

Le dimanche soir, Max vint cuisiner au loft. Il mitonna avec amour deux plats de pâtes, une salade et des steaks. Des corbeilles débordantes de baguette et de focaccia, un plateau de fromages et un fondant au chocolat complétaient le repas. Pendant qu'il s'affairait aux fourneaux, les autres lui faisaient la conversation, mettaient le vin en carafe, s'occupaient de la vaisselle... Greg, qui se piquait d'être un vrai cordon bleu, concocta une vinaigrette maison.

Morgan servit les boissons et, dans une atmosphère festive et décontractée, ils entamèrent le festin. Sasha avait troqué sa blouse blanche contre une tenue plus habillée et, comme elle n'était pas de garde, elle s'autorisa même à boire. En l'absence d'Ivan (prétendument occupé à lire la pièce de Daphne Blake), Abby parut d'abord un peu morose mais, le vin aidant, elle se dérida rapidement.

— Et Valentina, où est-elle ? s'enquit-elle.

— Toujours à Saint-Barth' avec son Français, lui répondit Sasha.

Un peu après minuit, Greg et Oliver les abandonnèrent ; l'athlète avait entraînement le lundi matin et Oliver recevait un client à huit heures tapantes. Les autres s'attardèrent dans la cuisine pour ranger et faire la vaisselle.

Enfin, Max suivit Morgan dans sa chambre. S'il se sentait plutôt à l'aise dans le loft des colocataires de sa chérie, l'envie d'emménager avec elle dans un endroit rien qu'à eux le tenaillait. Ici, il se faisait parfois l'impression d'un intrus égaré dans le dortoir des filles. Morgan, cependant, tenait à son indépendance...

— Tu viens te coucher ? lui souffla-t-elle.

Il avait attendu toute la soirée le moment de se retrouver seul avec elle, et la jeune femme se trouvait dans le même état d'esprit. En couple depuis quatre ans, ils manquaient souvent de temps ou d'énergie pour laisser libre cours à l'expression charnelle de leur amour. Le dimanche soir était pour eux une parenthèse privilégiée.

Peu après, il s'endormait dans ses bras. Elle le couva d'un regard attendri. Max était un mec bien. Tout comme Greg, d'ailleurs. Oliver et elle avaient de la chance. Leur vie sentimentale ne ressemblait pas du tout à celle de leurs parents. Du moins, jusque-là.

Dans le salon, Claire recueillait les confidences d'Abby.

— Je sais qu'Ivan ne me tromperait jamais, lui chuchotait cette dernière, mais, depuis que cette Daphne s'est pointée au théâtre, il est bizarre. Déjà, elle le regarde avec des yeux de merlan frit. Apparemment, son père est prêt à mettre n'importe quelle somme d'argent pour faire monter sa pièce. J'ai peur qu'ils essaient de manipuler Ivan... Il est super naïf, tu sais...

Claire ne partageait pas ce point de vue, mais elle tint sa langue.

— En plus, elle est hyper jeune, cette Daphne…

— Toi aussi, tu es jeune ! Et qu'est-ce que ça change ? C'est de toi qu'il est amoureux, non ?

— Si, si… Tu as raison…

Elle ne semblait pas convaincue. La confiance en soi n'était pas sa plus grande force. Claire soupira en la regardant gagner sa chambre d'un pas triste. Il lui en coûtait de voir son amie se ronger les sangs pour un type comme Ivan. D'après elle, cela ne faisait pas un pli : le metteur en scène trompait Abby, et sans doute n'était-ce pas la première fois. Très souvent, il annulait leurs rendez-vous sous des prétextes bidon. Pourquoi Abby ne l'envoyait-elle pas balader ? Mystère…

Le lendemain matin, Max s'éclipsa à l'aube pour aller faire le marché. Morgan se leva en même temps que lui, si bien qu'elle arriva la première au bureau. Elle se renseignait sur une start-up dans laquelle George envisageait d'investir quand un détail attira son attention. Le nom d'un des patrons de la start-up lui disait quelque chose. Elle effectua quelques recherches et bingo ! Le type avait été accusé de délit d'initié cinq ans plus tôt. Par la suite, il avait été blanchi sans qu'on sache bien pourquoi. Voilà qui n'augurait rien de bon.

Une demi-heure plus tard, la jeune femme en informait son patron. À son grand étonnement, il éclata de rire.

— Oui, oui, je sais ! C'était une simple coïncidence. Un hasard ! Des proches à lui avaient acquis des actions… Mais ne t'en fais pas, l'organisme de contrôle des marchés a enquêté et retiré l'accusation. Bons réflexes, Morgan, mais en l'occurrence, tout va bien !

Morgan fronça les sourcils. Blanchi ou non, le type avait été accusé de fraude et il n'y avait pas de fumée sans feu. Cependant, George était son chef ; elle n'avait plus qu'à se ranger à son opinion. La matinée suivit son cours et la jeune femme remisa l'épisode dans un coin de sa tête.

Peu après midi, elle reçut un appel de Claire. Bizarre... Son amie ne la dérangeait jamais au travail.

— Il y a un problème ? lui demanda-t-elle en décrochant.

— Non... Enfin, si. Je n'en peux vraiment plus de mon boss. J'ai l'impression de parler à un mur. J'ai besoin de tes lumières. Tu serais libre demain soir ? Je t'invite à dîner.

— Avec plaisir. Je dis à Max de nous réserver la sept, au fond. On sera tranquilles. Vingt heures ?

— Parfait. Merci, Morgan.

— Je t'en prie, ma chérie ! C'est bien normal...

Sasha, au même moment, courait comme une dératée dans les couloirs de l'hôpital. Profitant de ce qu'elle ne commençait qu'à treize heures, elle avait fait la grasse matinée. Résultat : elle était en retard. Vite, elle empoigna sa blouse, l'enfila par-dessus son jean et son tee-shirt, s'engagea dans le couloir, et... tomba nez à nez avec le jeune interne de la veille. Il se dirigeait vers la salle de garde.

— Encore de repos ? lui lança-t-elle, taquine. Les affaires tournent mal, en néonat' ?

— À vrai dire, je te cherchais. Je voulais me présenter, vu que j'ai oublié de le faire hier. Alex Scott, enchanté.

— Sasha Hartmann, répondit-elle en pressant le pas.

Elle avait trois patientes à accoucher, dont une de façon imminente. En plus, il s'agissait d'un cas particulier : les parents avaient eu recours à une mère porteuse, trentenaire, mariée et mère de trois enfants. Sasha n'en était pas à sa première expérience de mère porteuse mais, cette fois-ci, elle attendait des jumeaux. Les parents biologiques, qui avaient essayé pendant des années de fonder une famille par les voies naturelles, étaient malades d'angoisse… Or ils se trouveraient dans la salle d'accouchement pendant toute la procédure. Cela promettait d'être un sacré cirque !

— Attends, Sasha ! la héla l'interne. Tu serais libre à dîner un de ces jours ? Ou à déjeuner ?

Sasha pila, fit volte-face et fixa sur le jeune homme un regard interloqué. Venait-il réellement de lui proposer un rencard ? Elle s'attendait à tout sauf à ça, surtout de la part d'un collègue.

— Euh… Pourquoi pas ? répondit-elle distraitement. Elle s'éloigna.

— Demain ? lui lança-t-il.

— Quoi, demain ?

— Demain. Toi dîner avec moi.

— Déjeuner. Au self. Dis, je suis super à la bourre, là…

— Ah oui, pardon ! File alors. Rendez-vous à midi.

Vingt secondes plus tard, elle était au chevet de la mère porteuse, laquelle était entourée des parents biologiques déjà émus aux larmes.

Pendant ce temps, devant la salle de garde, Alex Scott se retenait à grand-peine de crier sa joie.

Le lundi soir, au théâtre, c'était relâche. Abby s'y rendit néanmoins dans le courant de l'après-midi avec ses pinceaux et son matériel de bricolage. En chemin, elle tenta pour la quatrième fois de joindre Ivan, sans succès. Elle était sans nouvelles de lui depuis la veille et elle sentait l'affolement la gagner. À dix-huit heures, comme il ne lui avait toujours pas donné signe de vie, elle rentra chez elle.

Dans le hall de l'immeuble, elle tomba sur Claire et lui fit part de ses inquiétudes.

— Il doit être occupé, répondit cette dernière. Ou alors il dort. Ou il s'est absorbé dans un nouveau projet et il en oublie le monde extérieur... Tu sais comment il est !

Abby hocha la tête. Son amie avait raison. Ivan était tout à fait capable, quand il était happé par une idée ou par un projet, de disparaître pendant plusieurs jours sans donner de nouvelles. Il devait lire la pièce de Daphne. N'empêche. Abby avait un mauvais pressentiment. Car la blonde avait un corps de rêve, des yeux pleins de ferveur et un père richissime.

— Essaie de penser à autre chose, lui conseilla Claire tandis qu'elles entraient dans l'appartement. Il finira par revenir. Il revient toujours !

Abby se tourna brusquement vers Claire. Se faisait-elle des idées, ou son amie avait-elle prononcé sa dernière phrase d'un ton plus qu'acerbe ?

Claire, il est vrai, était passablement énervée. Son patron avait passé la journée penché par-dessus son épaule, à critiquer ses dessins. La jeune femme gagna sa chambre et s'habilla de façon plus confortable. Son portable se mit à vibrer : c'était sa mère. Elle avait décroché un nouveau contrat de décoration d'intérieur. En cachette de son mari, bien sûr. Il l'aurait mal pris.

— Ce n'est pas grand-chose, minimisa-t-elle. Juste un salon et deux chambres à rafraîchir. Je dépanne une copine…

Claire serra les dents. Sa mère se rabaissait constamment. Dans le souci de ménager l'orgueil de son époux, elle présentait son travail comme un menu service rendu, au lieu d'en revendiquer la valeur. Pourtant, elle avait du talent. Elle n'avait pas son pareil pour dénicher des meubles et objets superbes sans dépasser le budget alloué. Ses clients chantaient ses louanges, si bien qu'elle aurait aisément pu se faire un nom dans le métier et monter son affaire. D'ailleurs, le loft des filles lui devait beaucoup de son cachet.

Claire était proche de sa mère et lui téléphonait une fois par semaine. Cela la désolait de la voir se contenter de petits boulots non déclarés. Le problème venait de ce que le mariage de ses parents reposait sur une répartition traditionnelle des rôles : c'était à l'homme de subvenir aux besoins de sa famille et à la femme de le soutenir envers et contre tout.

Pourtant, Sarah Kelly se languissait d'une autre vie. Claire le sentait. Depuis que sa mère habitait San Francisco, son univers s'était comme rétréci. Jim, déprimé par ses échecs à la chaîne, n'avait plus le goût de voyager. Il détestait les concerts, l'opéra et le ballet ; et le théâtre ne valait guère mieux à ses yeux. Aussi privait-il son épouse de tous ces plaisirs. En outre, le couple avait très peu d'amis.

Claire incitait sa mère à bouger, à voir des gens et à sortir. Mais cette dernière lui soutenait qu'elle était « très heureuse comme ça ».

— Alors, ma chérie, lui demanda-t-elle au téléphone, quand est-ce que tu retournes en Italie ?

— Pas tout de suite, je pense. Pas avant Noël, en tout cas. Je planche encore sur la ligne printemps-été.

— Oh, dommage !

Claire soupçonnait sa mère de vivre ses envies de voyages à travers elle, par procuration en quelque sorte.

— Mais tout se passe bien, à part ça ? Tu es contente ?

— Oui, oui…

En vérité, Claire était au bout du rouleau, mais elle ne voulait pas l'inquiéter…

Quand la jeune styliste regagna le salon, elle y trouva Abby au téléphone avec Ivan. Non sans un soupçon d'agressivité, celle-ci le soumettait à la question. Claire fit la moue. Ce type ne méritait pas qu'on fasse si grand cas de lui. Surtout après avoir disparu des radars pendant vingt-quatre heures.

— Pourquoi tu ne m'as pas rappelée ? disait Abby, contenant à grand-peine l'hystérie qui montait en elle. Je t'ai laissé je ne sais plus combien de messages !

— Tu sais bien que je suis allergique à toutes ces appareils, rétorqua Ivan. Et figure-toi que mon portable était H.S. hier soir. Batterie à plat et pas moyen de remettre la main sur le chargeur. Je viens juste de le retrouver.

— Hum… Et la pièce de Daphne ? T'en as pensé quoi ?

Abby grimaça en s'entendant : sa jalousie sautait aux yeux. Mais elle n'était pas d'humeur à tourner autour du pot.

— Excellente ! Pas aussi bonne que la tienne, mais je vais pouvoir dire, sans mentir, à son père que sa fille a du talent. Je l'appelle tout de suite. Je voulais d'abord m'assurer que tout allait bien de ton côté.

Abby se radoucit. Il se faisait du souci pour elle ! C'était exactement ce qu'elle avait besoin d'entendre. Petite, elle avait souffert de l'absence de ses parents. Sa nounou était très gentille, mais rien ne remplaçait l'affection d'un papa ou d'une maman. Même aujourd'hui, à vingt-neuf ans, elle aurait donné cher pour qu'ils s'intéressent un peu plus à elle. Quand elle tentait de les joindre, il lui fallait passer par leurs différents assistants avant d'être mise en relation avec eux. Et encore, seulement si leur emploi du temps le permettait. Son père était toujours en réunion et sa mère en tournage…

— Tu fais un truc, ce soir ? demanda Abby d'une petite voix.

— J'ai rendez-vous avec un sponsor potentiel… Il faut bien payer le loyer.

Il avait raison, bien sûr. Tout de même. Elle était déçue.

— Bon, je te laisse, chérie, reprit-il. On se voit demain au théâtre.

Sur ce, il raccrocha.

— Alors ? Il était où ? demanda Claire à son amie quelques instants plus tard.

— Chez lui. Il avait perdu son chargeur.

Claire ne masqua pas son scepticisme, mais Abby connaissait Ivan : il était dissipé, brouillon, imprévisible. Elle n'avait aucune raison de ne pas le croire.

— Et la pièce de la fille ? Il l'a lue ?

— Oui, apparemment elle écrit bien. C'est une bonne nouvelle, tu sais : le théâtre a besoin d'un mécène.

Le lendemain, quand Abby revit Ivan, elle chercha à se rassurer.

— J'ai cru que tu avais passé la nuit avec Daphne, avoua-t-elle, penaude.

Il éclata de rire.

— Cette gamine ? Ne sois pas ridicule, chérie !

Abby ne dit rien. La gamine en question était roulée comme une déesse et son père avait une fortune colossale.

— C'est toi que j'aime, ma belle, reprit Ivan en l'enlaçant. Tu le sais depuis le temps, non ?

Il plongea ses yeux dans ceux d'Abby, qui hocha la tête.

— Pardon, murmura-t-elle. C'est juste que... Je ne comprends pas pourquoi tu m'as laissée sans nouvelles.

— Je digérais ma lecture. J'ai étudié la pièce sous toutes ses coutures. Et tu sais quoi ? Si j'arrive à soustraire assez de fric au vieux, on aura de quoi monter ta pièce après celle de Daphne. Je vais lui en parler.

— Tu le vois quand ? s'enquit Abby, toujours lovée contre son amant.

— Ce week-end, j'ignore quand exactement. Il doit me recontacter. Il est *over busy* ! J'espère qu'il va tenir parole, en tout cas. Tu sais comment ils sont, ces businessmen : ils se gourent parfois de priorités...

Abby grimaça. L'allusion à son propre père était à peine voilée. Ivan et lui s'étaient rencontrés une seule fois, et l'aversion avait été mutuelle. Pour Ivan, le père d'Abby était un vulgaire commercial dénué de conscience ; et pour le producteur, Ivan était un poseur dépourvu de talent. C'était à cause de lui, prétendait-il, que la carrière de sa fille était encore au point mort.

Abby était songeuse. Si M. Blake acceptait la proposition d'Ivan, celui-ci monterait enfin sa pièce. Son père à elle se rendrait compte que son compagnon n'était pas un escroc. Peut-être même connaîtrait-elle le succès ! Et alors, envolée, la tentation de prêter sa plume à des sitcoms ou à d'autres projets « mercantiles » qui lui vaudraient le mépris d'Ivan. Elle avait vingt-neuf ans : il était temps que le vent tourne.

— Merci, répondit Abby. Ce serait chouette.

Ivan quitta le théâtre de bonne heure ; il avait un rendez-vous professionnel. Abby resta pour assurer l'intendance. Quand elle rentra se coucher, il était minuit passé et ses colocataires dormaient.. Avant de s'endormir, elle reçut un SMS d'Ivan. *Je t'aime*, lui écrivait-il. Abby sourit de sa propre sottise. Elle s'était vraiment affolée pour rien.

5

Alex monta chercher Sasha un peu avant midi. Les infirmières lui apprirent qu'elle terminait une césarienne : elle en avait au moins pour une demi-heure encore. Qu'à cela ne tienne ! Il repasserait.

Il était là lorsqu'elle émergea de la salle d'accouchement. À son sourire, il comprit que tout s'était bien passé.

— Matinée chargée ? lui lança-t-il en guise de salutation.

— Je ne me plains pas. Pour le moment, c'est plutôt calme.

— Ah ! Il faut en profiter alors ! Toujours partante pour un déj' au self ? Tu ne préfères pas plutôt une petite brasserie du coin ?

— Trop risqué. Mon organisme n'est plus habitué à la vraie nourriture. Je pourrais faire un choc toxique. De toute façon, dès que je m'assieds, on m'appelle pour une urgence. Tu vas voir, ça ne loupe jamais. Du coup, le midi, je me contente en général d'une ou deux barres protéinées.

Voilà qui expliquait sa minceur.

Dans l'ascenseur, ils parlèrent gastronomie. Au self, Sasha prit une salade, un yaourt, un fruit et, après quelques secondes d'hésitation, un énorme cookie. Alex opta pour le plat du jour. Ils s'installèrent près d'une fenêtre. Sasha décapsula son Coca light.

— Tu es au régime ? s'enquit le jeune interne.

— Hein ? Non, non. Manger léger est juste une habitude bien ancrée en moi. Ma sœur est mannequin ; plus jeune, elle m'interdisait de manger des trucs qui pouvaient la tenter, comme de la glace, des sodas sucrés ou des gâteaux. Mais je me soigne ! ajouta-t-elle avec malice en désignant son cookie.

Alex ne pouvait s'empêcher de dévorer des yeux la jeune femme.

— Tu pourrais être mannequin, toi aussi, remarqua-t-il.

Pendant ses études, il était très souvent tombé sous le charme de filles sublimes, superficielles et très conscientes de leurs charmes. Elles lui en avaient fait baver. Mais Sasha n'était pas comme elles. Pour commencer, elle était brillante. En outre, pas une once d'arrogance ne se dégageait de sa personne. À croire qu'elle ignorait son pouvoir de séduction.

— Merci, mais très peu pour moi ! répondit la jeune femme. Je tiens à ma santé mentale, et physique. La médecine est un métier prenant, mais au moins on ne l'exerce pas debout dans la neige en bikini ou en vison en plein été. Ou pire : juché sur des échasses ! Je tiens à mes Crocs, moi.

— Tu viens d'où ?

Elle avait un léger accent.

— J'ai grandi à Atlanta. Je suis venue ici pour mes études.

— Moi, je suis de Chicago.

Il ne précisa pas qu'il avait fait Yale et Harvard. Il serait passé pour un pédant.

— La ville me manque, dit-il simplement. Tu connais ?

— Non, mais ma mère en est originaire. Elle est avocate.

— Tiens ! La mienne aussi. Spécialiste de la loi anti-trust. Je n'ai aucune idée de ce que c'est ! Mais elle, ça l'éclate. Elle veut devenir juge...

— Ah... Ma mère, son truc, c'est les divorces.

Sasha préféra changer de sujet :

— Tu as toujours voulu être médecin ?

— Mon père est cardiologue, mon frère orthopé-diste... Ma voie semblait tracée d'avance. Et toi ?

— C'était un rêve de gosse. J'ai mis quelques années à choisir ma spécialité. Mais je crois que les questions de fertilité sont un sujet d'avenir. Les gens fondent des familles de plus en plus tard, la médecine a un vrai rôle à jouer.

— Moi, ce qui me branche, c'est la pédiatrie. La néonatologie, c'est très stimulant, mais je ne sais pas si je saurai gérer le stress, à long terme...

La conversation se porta sur la vie à New York, sur les endroits à fréquenter, les quartiers les plus intéres-sants...

— J'habite à Hell's Kitchen depuis cinq ans, l'in-forma Sasha. Dans un loft avec trois amies. Je vois rare-ment mes parents depuis qu'ils sont divorcés. Du coup, mes colocataires sont devenues ma famille d'adoption !

— Tu avais quel âge ?

— Quand mes parents se sont séparés, tu veux dire ?

Il acquiesça.

— Vingt-cinq ans. Mais ça fait mal quand même. Mon père s'est remarié, il a deux petites filles. Ma mère... elle ne s'en remet pas. Elle noie son amer-tume dans le boulot...

À son tour, Alex lui raconta sa vie, le petit meublé qu'il louait à deux pas de l'hôpital et où il ne faisait que dormir... Finalement, le mode de résidence de Sasha lui paraissait bien plus convivial que le sien. Il n'y avait qu'à voir son visage s'éclairer quand elle en parlait ! En revanche, côté famille, il n'était pas à plaindre. Après des décennies de mariage, ses parents s'aimaient comme au premier jour. Son frère, de quatre ans son aîné, était célibataire comme lui, ce qui expliquait qu'ils partent encore régulièrement en vacances tous les deux, avec leurs parents.

— Donc, toi, si je comprends bien, tu te plais beaucoup à New York ? demanda-t-il.

— Oh, oui. Je compte y rester le plus longtemps possible.

— Moi, j'hésite. Chicago est une ville plus reposante. J'envisage d'y rejoindre un cabinet. Mais je n'exclus pas non plus de rester bosser ici en hôpital pendant quelques années et de faire des allers-retours.

— Tu as l'air d'avoir une famille soudée. C'est rare, de nos jours.

Une ombre passa sur le visage de la jeune femme. L'enviait-elle ?

— Remarque, reprit-elle, moi, j'ai ma sœur. Elle habite New York, elle aussi.

— Vous vous entendez bien ?

— Plutôt. Mais nous sommes très différentes. Elle passe sa vie entre Tokyo, Paris et Milan. Je n'aimerais pas être à sa place. Si tu savais le nombre de langues de vipère qu'il y a, dans le milieu de la mode ! Heureusement que Valentina n'est pas du genre à se laisser marcher sur les pieds. N'empêche, je me demande ce qu'elle fera dans quelques années quand on la jugera trop vieille pour ce métier. Elle a déjà trente-deux ans... La pauvre, c'est un univers impitoyable.

— J'imagine. Pourquoi a-t-elle choisi cette voie ?

— Par facilité, je suppose. Et le divorce de nos parents l'a pas mal secouée, plus qu'elle ne veut bien le montrer. Ça a dû jouer. À une époque, je crois même qu'elle se droguait... Mais elle s'est calmée, heureusement.

— Elle est mariée ?

— Oh, non ! Et ce n'est pas demain la veille. Elle est bien trop accro au glamour, aux fêtes, aux paillettes ! Elle en profite tant que ça dure. Vieillir, c'est sa hantise. Elle est toujours fourrée à la salle de gym, à tenter de combattre la marche inexorable du temps. Ce n'est pas une vie !

Alex était ravi que Sasha s'ouvre ainsi à lui.

— Et sinon, s'enquit-il, qu'est-ce que tu fais de ton temps libre ?

Elle le dévisagea, éberluée.

— De mon quoi ? Je ne connais pas ce concept, plaisanta-t-elle.

Ils éclatèrent de rire.

— Touché, déclara Alex.

— Et toi ?

— J'adore la voile. Mon frère a un petit voilier, sur le lac. Avant, je faisais du tennis, du football américain... Mais cette époque est révolue : plus le temps, c'est vrai... Et puis, je ne rajeunis pas.

Il n'avait que trente-deux ans, mais son parcours athlétique avait été jalonné de blessures, parfois graves.

— J'aime la vie au grand air. Gamin, je voulais être garde-forestier. Ou pompier. Ou joueur de base-ball.

— Classe ! Moi, c'était la médecine ou rien. À l'extrême rigueur, j'aurais pu envisager de devenir véto. En fait, toute petite, je voulais devenir infirmière, mais quand j'ai dit ça à ma mère elle a failli faire une syncope. C'est une grande militante des droits des femmes et une féministe convaincue. Elle me voyait plutôt présidente des États-Unis !

— Présidente ? Quelle horreur ! C'est le meilleur moyen de se mettre tout le pays à dos.

— Je ne te le fais pas dire.

Alex la contempla en silence pendant quelques secondes. Il émanait d'elle un mélange de douceur et de force auquel il était loin d'être insensible. Il prit son courage à deux mains – elle l'intimidait un peu.

— Sasha... j'aimerais beaucoup t'inviter à dîner, un de ces soirs.

Elle le fixa, interdite. Le sang d'Alex ne fit qu'un tour. Pourquoi ne répondait-elle pas ? Le trouvait-elle barbant ? Repoussant même ?

— Tu veux dire... Tu me proposes un rencard ? bredouilla la jeune femme.

— Euh... Oui. Enfin, si ça te dit, bien sûr.

— Je suis très prise...

— Ce n'est pas grave. Moi aussi.

Tant pis s'ils devaient se voir en pointillés ! Tant qu'ils se voyaient.

— Écoute, même débordée, il faut bien que tu t'alimentes, argumenta le jeune interne. En plus, à ce que je vois, tu ne coûtes pas cher à nourrir. Bon, il faudra que je prévoie un budget cookie, mais je dois pouvoir m'arranger.

Elle pouffa.

— Dans ce cas... d'accord. Enfin, peut-être...

— Quel enthousiasme, ironisa Alex.

— Ne le prends pas mal. J'hésite à sortir, en ce moment. Avec ce boulot... Chaque fois que je fais des plans, je me retrouve obligée de les annuler à la dernière minute. Ou je dois filer avant le dessert. Les gens s'en lassent.

— Mais moi, je connais tout ça par cœur !

— OK, mais ce n'est pas tout. Je passe ma vie en Crocs ! Tu ne vas pas me dire que tu trouves ça sexy, quand même ?

Il eut un sourire en coin. Les Crocs étaient un tue-l'amour universellement reconnu. Mais Sasha était belle, intelligente, et elle lui plaisait davantage de minute en minute.

— Je n'ai rien contre les Crocs, affirma-t-il. Et tu verras, un jour, tu parviendras à t'en passer.

— Si je fais toute ma carrière en obstétrique, ce n'est pas gagné…

— Et alors ? Tu vas faire vœu de célibat ?

— Non, bien sûr. Mais je te l'ai dit : je déteste revenir sur mes engagements. Et les rencards, c'est tellement de boulot… Il faut s'apprêter et tout…

— Un dîner, ce n'est pas le Pérou ! Je t'accorde dix annulations. Je m'en réserve autant. Et le *dress code* sera le suivant : blouse, Crocs et cheveux gras ! Ça te va ?

Elle sourit.

— Marché conclu, dit-elle.

— Génial ! Vendredi ? Samedi ? Quelqu'un a dû se planter dans le planning : je suis libre tout le week-end.

— Veinard… Moi, je travaille vendredi et je suis de garde samedi. On peut tenter le coup, cela dit…

— C'est d'accord !

Ils échangèrent leurs numéros, puis Sasha fut appelée au bloc.

— Merci pour le déjeuner, lui dit-elle en rempochant son biper.

Elle se leva.

— Je te vois samedi. N'oublie pas ta blouse ! Perso, je n'ai aucune intention de repasser une chemise.

— Pour toi, je tâcherai d'enfiler un jean propre.

Un sourire béat se peignit sur les traits du jeune homme.

Elle s'éloigna, non sans une pointe de regret. Elle avait passé un bon moment, n'avait pas vu le temps filer. Alex l'avait tout de suite mise à l'aise. Elle s'était sentie libre d'être elle-même. Souvent, les hommes avec qui elle était sortie s'agaçaient de son naturel. Ils attendaient d'elle qu'elle rentre dans leur petit jeu de séduction. Or Sasha n'avait jamais eu la patience de s'y prêter. Apparemment, Alex ne s'en était pas formalisé, puisqu'il l'avait invitée à dîner !

Elle pensa à Valentina. Sa sœur était passée maîtresse dans l'art des minauderies en tout genre. S'entendrait-elle avec Alex ? Il n'était pas du tout son genre. Elle lui reprocherait d'être trop jeune, trop ennuyeux. Alors qu'elle, elle l'avait trouvé attentif et franc, deux qualités essentielles à ses yeux. En plus, il paraissait plutôt humble et possédait un certain sens de l'autodérision. Trop de médecins se prenaient pour des dieux. Oui, décidément, il lui avait fait excellente impression.

— Alors, on rêve ?

Alex sursauta. C'était Marjorie, l'infirmière-chef. Elle le toisait, la mine goguenarde.

— J'ai un rencard, lui glissa-t-il, excité comme un gosse.

— Mes félicitations ! Qui est la veinarde ?

Marjorie, qui avait dix ans de plus qu'Alex, aimait bien le taquiner. C'était son interne préféré. Elle le surnommait « le bon parti ». Voire, dans son dos, « le sex-symbol ». Ce qui ne l'empêchait nullement d'adorer son mari…

— Le veinard, c'est moi ! répliqua Alex, radieux, dont l'esprit ne pouvait se détacher de la magnifique et grande femme blonde de trente-deux ans qui venait de le quitter.

Après le travail, Morgan se rendit directement au restaurant de Max pour son dîner avec Claire.

— Je t'ai réservé la sept, comme tu me l'as demandé, lui confirma son compagnon en l'accueillant. Tu dînes avec qui, déjà ?

— Avec Claire. Apparemment, elle veut me demander des conseils sur le marché de l'emploi, ou quelque chose dans ce goût-là.

Max la conduisit à sa table et vaqua à ses occupations ; le restaurant était déjà très animé. Peu après, Claire entra.

— Merci d'avoir accepté ce petit dîner au calme, dit-elle à Morgan tout de go. Je suis passée me changer au loft, Abby est dans tous ses états à cause de tu-sais-qui… On sera plus tranquilles ici.

— Dis-moi tout.

— Alors, voilà. Je me demande si, à jouer la carte de la sécurité, je ne suis pas en train de flinguer ma carrière de styliste. Je n'ose pas en parler à ma mère, elle a d'autres chats à fouetter et puis elle est si fière de moi…

— Ça se passe si mal que ça avec Walter ?

— C'est bien simple : je déteste toute la ligne printemps-été. C'est un copier-coller de la collection de l'an dernier. Ce type est allergique au changement. Et, à force, on va me coller la même étiquette. Tu ne crois pas ?

— Hum… Ce qui compte, ce n'est pas Walter, ni même toi, mais votre cœur de cible. Vos clients achèteraient-ils des produits plus… innovants ?

Claire réfléchit.

— Probablement pas, laissa-t-elle tomber tristement. Mais on pourrait essayer ! Sur un modèle, au moins… De toute façon, ce qui m'énerve, c'est que Walter ne m'apprécie pas à ma juste valeur. Il critique tout : mon style, mes méthodes de travail…

— Alors, qu'est-ce qui te retient ?

— La perspective du chômage. Je suis tiraillée. Si je reste, j'ai l'impression que je vais tuer à petit feu ce qu'il me reste de créativité. Si je pars…

— Tu n'as pas d'économies ?

Morgan n'était pas du genre à tourner autour du pot.

— Seulement de quoi tenir un ou deux mois…

Un air penaud se dessina sur le visage de Claire. La jeune femme, frustrée par sa carrière qui patinait, cédait un peu trop souvent à la tentation de se remonter le moral à coups de virées shopping ; elle peinait à mettre de l'argent de côté.

— Deux mois…, répéta Morgan, songeuse. C'est tendu.

Un ange passa.

— Si ça se trouve, c'est lui qui va me virer, reprit Claire. On s'engueule sans arrêt, on est pires qu'un vieux couple.

— Peut-être qu'il faut que tu te lances, après tout. Toi seule peux savoir si tu as atteint ton point de rupture. Tu as envoyé des C.V. ? Passé des entretiens ?

— Je n'ose pas. Si Walter apprend que je prospecte ailleurs, il me renvoie illico.

Morgan comprenait le dilemme de Claire et souffrait de la voir sous-estimée, sous-exploitée.

— Avec ta stagiaire, ça s'arrange ?

— Tu parles ! Comme c'est la fille d'amis de Walter, elle lui rapporte tout ce que je peux dire derrière son dos. Une vraie Mata Hari !

La voix de Claire se faisait stridente. Son stress était flagrant.

— Dans un monde idéal, tu ferais quoi ? lui demanda Morgan.

— Je lancerais ma propre marque. Mais ça coûte une fortune.

— Tu pourrais lever des financements…

— Comment ? Je manque d'expérience. Dans le milieu de la mode, je suis inconnue au bataillon. Je ne suis qu'un rouage de la machine Arthur Adams.

— Dans ce cas, je pense que tu tiens la réponse à ta question.

— Comment ça ?

— Tu veux te faire un nom dans le milieu de la mode, oui ou non ?

— Oui…

— Alors, tu ne peux pas rester toute ta vie à ce poste ingrat et sous-rémunéré.

— Franchement, la rémunération, je m'en fiche. Je suis prête à travailler pour un salaire de misère, tant qu'on m'accorde plus de marge de manœuvre.

— Moi, je serais toi, j'aborderais les marques qui te plaisent. Envoie des candidatures spontanées. Propose-leur des idées. C'est risqué, mais si tu ne fais rien tu vas finir par t'étioler.

— Ce n'est pas faux…

— Lance-toi, je te dis ! Tu verras bien ce qui se passera.

Claire hocha la tête en silence.

Soudain, une ombre leur fit lever la tête. Un bel homme aux tempes grisonnantes et aux yeux bleu glacier se tenait dans l'allée. Il portait un costume à la coupe parfaite et une montre en or d'allure coûteuse. Il aurait tout à fait été à sa place sur la couverture de *Men's Health*, ou même sur celle de *Fortune*. Il sourit à Morgan puis, avisant Claire, se troubla.

Claire interrogea du regard son amie, puis elle comprit : ce devait être le fameux George Lewis, son patron.

— Bonsoir, mesdames, leur lança-t-il. Morgan, je viens de dîner ici avec un ami : le succès de ton compagnon est mérité, nous nous sommes régalés.

Le visage de Morgan s'éclaira. George était très exigeant. Max serait flatté.

— Merci, je transmettrai tes félicitations au chef.

Mais George ne l'écoutait plus. Il souriait à Claire d'un air idiot. Morgan détailla son amie. Elle portait un jean et un pull blanc à col en V – un Céline qui valait une fortune et faisait son petit effet ! Et avec ses cheveux longs portés au naturel, Claire paraissait à peine ses vingt-huit ans. Pas étonnant qu'elle ait tapé dans l'œil de George !

— J'ai été enchanté de vous rencontrer, mademoiselle, lui glissa-t-il, suave, avant de s'éloigner.

— Waouh ! Je ne le voyais pas du tout comme ça ! s'exclama Claire après qu'il fut parti. Je le pensais plus âgé. Et moins… dragueur.

— Il va sur ses quarante ans. Et, oui, c'est un homme à femmes. Mais dans le cadre du boulot, il est très pro.

— Valentina n'est pas sortie avec lui, brièvement ?

— Si. Il ne sort qu'avec des stars. Des actrices, des mannequins… Mais ça ne dure jamais.

— Elle disait beaucoup de mal de lui.

— Sans doute qu'il n'était pas assez riche et croulant pour elle. Ou alors, c'est parce qu'il est trop discret. En tout cas, je le connais bien : il a flashé sur toi.

— Arrête, je n'ai rien d'un top model…

— T'es canon, tu sais… Mais c'est vrai que tu n'es pas son genre habituel. Tu es plus… nature. Peut-être que c'est ça qui l'a séduit ?

— Pff, n'importe quoi !

Elles se remirent à parler de la situation professionnelle de Claire. Morgan avait raison. Claire devait prendre le taureau par les cornes si elle voulait un jour se lancer et créer sa propre marque.

Sur le chemin du retour, la jeune femme se sentait ragaillardie. Elle avait enfin décidé d'agir. Pour la première fois depuis des mois, elle se coucha le cœur léger.

Le lendemain matin, Morgan arriva au travail avec quelques minutes de retard (la veille au soir, Max l'avait rejointe au loft très tard, après la fermeture du restaurant, et ce matin ils avaient pris le temps de faire tendrement l'amour…).

Elle étudiait ses e-mails quand George pénétra dans son bureau.

— Tu tombes bien, lui lança-t-elle. Je voulais te remercier d'avoir dîné chez Max, hier. On est ravis que ça t'ait plu.

— Ah oui ! J'ai l'intention d'en faire ma nouvelle cantine.

Sans doute y amènerait-il ses futures conquêtes, songea Morgan, amusée. Généreux et toujours à la pointe des tendances, il avait une réputation à tenir auprès des femmes.

— Il n'y a pas que le restau qui m'a plu... Ton amie aussi, lâcha-t-il sans ambages.

L'espace d'un instant, Morgan crut qu'il lui parlait de Max. Elle le dévisagea, perplexe. Mais il reprit :

— C'est une très belle femme. Vous êtes proches ? Morgan rit de sa propre méprise.

— Ah ! Claire ! On est colocs depuis cinq ans.

— Elle fait quoi, dans la vie ?

— Euh, elle est dans la mode. Dans la chaussure, pour être exacte. Justement, on en parlait hier soir. C'est une styliste de talent, mais elle est coincée à un poste ingrat...

— Elle est célibataire ?

— Oui. Enfin, non : elle est mariée à son boulot.

— Une bosseuse... comme moi... Ça me plaît, tout ça ! Elle travaille où, précisément ?

— Chez Arthur Adams, répondit Morgan non sans une certaine réticence.

L'intérêt que George portait à son amie la mettait mal à l'aise. Cet homme était un bourreau des cœurs, et Claire... Bah ! Elle était majeure et vaccinée. Elle saurait se défendre.

Cet après-midi-là, un fleuriste livra trois douzaines de roses blanches dans les locaux d'Arthur Adams. À l'intention de Claire Kelly... Une carte accompagnait le bouquet : « J'ai été enchanté. George. »

Claire n'en revenait pas.

— Quelqu'un est mort ? lui demanda sèchement Walter en entrant sans frapper dans son bureau.

— C'est un cadeau, marmonna-t-elle, gênée.

— Votre ami est mal élevé ! On ne mélange pas le professionnel et le privé. Vous le lui direz.

Elle pinça les lèvres et opina du chef.

Walter et elle débattirent brièvement du prix d'un article (Claire proposait de l'augmenter, il refusa catégoriquement), puis, restée seule avec ses brassées de fleurs qui embaumaient toute la pièce, la jeune femme laissa divaguer ses pensées.

Que lui voulait le patron de Morgan ? Son amie lui avait dit que c'était un don Juan, un homme qui n'évoluait pas dans les mêmes cercles qu'elle. Elle ignorait à quoi il jouait, mais elle n'entrerait pas dans son jeu.

La carte portant les coordonnées du généreux donateur, elle lui adressa un e-mail court et poli pour le remercier, puis elle s'absorba de nouveau dans ses tâches abrutissantes. Elle était convaincue qu'elle n'entendrait plus parler de lui.

Elle se trompait.

Le lendemain, George lui fit parvenir un magnifique livre d'art sur l'histoire de la confection des souliers. C'était un cadeau tellement attentionné que la jeune femme s'en trouva troublée. Le patron de Morgan avait, à l'évidence, entrepris de lui faire la cour. Or elle n'avait pas échangé deux mots avec lui… Que lui répondrait-elle s'il s'avisait de lui téléphoner pour l'inviter à dîner ? Elle espérait qu'il s'abstiendrait. Il allait se lasser, forcément, si elle ne le relançait pas. Un homme comme lui courait forcément plusieurs lièvres à la fois.

Elle décida donc qu'elle ne répondrait pas à ses avances. D'ailleurs, elle ne parla même pas de ses attentions à Morgan ni aux autres. Et puis, elle avait d'autres chats à fouetter. Elle avait en effet sauté le pas et adressé C.V. et lettres de motivation à ses créateurs préférés. Deux lui avaient répondu dans la foulée qu'ils ne recrutaient pas en ce moment. Elle attendait le retour des trois autres et, plus le temps passait, plus grandissaient en elle l'angoisse et l'espoir.

Tout de même. Les égards de George Lewis lui trottaient aussi dans la tête. Un homme tel que lui ne s'oubliait pas si facilement.

6

Sasha fut retenue à l'hôpital tout le samedi après-midi. Elle enchaîna les accouchements, courant de salle de travail en salle de travail. Quand, enfin, elle put souffler, il était dix-neuf heures passées. Elle était censée retrouver Alex une demi-heure plus tard : en se dépêchant, c'était encore jouable. En revanche, elle n'aurait pas le temps de repasser au loft pour se changer. Elle lui téléphona. Préférait-il remettre leur sortie à une prochaine fois ?

— Tu as mangé ? lui demanda-t-il.

— Deux barres énergétiques à midi, c'est tout.

— Alors, pas d'hésitation : on maintient le dîner. Je passe te chercher ?

— OK. Mais je te préviens, je ne ressemble à rien, et je peux être rappelée à tout moment.

— C'étaient les termes du marché.

Elle pouffa, soulagée. Les hommes qu'elle avait fréquentés jusqu'alors se vexaient quand elle avait un imprévu.

— Sushis ? lança-t-il.

— Pardon ?

— Tu aimes les sushis ?

— Oh. Oui, beaucoup.

— Il y a un super japonais juste au coin de la rue. Et le service est rapide. Si t'es rappelée, au moins, tu auras le ventre plein.

Quand elle sortit sur le parvis, il l'attendait déjà. Il portait un jean et une chemise bleue, toute simple, mais repassée de frais. En comparaison, Sasha se fit l'effet d'une souillon. Mais le sourire qu'il lui adressa était si radieux qu'il parvint à dissiper son malaise.

C'était une chaude soirée de septembre. Ils marchèrent jusqu'au restaurant, qui se révéla digne des éloges d'Alex. Ils parlèrent de tout et de rien, de ski, de voile, de leurs romans préférés, de leurs parcours scolaires…

— C'est quoi, pour toi, le dîner parfait ? lui demanda soudain Alex.

— Un dîner tout simple, sans pression. Exactement comme ce soir, tiens ! Une conversation avec quelqu'un de sympa qui ne me fait pas une scène pour dix minutes de retard ou parce que je surveille mon portable.

— Et… il se termine comment, ce dîner parfait ? Par des ébats torrides, j'imagine ?

Sasha le dévisagea, choquée. Puis elle éclata de rire. Il la taquinait.

— Franchement, avec les vies qu'on mène, je me demande qui a le temps pour ces pratiques d'un autre âge.

— Il paraît que certains marginaux s'y adonnent encore. C'est fou, hein ? Personnellement, je suis très tradi. Je ne couche jamais avant le dix-neuvième soir.

Elle gloussa. Décidément, il lui plaisait. Et c'était réciproque, elle le lisait dans son regard. Comme quoi, il n'était pas nécessaire de se peinturlurer et de se jucher sur des talons aiguilles pour ferrer un gentil garçon.

— Le dix-neuvième soir, ça me semble raisonnable, concéda-t-elle. Mais, à ce stade-là, autant faire les choses bien et se marier directement…

Elle s'assombrit, pensant à ses parents.

— Quoique. Le mariage n'est vraiment pas le meilleur aphrodisiaque…

— Pourquoi tu dis ça ? Mes parents sont mariés depuis des lustres et ils sont amoureux comme des ados ! Je leur tire mon chapeau, d'ailleurs, parce qu'on leur en a fait voir de toutes les couleurs, mon frère et moi, quand on était gosses. N'empêche, je les envie. J'imagine que c'est du boulot, mais la récompense est belle.

Elle acquiesça. Si seulement ses propres parents avaient pu partager cette conviction !

— Bon, tu me confirmes donc qu'à notre dix-neuvième rencard, c'est bon ? plaisanta Alex. Les déjeuners au self, ça compte, ou pas ? Si oui, on est déjà au rendez-vous numéro deux. Plus que dix-sept ! Tu es libre ces dix-sept prochains soirs ?

Elle rit.

— Tu sais quoi ? reprit-il. La dernière fois qu'une fille m'a invité chez elle, je me suis endormi devant le film, sur le canapé. Elle est allée se coucher en me laissant un petit mot me priant de partir et de ne plus revenir. Bon, j'avoue, c'était la troisième fois que je lui faisais le coup. Mais, à ma décharge, ce film était super lent ! J'aurais préféré qu'on bavarde. Pour coucher avec une nana, j'ai besoin de la connaître un minimum.

— Quel romantique tu fais ! Vraiment…

— J'assume. Mais je ne sais pas si je devrais : la dernière fille à qui j'ai dit ça, elle m'a demandé si j'étais gay.

— Hein ?

— Ouais. Elle, son truc, c'était les sites de rencontre. Elle avait un mec différent dans son lit tous les soirs ! Bon, j'aurais eu dix-huit ans, je ne me serais sans doute pas fait prier mais… là, ça ne m'amuse plus, ce genre de choses…

Sasha avait la même vision qu'Alex. Valentina consommait souvent le premier soir et ne s'en cachait pas. Déjà, au lycée, elle accumulait les partenaires et les expériences. Et grand bien lui fasse ! Sasha, elle, était plus réservée dans le domaine de la sexualité.

— Je te comprends. Si tu savais le nombre de mecs qui considèrent l'affaire dans la poche quand ils t'ont payé un cocktail…

Elle soupira.

— Tu sais ce qu'on est, Alex ? Des *has been*. Complètement démodés.

— Je m'en moque. Tiens, si tu veux, je te propose même de sauter le pas au trente-sixième rencard seulement. Ou jamais. Le plus important, c'est de te voir… J'y pense, ça te dirait un ciné, un de ces soirs ? On s'endormirait devant l'écran ensemble, qu'est-ce que t'en penses ?

— Ça dépend. Tu ronfles ? Parce que si tu ronfles, ça risque de me réveiller… Tu sais que ça m'est déjà arrivé, à moi aussi ? C'était à un concert, l'année dernière. Sitôt la lumière tamisée, je me suis mise à roupiller comme un bébé. Du coup, j'ai arrêté d'aller au spectacle. Dans mon état actuel d'épuisement, ce serait jeter l'argent par la fenêtre.

— Et le sport, t'as essayé ? C'est plus difficile de somnoler devant un bon match. Il fait jour, il y a du bruit… Bon, le tennis, mieux vaut éviter. J'ai dormi pendant tout l'U.S. Open. J'ai bien cru que mon frère allait me trucider.

Elle n'imaginait que trop bien la scène.

— En tout cas, je suis très fier de nous, poursuivit Alex. Ni toi ni moi n'avons fermé l'œil de tout ce dîner. Franchement, bel exploit !

Ils sortirent du restaurant en riant. Comme le portable de Sasha restait muet, elle décida de rentrer se coucher. Mais, d'abord, elle convia Alex à venir dîner au loft le lendemain pour le traditionnel festin du dimanche soir. Elle mettait peut-être la charrue avant les bœufs, mais elle avait envie de présenter Alex à ses colocataires. L'ambiance serait décontractée et ce serait l'occasion idéale de voir si le courant passait. Il accepta avec enthousiasme.

Aurait-il vraiment refusé de coucher avec elle si elle le lui avait proposé ? Elle en doutait. Qu'importe ! Sa délicatesse était appréciable.

Un taxi approchait ; il le héla.

— Merci pour les sushis, Alex. C'était une super soirée.

— Merci à toi. Et à demain…

Le taxi démarra, laissant le jeune homme seul sur le trottoir.

Le dimanche après-midi, le soleil brillait, mais la température commençait à baisser. Morgan et Max sortirent se promener à Central Park. Claire s'octroya une virée shopping, au prétexte qu'il lui fallait inspecter les nouvelles collections de chaussures et repérer des marques à démarcher. Abby devait passer la journée avec Ivan, mais il l'avait appelée pour se décommander : il avait la grippe. Du coup, la jeune femme en profita pour avancer sur un projet de pièce. Sasha, quant à elle, s'offrit une longue sieste.

Le soir venu, Max arriva, les bras chargés de victuailles. Les autres rentrèrent au compte-gouttes et, quand Greg et Oliver sonnèrent, un peu avant dix-neuf heures, il régnait dans le loft une joyeuse animation. Enfin, Alex arriva. Sasha le présenta à ses amis.

— Voici Oliver, le frère de Morgan, et son copain, Greg… Max, c'est l'amoureux de Morgan, il est restaurateur… Et là, c'est Abby ; là, c'est Claire.

Un peu abasourdi, Alex tournait la tête à droite, à gauche, essayant de retenir tous les prénoms.

— Il ne manque que ma sœur, poursuivait Sasha. Elle rentre demain de Saint-Barth'. Oh ! Et il manque aussi Ivan, le copain d'Abby.

— Il est malade, s'empressa de préciser celle-ci.

Alex bavarda d'abord avec Greg. Il avait assisté en direct à plusieurs de ses exploits sur la glace, au cours de la saison passée. Au bout de quelques minutes, les deux jeunes gens échangeaient passionnément à propos du hockey.

Claire se tourna vers Sasha.

— Il est mignon, lui glissa-t-elle discrètement en haussant un sourcil.

Sasha joua la carte de la nonchalance.

— Tu trouves ? Hum, oui, sans doute. On bosse ensemble…

— Non, mais sérieusement, Sasha ! Il est *très* mignon. Et il a l'air sympa…

— C'est un collègue que j'apprécie, oui.

Elle n'évoqua ni le déjeuner au self ni les sushis de la veille. Elle ne voulait pas se monter la tête. De toute manière, elle avait résolu de devenir d'abord son amie. Pour le reste, elle aviserait plus tard.

On dîna de gigot d'agneau, d'un écrasé de pommes de terre et de haricots verts. Pour le dessert, Max avait rapporté du restau un énorme tiramisu. Il parla longuement de vins avec Alex, qui l'écoutait avec grand intérêt. Ensuite, Morgan proposa une partie de poker. Max, Oliver et Alex étaient motivés. Les autres débarrassèrent la table dans la joie et la bonne humeur.

Un par un ou deux par deux, les convives se retirèrent. Enfin, Sasha et Alex se retrouvèrent seuls dans le grand salon du loft.

— J'ai passé une super soirée, affirma Alex. Tes colocs sont géniaux. Et Max connaît son affaire : on a mangé comme des rois ! Il faut absolument que j'aille tester son restau.

Ils s'installèrent sur le canapé et discutèrent longuement, avec la même spontanéité que la veille.

Mais le temps passait et il fallut bien se séparer. Sasha le raccompagna jusqu'à la sortie, à contrecœur. Lui aussi traînait les pieds.

— Merci, lui dit-il encore sur le seuil de la porte. Tu as des dispos, cette semaine ?

— J'ai mon samedi.

— On fait un truc ?

— Avec plaisir, murmura-t-elle.

Doucement, tendrement, il l'attira à lui et, comme en point d'orgue à cette soirée parfaite, il l'embrassa.

Elle le fixa, les yeux arrondis par la surprise et l'émotion.

— Bon, je ne sais pas si c'est conforme au protocole, reconnut Alex. On n'en est qu'au troisième rencard. Mais… moi, j'ai bien aimé. Et toi ?

Pour toute réponse, elle l'embrassa à son tour. Ils s'attardèrent un long moment sur le palier, s'embrassant avec abandon, puis Alex disparut dans la cage d'escalier.

Sasha l'ignorait, mais, en dévalant les marches, le jeune homme exultait. Il lui tardait déjà d'être au prochain rendez-vous.

7

Le lendemain, sitôt rentrée de Saint-Barth', Valentina téléphona à sa sœur pour tout lui raconter. Jean-Pierre l'avait traitée comme une princesse : vols en jet privé, restaurants huppés, soins dans des spas de luxe…

— Tout ça, pour toi, c'est la routine, non ? s'étonna Sasha.

— Oui, mais Jean-Pierre n'est pas comme les autres. Il connaît tout le monde ! Je te le dis : je suis folle de lui.

Sasha leva les yeux au ciel. C'était toujours le même refrain.

— Bon, on se voit quand ? s'enquit-elle.

— J'ai un shooting à Tokyo demain. Pour *Vogue Japan*. Tu sais qu'ils me kiffent, là-bas, avec mes yeux verts… ma crinière blonde…

— Oui, bon, ça va. Tu veux passer au loft ce soir ?

— Nan, j'ai un vernissage avec Jean-Pierre, puis on dîne avec le proprio de la galerie.

— Alors, viens déjeuner au self de l'hosto.

— Beurk. Je suis obligée ?

— Oui, Val ! Rendez-vous à midi. Et sois à l'heure. Il y en a qui bossent.

La jeune femme fut à l'heure, à vingt minutes près. Sasha avait fini son yaourt et sa banane quand, enfin, sa sœur fit son entrée. Elle portait une combinaison moulante noire, un manteau en léopard (un Dior des années cinquante chiné aux puces des antiquaires de Paris) et des talons ridiculement hauts. Dans le réfectoire, toutes les nuques se dévissèrent sur son passage. Où qu'elle aille, elle faisait sensation.

Elle piqua droit sur la table de Sasha.

— Tu vas te faire massacrer par les activistes de PETA, l'avertit celle-ci en désignant son manteau.

— Tu sais ce que je leur dis, aux activistes ? Ce manteau est un bijou ; je l'ai payé la peau des fesses.

Sasha ne put s'empêcher de sourire. Sa sœur avait une façon bien à elle de s'exprimer.

Côte à côte, les jumelles formaient un saisissant mélange de ressemblance et de contraste. Si leurs traits et leurs silhouettes étaient en tout point identiques, leurs tenues, en revanche, auraient difficilement pu être plus opposées.

— Argh ! fit Valentina, avisant les Crocs de Sasha. *Fashion police !* Vous êtes en état d'arrestation, mademoiselle ! C'est un crime de lèse-majesté contre la mode, ce que tu portes là.

— J'aimerais t'y voir, à courir dans tous les sens dix-huit heures d'affilée. Tu ne tiendrais pas longtemps, sur tes échasses.

Sasha serra sa sœur dans ses bras.

— Tu m'as manqué, tu sais, Val. Tu restes longtemps au Japon ?

— Trois, quatre jours. Après, je fais escale à Dubaï, où je retrouverai Jean-Pierre.

— Il fait quoi, dans la vie, déjà, cet homme merveilleux ?

Valentina s'empara de la canette de Coca light de sa sœur – sans doute constituerait-elle son déjeuner.

— T'inquiète, ce n'est pas un dealer.

Elle en avait côtoyé quelques-uns, au temps de sa folle jeunesse. L'un d'eux avait d'ailleurs fini sa carrière sous les verrous.

— Il est homme d'affaires. Il est clean, je t'assure !

— « Homme d'affaires » ? C'est vachement précis...

— Il n'aime pas causer boulot.

— Hum... Voilà qui met en confiance, ironisa Sasha.

Valentina la rabroua et entreprit de lui raconter avec force détails la vie de château qu'elle avait menée aux Antilles. Côtoyer les stars de ciné et loger dans les palaces n'était pas nouveau pour elle ; pourtant, elle ne s'en lassait pas.

— En plus, tu ne sais pas le meilleur : Jean-Pierre a un engin énormissime !

Sasha écarquilla les yeux, puis elle pouffa, légèrement mal à l'aise.

Sa sœur la regardait, toute fière et gloussant.

Elle se flattait d'avoir une libido insatiable et le goût de l'aventure en matière d'érotisme.

Sasha, toutefois, n'avait aucune envie de connaître les détails. Elle cherchait le moyen de changer de sujet quand son portable se mit à vibrer.

— Le devoir m'appelle, déclara-t-elle.

Elle avait eu sa sœur pour elle toute seule pendant une demi-heure : c'était mieux que rien.

— Tu me fais signe quand tu rentres de Dubaï, hein ?

— Oui, oui ! Probablement dans une semaine, environ. J'en profiterai pour te présenter Jean-Pierre : tu verras, il est craquant.

Sasha doutait fort qu'elle partagerait son opinion, mais elle irait au rendez-vous, ne serait-ce que pour s'assurer que l'« homme d'affaires » était un type respectable. Sa sœur, sous ses airs délurés, était naïve et se faisait parfois avoir. En outre, là, elle semblait vraiment toquée de son vieux beau.

Alex pénétra dans le hall et aperçut Sasha – ou du moins crut-il que c'était elle. Un sourire s'étala sur son visage, avant de s'effacer tout aussitôt pour laisser place à une moue évoquant la perplexité la plus profonde. Pourquoi Sasha portait-elle une bête morte sur le dos ? Et des talons hauts de vingt centimètres ?!

— Euh… Sasha ? C'est bien toi ? bredouilla-t-il.

C'est alors que la Sasha qu'il connaissait apparut sur sa gauche.

— Oh ! Alex, s'exclama-t-elle.

Il ouvrit des yeux ronds. Voyait-il double ?

— Waouh, laissa-t-il tomber en promenant sur les deux femmes un regard sidéré.

Mêmes yeux verts, même blondeur, même minceur… Seule la tenue différenciait les deux sœurs : l'une portait son uniforme habituel et l'autre… une sorte de déguisement clownesque susceptible de provoquer des crises d'épilepsie.

Sasha fit les présentations. Alex s'offusqua de ses cachotteries.

— Tu aurais pu me prévenir que tu avais une sœur jumelle !

Il ne s'en remettait pas. Sasha et Valentina, quant à elles, semblaient beaucoup s'amuser de sa confusion. Surtout Valentina.

— Pardon, Alex, ça m'était sorti de la tête, lui assura Sasha.

— Bon, je te pardonne ; ce n'est pas grave… Enchanté, Valentina. On devrait dîner ensemble tous les trois, un de ces soirs.

— Je pars demain pour Tokyo. Mais à mon retour, *why not* ?

La jeune femme s'éclipsa, suivie bientôt de Sasha. Encore sous le choc de cette rencontre inattendue, Alex partit déjeuner, songeur. Il était difficile de concevoir que des sœurs jumelles puissent avoir un look si différent...

Sasha, cependant, avait rattrapé Valentina dans le hall de l'hôpital.

— Prends soin de toi, Val, lui lança-t-elle avant que celle-ci ne s'engouffre dans la porte-tambour. Ne t'engage pas trop avec ce Jean-Pierre avant d'en savoir plus à son sujet...

Elle n'était l'aînée que de quelques minutes, mais prenait ce rôle très à cœur. Au grand dam de Valentina.

Laquelle leva les yeux au ciel.

— Pourquoi tu t'inquiètes ? Il est pété de thunes et il fait mes quatre volontés. Qu'est-ce que t'as besoin de savoir de plus ?

— Il ne faut pas se fier aux apparences, murmura Sasha.

— Et sinon, la parano, ça va ?

Malgré elle, Sasha pouffa. Sa sœur avait ses défauts, mais elle l'aimait plus que tout au monde.

— Appelle-moi quand tu rentres, hein ?

Valentina sortit, franchit le trottoir de sa démarche chaloupée et arrêta d'autorité le premier taxi qui passait.

Dix minutes plus tard, Sasha était en train d'étudier le dossier d'une patiente quand Alex parut à ses côtés.

— Alors, comme ça, le fait que tu aies une vraie jumelle t'était « sorti de la tête » ?

— Désolée, je pensais t'en avoir parlé. C'est un sacré numéro, pas vrai ? Quand on était petites, elle me tourmentait sans arrêt. Son grand jeu, c'était de me coller la honte. Pour les bêtises, c'était la reine : quand on se faisait attraper par nos parents, elle me mettait tout sur le dos, cette petite peste !

— Et tes parents, ils prenaient ça comment ?

— Mon père a toujours vu clair dans son jeu. Je ne sais pas si c'est pour ça qu'ils sont en froid aujourd'hui. En tout cas, Val déteste sa nouvelle épouse. Ma mère, elle, elle adore Valentina. Elles s'entendent bien, toutes les deux.

— Une chose est sûre, elle ne passe pas inaperçue, ta sœur ! Elle s'habille toujours comme ça ? Au moins, je n'aurai pas de mal à vous différencier…

— Détrompe-toi. Parfois, elle me fauche mes Crocs pour jouer des tours à mes colocs. Claire est la seule à savoir nous distinguer. Même mes parents en sont incapables.

Sasha lui lança un regard mi-malicieux, mi-interrogatif.

— Quoi qu'il en soit, je suis contente que tu l'aies rencontrée, ajouta-t-elle.

— Moi aussi.

La créature exubérante au manteau tapageur faisait de l'effet, on ne pouvait le nier. Mais c'était de l'autre jumelle, celle qui portait une austère blouse de médecin, qu'il était en train de tomber amoureux.

Après les roses blanches et le livre d'art, George adressa à Claire un second bouquet, plus massif encore que le premier. Ensuite, il se mit à lui téléphoner.

Il procéda avec beaucoup de doigté. Ses appels étaient brefs. Il la contactait « juste pour dire bonjour ». Pour prendre de ses nouvelles. Ce ne fut qu'au bout de quatre ou cinq fois qu'il sollicita le privilège de dîner en sa compagnie. Sans se démonter, Claire le remercia et déclina poliment : elle avait trop de travail.

La vérité, c'était que la ténacité de George la terrifiait. Ce type avait de toute évidence l'habitude d'obtenir tout ce qu'il convoitait. De fait, comme pour confirmer l'intuition de la jeune femme, George s'entêta.

— Je vous fais peur, Claire ? finit-il par lui demander un soir au téléphone. Je ne vous veux pourtant aucun mal, je vous assure. Tout ce que je désire, c'est une chance de faire votre connaissance.

Mais les choses n'étaient pas si simples. Si Claire cédait, elle risquait de s'éprendre de cet homme élégant, charmant et qui avait tout pour plaire, et alors… tout pouvait arriver. Elle risquait de souffrir, d'être déçue. Or ce risque, elle n'était pas prête à le courir. Elle avait sa carrière à gérer, un nouveau poste à trouver, sa propre marque à créer. Il fallait qu'elle reste concentrée sur ses priorités. Les hommes avaient le don de vous en détourner – il n'y avait qu'à voir son père et sa mère – et, ensuite, on ne pouvait plus faire machine arrière. Non, Claire ne tomberait pas dans le panneau.

— Je suis très occupée, George. J'ai du travail par-dessus la tête.

— Il faut bien que vous mangiez de temps en temps, non ? Tout ce travail… Dites oui, je vous en prie. Un seul dîner. Quelque chose me dit qu'il pourrait être… décisif.

Le lendemain, alors qu'il la rappelait une énième fois, il se montra si spirituel que, malgré ses résolutions,

Claire succomba à la tentation et accepta son invitation pour le lendemain soir.

Quand elle raccrocha, un mélange de colère et de terreur la submergea. Ce type était un as de la séduction. Il savait parfaitement ce qu'il faisait. Tandis qu'elle…

Elle opta pour une tenue toute simple : robe noire, escarpins, chignon et, pour tout bijou, des clous d'oreille en diamants.

C'était suffisant pour épater George. Ou du moins pour qu'il manifeste son admiration.

— Waouh, lâcha-t-il quand il passa la prendre au pied de son immeuble.

Claire le toisa, les yeux plissés. La prenait-il pour une oie blanche ? Depuis vingt ans, il côtoyait les plus belles femmes de New York ! Voire de la planète. La jeune styliste possédait quelques atouts, bien sûr, mais de là à prétendre rivaliser avec elles, il ne fallait pas exagérer.

George lui ouvrit la portière de sa rutilante Ferrari noire. Il avait jeté son dévolu sur un restaurant trois étoiles français. Pendant le repas, il mitrailla la jeune femme de questions. Il voulait tout savoir sur elle. Claire, pour sa part, formulait ses réponses avec circonspection. Elle parla volontiers de son travail, mais, sur le sujet de ses parents ou de ses relations passées, elle resta évasive.

— Et vous, pourquoi n'êtes-vous pas encore marié ? lui demanda-t-elle après sa seconde coupe de champagne.

Il n'y avait aucune raison qu'il fût seul à poser des questions indiscrètes, après tout. Il réfléchit quelques secondes, puis :

— Je crois que je suis trop idéaliste, en fait. Je recherche la femme parfaite. Mon père a quitté ma mère quand je n'étais qu'un nourrisson et elle est morte l'année de mes cinq ans. Dans mon souvenir, elle n'avait aucun défaut. Je suppose que je suis en quête d'une compagne qui lui ressemble. Jusqu'à présent, j'ai fait chou blanc.

— J'en suis navrée, compatit Claire. Qui vous a élevé, alors ?

— Ma grand-mère. Une femme épatante ! Elle s'était retrouvée veuve très jeune. Elle est morte l'année de mon bac. Après, j'ai mené seul ma barque. Je crois que ça m'a rendu indépendant, mais peut-être un peu frileux, aussi. Je ne m'engage pas facilement dans une relation sentimentale. Je recherche la perle rare.

Puis, si bas que Claire l'entendit à peine, il ajouta :

— Il se pourrait que je l'aie trouvée.

Elle le fixa, médusée. Il soutint son regard.

— Claire, le soir où je vous ai croisée pour la première fois, il m'est arrivé quelque chose de dingue. Je ne saurais pas vous l'expliquer, mais… mon univers a chaviré. Personne ne m'avait jamais fait un tel effet. Sans le savoir et sans rien faire, vous illuminez ma vie. J'ignore s'il peut y avoir quelque chose entre nous. On se connaît si peu ! Mais… mon intuition me dit que vous êtes celle que j'attendais depuis toutes ces années. Je l'ai su dès l'instant où je vous ai vue.

Sous la table, il trouva sa main.

La respiration de Claire s'accéléra. George pensait-il réellement ce qu'il venait de lui dire ? Un tel coup de foudre était-il possible ? Et si, elle aussi, elle tombait amoureuse ? Cela serait-il vraiment si grave ? Qu'aurait-elle à sacrifier ?

Un sanglot monta dans sa gorge. Cet homme avait tout perdu. À l'âge de dix-huit ans, il s'était retrouvé seul au monde. Et voici qu'il lui offrait son cœur sur un plateau. Elle avait envie de fuir à toutes jambes et, en même temps, de se lover dans ses bras.

George fit preuve de tout le tact nécessaire. Fin psychologue, il devina qu'elle avait besoin de temps. Aussi redonna-t-il à la conversation un tour plus léger et n'aborda-t-il plus le sujet de la soirée. Claire se détendit. Et bientôt se sentit tout à fait à l'aise avec lui.

Comme promis, il la raccompagna chez elle de bonne heure. Claire avait finalement passé une merveilleuse soirée et se sentait de plus en plus attirée par cet homme qui lui avait si spontanément déclaré sa flamme. Quand il se pencha vers elle pour l'embrasser, sur le trottoir, elle lui tendit ses lèvres pour recevoir son baiser. Il était chaste et tendre.

Mais les deux jeunes gens ne s'arrêtèrent pas en si bon chemin. George, en effet, voulut l'escorter jusqu'au quatrième étage. Et là, sur le palier, il l'embrassa avec fougue. Claire se sentit défaillir. Ces baisers furent pour elle plus torrides qu'une étreinte. Enfin, George dévala l'escalier, la laissant seule devant la porte du loft, complètement déboussolée.

Il était minuit passé. Ses colocataires dormaient. Elle alla s'installer à sa table de dessin et tenta de se concentrer sur ses derniers croquis. C'était peine perdue, bien sûr : le visage de George flottait en permanence devant ses yeux. Elle tenta de le repousser, de chasser l'image de cette idylle naissante qui menaçait l'équilibre rassurant de sa vie, mais, quand elle alla se coucher, le souvenir des baisers de George était sa seule et unique pensée.

Cet homme était à la fois son rêve le plus fou et son pire cauchemar.

Le lendemain, alors qu'elle se rendait au travail, il la hantait toujours. Il faut dire que les paparazzis en rajoutèrent une sacrée couche : en page six du *Post*,

Claire eut la surprise de lire cet encart : *Vu : le millionnaire George Lewis, au Grenouille, en compagnie d'une belle blonde. Notre célibataire préféré semblait aux anges. Quant à l'identité de sa compagne, mystère... on l'ignore encore... mais pas pour longtemps ! Quelque chose nous dit qu'on la reverra bientôt.*

Claire se décomposa. Elle qui espérait pouvoir garder secret ce dîner avec le patron de Morgan !

Bon. De toute manière, à quoi cela rimait-il qu'elle fasse des cachotteries à ses amies ? Non, autant qu'elle prenne les devants.

Arrivée à son bureau, elle téléphona à Morgan.

— J'ai dîné avec George hier soir, lui annonça-t-elle de but en blanc.

— George ? George Lewis ? Mon patron ?

— Ben oui. Il... Il n'arrêtait pas de m'appeler. Il me harcelait pour qu'on dîne ensemble... J'ai commencé par refuser, puis...

— Oh ! je connais le personnage : il a dû redoubler d'insistance.

— Euh, oui. Du coup, j'ai fini par craquer.

Il y eut un long silence.

— Fais attention à toi, Claire. C'est un dragueur invétéré. Peut-être qu'avec toi ce sera différent, mais... il a brisé beaucoup de cœurs ces dernières années. Dès que les nanas mordent à l'hameçon, il s'en désintéresse et il les laisse tomber comme de vieilles chaussettes. Il prétend que c'est parce qu'il a perdu sa maman quand il était petit.

Claire écouta attentivement les mises en garde de son amie, mais il était peut-être trop tard. Elle éprouvait déjà pour son courtisan... quelque chose. Quoi, au juste, elle l'ignorait encore. Mais George avait raison.

Une étincelle avait jailli entre eux le soir de leur première rencontre, au restaurant de Max.

Elle verrait bien. De toute façon, elle n'avait pas envie de discuter plus avant avec Morgan et de l'écouter dire du mal de cet homme auquel elle se sentait, contre toute attente, intimement liée.

— Ne t'en fais pas, assura-t-elle à son amie. Il ne me plaquera pas ; je partirai avant. Tu sais bien que les relations amoureuses, ça ne m'a jamais emballée.

— Je sais, je sais. La carrière avant tout. N'empêche…

— George Lewis ne me brisera pas le cœur, je te le garantis.

— Tant mieux. Je suis contente de te l'entendre dire. D'ailleurs, tâche de ne pas briser le sien non plus, OK ? Il est un peu coureur, mais dans le fond, c'est quelqu'un de bien.

— Je ne lui ferai aucun mal, promit Claire.

En réalité, elle ne savait pas du tout où elle mettait les pieds.

Bon. Au moins, maintenant, Morgan était au courant. Sauf pour le baiser, c'est vrai. C'était un détail, mais un détail dont le souvenir lui donnait encore des frissons… Claire secoua la tête et se plongea dans le boulot.

George lui téléphona en fin de matinée. Il voulait la remercier pour la soirée de la veille et lui proposer une nouvelle sortie le samedi suivant.

— On pourrait prendre l'air à la campagne… Et je te ramène chez toi pas trop tard en fin d'après-midi, si tu veux travailler.

Depuis le baiser, ils se tutoyaient…

Touchée qu'il ait compris l'importance qu'elle accordait à sa carrière, Claire accepta.

— Formidable ! Je passe te prendre à neuf heures. Mets de bonnes chaussures et des vêtements chauds.

La semaine passa à toute allure. Claire essaya de ne pas trop penser à George, mais sans succès. Et pour cause : il lui téléphonait tous les jours, et même matin et soir. Entre les deux, il lui envoyait des SMS spirituels pour la divertir. Et d'autres, plus galants. *Tu m'obsèdes, Claire*, lui avait-il écrit.

Le samedi, à neuf heures tapantes, il se tenait sur le pas de la porte du loft. Elle avait enfilé son manteau en mouton retourné, un pull en laine, un jean et des bottes montantes.

— Où allons-nous ? lui demanda-t-elle tout en finissant de se faire une queue-de-cheval. Je parie que tu m'emmènes dans le Connecticut.

— Non, perdu… Dans le New Jersey.

Claire s'en étonna un peu, mais, après tout, le New Jersey regorgeait de charmants petits villages et l'on y trouvait certainement de bons restaurants.

Elle n'était pas au bout de ses surprises. Après une demi-heure de route, George gara sa Ferrari au pied d'un jet privé de l'aéroport de Teterboro. Claire écarquilla les yeux. George sourit et l'embrassa.

— Et le Vermont, ça te tente ? On pourra se promener… déjeuner dans une auberge… Je promets de te ramener de bonne heure.

Un peu sonnée, elle gravit les marches de l'escalier d'accès de l'avion. Le chef de cabine et l'hôtesse l'accueillirent chaleureusement. Claire et George prirent place dans des fauteuils moelleux. Quelques instants plus tard, le commandant de bord fit son annonce, et ils décollèrent. L'hôtesse leur servit alors un petit déjeuner délicieux. Œufs brouillés, muffins aux myrtilles, bacon, cappuccino… Jamais Claire n'avait aussi bien mangé dans un avion ! Ils survolèrent la Nouvelle-Angleterre et atterrirent une heure et demie plus tard sur la piste d'un petit aéroport, où les attendait une voiture de location.

— Il y a un adorable hameau tout près, tu vas voir, affirma George. Je suis tombé dessus par hasard l'an dernier, lors d'un séjour au ski.

Les feuilles des arbres commençaient à se parer de rouille et d'or. Après avoir roulé quelques minutes sans rien dire, George ralentit, puis s'arrêta au bord de la route. Il n'y tenait plus : il voulait absolument embrasser la jolie femme assise à ses côtés. Lorsque sa main frôla le haut de sa cuisse, Claire se sentit défaillir et lui rendit son baiser avec ferveur.

— Tu me rends dingue, lui glissa George d'une voix chargée de désir.

— Pareil, murmura-t-elle.

Il remit le contact et s'engagea sur la route.

— Bravo, plaisanta-t-il. Par ta faute, je me comporte comme un ado.

En son for intérieur, elle sourit.

Ils se garèrent à la lisière d'une forêt, près d'un petit lac où nageaient des cygnes. Il faisait frais, mais la promenade les réchauffa. Ensuite, ils déjeunèrent dans une auberge chaleureuse puis, à regret, George consulta sa montre.

— Bon. Si tu veux être de retour chez toi pour la soirée, il faut qu'on fasse demi-tour. À moins que…

Il plissa les yeux et ajouta, charmeur :

— À moins que tu ne préfères passer la nuit ici, dans ce charmant établissement.

Elle se mordit la lèvre. Ce n'était que leur deuxième rendez-vous et, si George l'attirait, elle ne tenait pas pour autant à ce qu'il la prenne pour une fille facile. Voyant qu'elle hésitait, il lui prit la main.

— Je ne te fais pas le coup de la panne de voiture, précisa-t-il. Seulement... On est bien là, non ? Je n'ai pas envie de rentrer. Cependant, la décision t'appartient. Tes désirs sont des ordres, Claire.

Elle n'avait pas envie de rentrer, elle non plus. Elle le regarda longuement dans les yeux.

— D'accord. Restons, lâcha-t-elle.

Il ferma les paupières, comme pour savourer la douceur de ces mots à ses oreilles.

— Je t'aime, Claire, déclara-t-il quand il les eut rouverts. C'est fou, je sais, mais c'est plus fort que moi. On est faits l'un pour l'autre, tous les deux ; j'en suis persuadé.

Le plus fou, c'était que Claire partageait son intuition. Elle n'avait même pas peur. Tout ce qu'elle souhaitait, c'était être auprès de lui.

Il se rendit à la réception pour réserver une chambre, avertit le personnel du jet du changement de programme, puis les deux tourtereaux se rendirent à la pharmacie du village pour s'acheter des brosses à dents... ainsi que d'autres articles dont ils pourraient avoir besoin. Claire rougit, mais, finalement, cela la rassura de constater que George n'avait pas prévu son coup.

La chambre possédait un charme rustique et désuet. Elle était dotée de rideaux en chintz fleuri, d'un grand lit à baldaquin et d'une cheminée.

Emportés par un tourbillon de désir, George et Claire se jetèrent l'un sur l'autre. Leurs corps nus s'entremêlèrent et ils s'aimèrent avec passion. Jamais Claire n'avait connu pareille soif, pareille fusion, pareil plaisir.

— Tu es la femme que je cherche depuis toujours, lui susurra George.

Ils firent l'amour toute la nuit. Enfin, à l'aube, ils s'endormirent, enlacés, repus et ivres de bonheur.

Le départ fut un déchirement. La chambre qui avait abrité leurs baisers et leurs caresses était devenue pour eux un havre de paix. C'était le berceau de leur amour, et forcément ils rechignaient à le quitter. Ils s'aimèrent une dernière fois.

Dans l'avion qui les ramenait à New York, George la dévorait du regard.

— Merci, Claire, lui souffla-t-il.

— De quoi ?

— De faire partie de mon existence.

— Je t'aime, George, lui répondit-elle simplement.

Ils se l'étaient prouvé.

— Et ce n'est que le début, déclara-t-il.

Ils survolaient la métropole où s'allumaient mille feux scintillants. Claire laissa son regard se perdre par le hublot. Jamais sa ville natale ne lui avait paru si belle. Il lui semblait la voir pour la toute première fois.

L'avion se posa en douceur et Claire soupira. Qu'elle le veuille ou non, une vie nouvelle commençait pour elle.

8

Alex et Sasha se voyaient dès que leurs agendas sur-chargés le leur permettaient, soit trop rarement à leur goût. Ils se croisaient le temps d'un déjeuner au self ou d'un café, à minuit, dans la salle de garde. Parfois, miraculeusement, leurs plannings concordaient et ils dînaient ensemble. Une fois, ils tentèrent le cinéma et réussirent à rester éveillés jusqu'au générique de fin, ce dont ils ne manquèrent pas de se congratuler l'un l'autre.

Un jour, ils firent le compte : avec les pauses café, ils en étaient au huitième rendez-vous. Et, jusque-là, le courant passait à merveille entre les deux internes.

Huit rendez-vous… et ils n'étaient toujours pas allés plus loin que ce baiser échangé sur le palier du loft. Sasha ne souhaitait pas précipiter les choses. Ils tra-vaillaient ensemble : elle voulait se montrer prudente.

Valentina voyait cela d'un autre œil.

— Alors, c'est un bon coup, ton Alex ? lança-t-elle à sa sœur de but en blanc.

Elle venait de rentrer de Dubaï et avait invité sa sœur à passer la voir chez elle.

— Vous baisez, au moins ?

Sasha grimaça et se tortilla sur le canapé.

— Tu es obligée d'être aussi… crue ? gémit-elle. Tu sais que je n'aime pas ce mot.

— Ce que t'es coincée, quand même ! Il faut appeler un chat, un chat, ma grande.

— Qu'est-ce que tu reproches à l'expression « faire l'amour » ? Et pour ta gouverne, non, on n'en est pas encore là, avec Alex.

— Oh. Je vois. Il est gay.

— Hein ? Mais non, absolument pas ! On prend notre temps, c'est tout.

— Depuis quand vous sortez ensemble ?

— Euh… Quelques semaines. Ça dépend comment on compte.

— Vous êtes tarés.

— Pourquoi ? On veut juste éviter de commettre une erreur.

Valentina leva les yeux au ciel.

— Une erreur ? Mais qu'est-ce que ça peut faire ? Si ça marche pas, vous rompez, c'est tout ! C'est pas la fin du monde, quand même. Pourquoi tu veux que ce soit le grand amour chaque fois ?

Valentina n'avait jamais, à la connaissance de sa sœur, repoussé le moment du passage à l'acte.

— Parce que, répliqua Sasha. Pour moi, les sentiments, ça compte.

Sa sœur avait beau la regarder comme s'il venait de lui pousser des antennes, Sasha était sûre de ce qu'elle faisait.

— Pff ! Franchement, tu me déprimes, lâcha Valentina. Dis-moi la vérité : ça fait combien de temps que t'as pas baisé ?

— Ça ne te regarde pas, s'offusqua Sasha.

La vérité, c'était que cela faisait un bail. Mais elle s'en fichait. Alex et elle étaient sur la bonne voie.

— Parlons plutôt de Jean-Pierre, reprit-elle pour faire diversion. Tu me le présentes quand ?

Valentina se fendit d'un large sourire.

— Je dirais... dans une dizaine de minutes. Lui aussi, il a hâte de te rencontrer. Il ne restera pas longtemps, il doit être à Paris ce soir. Je le retrouve là-bas la semaine prochaine. Tu sais, j'ai le shooting *Vogue*...

Valentina fut interrompue par la sonnette. Elle courut ouvrir. Un homme au physique imposant s'avança dans l'appartement comme s'il en était le propriétaire. Il était grand, corpulent ; tout en lui respirait le pouvoir. Sous ses cheveux gris luisaient des yeux sombres et perçants. Si Sasha l'avait croisé dans une ruelle obscure, elle aurait probablement eu peur. Et pourtant, il se dérida dès qu'il la vit et l'embrassa comme du bon pain.

— Sasha ! s'exclama-t-il. Que je suis heureux de te rencontrer enfin !

Au fond, Valentina disait sans doute vrai. Peut-être que ce type était un nounours. Cependant, une lueur implacable brillait dans le regard du Français, et Sasha ne put s'empêcher de songer que les ours étaient capables, en certaines circonstances, de dévorer leurs petits.

— Ainsi, c'est toi, le grand médecin qui met au monde des bébés. Tes parents doivent être très fiers.

— Oh, pas tant que ça, le détrompa Sasha. Notre mère est avocate et elle aurait voulu que je fasse du droit. D'après elle, la médecine, c'est un métier d'hommes. Papa, lui, est très fier de Valentina. Sa nouvelle femme était mannequin, elle aussi.

Sasha avait débité son laïus d'un ton léger que démentait son petit pincement au cœur.

Jean-Pierre se pencha vers Valentina et l'embrassa goulûment. Elle portait une jupe en cuir noir à peine plus large qu'une ceinture et des cuissardes en daim à talons aiguilles. L'ensemble faisait un peu sado-maso de l'avis de Sasha, mais semblait tout à fait du goût de Jean-Pierre : il venait de glisser la main sous la jupe en question.

Sasha détourna pudiquement le regard. Les mecs de Valentina traitaient tous son corps comme leur possession. Loin de s'en formaliser, celle-ci s'en délectait. Pour Sasha, c'était incompréhensible : si un homme s'était avisé d'avoir ce genre de comportement avec elle, surtout en public, elle lui aurait collé sa main dans la figure.

— Je suis follement épris de ta sœur, déclara Jean-Pierre avec emphase. Elle me comble sur tous les plans !

Sasha s'efforça de ne pas analyser le sens de son propos.

— J'ai l'impression d'avoir à nouveau vingt ans ! enchaîna le vieux beau.

De plus en plus mal à l'aise, Sasha s'efforça de chasser de son esprit les visions de Viagra qui avaient surgi et se concentra sur l'apparence de son interlocuteur. Il paraissait un peu plus respectable que ses prédécesseurs. Pour commencer, il avait quelques années de moins que le dernier en date. Il était habillé avec goût et sobriété. Pourtant, Sasha devinait qu'il s'agissait du genre d'homme qu'on n'avait pas intérêt à contrarier. Elle ignorait ce qu'il faisait, au juste, dans la vie, mais il se dégageait de lui quelque chose d'implacable et, pour tout dire, d'inquiétant.

— Vous travaillez dans quoi ? lui demanda-t-elle innocemment.

Jean-Pierre était malin.

— Je travaille dans le monde entier ! répondit-il. Je rentre de Dubaï, je serai en France ce soir et, après, je mets le cap sur Marrakech.

— Formidable, murmura-t-elle sans conviction.

Cet éclat dans le regard de Jean-Pierre ne lui disait rien qui vaille. Décidément, tout bien considéré, il ne lui inspirait pas confiance. Non qu'elle eût quoi que ce soit de concret à lui reprocher. C'était un pressentiment, voilà tout.

Ils bavardèrent quelques instants, puis, n'y tenant plus, Sasha prit congé. De toute façon, elle avait rendez-vous au loft avec Alex. Les filles sortaient et elle voulait en profiter pour cuisiner pour lui (« À tes risques et périls ! », l'avait-elle prévenu, et Alex, n'écoutant que son courage, avait accepté).

Jean-Pierre lui refit la bise. Valentina rayonnait, persuadée que son amant avait fait bonne impression sur sa sœur. Pourtant, quelque chose clochait chez ce type, Sasha en aurait mis sa main au feu. Dans le métro, elle tenta de se raisonner. Quand bien même ce serait un bandit, Val, avec un peu de chance, se lasserait de lui avant que les problèmes surgissent.

Alex arriva au loft quelques minutes après elle, les bras chargés d'emplettes.

— Ça va ? s'enquit-il en l'embrassant. Tu as l'air soucieuse.

— Je viens de rencontrer le mec de ma sœur. Je ne saurais pas te dire pourquoi, mais il ne me revient pas du tout.

— Comment ça ?

— Franchement, avec Valentina, on peut s'attendre à tout ! Non, ce n'est pas ça. Jean-Pierre est très poli et comme il faut, mais… il a un regard cruel. Et il est riche. Il a donc du pouvoir… Bon, le point positif, c'est que ma sœur n'a aucune constance. Aujourd'hui, elle est folle de lui, mais demain est un autre jour.

— Pour des jumelles, ta sœur et toi, vous êtes vraiment comme le jour et la nuit.

— Je sais. C'est bizarre, hein ?

— Personnellement, je me félicite que tu ne lui ressembles pas.

— Et moi donc. Je ne fréquenterais pas ses amants pour tout l'or du monde !

Alex et Sasha se mirent à éplucher, couper, et émincer tout un tas de légumes et oublièrent Jean-Pierre et Valentina le temps de la soirée.

Claire n'en avait toujours pas parlé à Morgan – ni à ses autres amies, d'ailleurs –, mais elle filait le parfait amour avec George. Ils avaient prévu de passer le week-end à Palm Beach. Pour la première fois de sa vie, la jeune femme accueillait avec enthousiasme les mille et un projets de son compagnon. Tout lui faisait envie. George parlait déjà de l'emmener assister au Super Bowl (il avait une loge privée), d'aller skier à Megève, de partir se prélasser aux Caraïbes ou dans une villa à Florence... La vie regorgeait de promesses et de possibilités. Et de sensualité, aussi : sur le plan sexuel, leurs ébats étaient passionnés, voire torrides. Si bien que Claire, malgré son sérieux et sa discipline légendaires, se laissait griser. Au travail comme au loft, chaque fois qu'elle s'installait derrière son ordinateur ou prenait son carnet à croquis, ses pensées voguaient à la dérive, parasitées par le souvenir des moments d'intimité qu'elle avait partagés avec son amant.

Un jour, au bureau, incapable de se concentrer, elle avait même réalisé de mémoire son portrait, avant de le cacher dans un tiroir de son bureau. « Je t'aime, Claire. Tu es la femme de ma vie », lui disait-il à longueur de journée. Et c'était vrai, elle le savait. L'amour avait fait irruption sans crier gare, abrupt et inattendu, mais il était bien là, désormais.

L'histoire avait-elle commencé ainsi pour sa mère, Sarah Kelly ? Claire s'efforçait de ne pas établir de comparaisons. George ne lui demanderait jamais de renoncer à sa carrière.

En attendant, son imagination s'emballait. Malgré elle, elle se mit à penser au mariage, aux enfants. On aurait dit que George avait fait sauter les verrous de son cœur : à présent, les rêves et les projets se bousculaient, de sorte qu'elle devait régulièrement se rappeler à la raison. Il était bien trop tôt pour envisager ce genre de choses, quelle que soit la puissance de leurs sentiments.

Ils partirent en Floride. Passèrent une nuit à Palm Beach, puis visitèrent Miami. Ce fut une succession d'instants magiques, exactement comme dans le Vermont. Entre deux étreintes passionnées, ils parlaient sans discontinuer. De tout et de rien, mais aussi de choses plus secrètes. Surmontant ses réticences, George évoqua son enfance. Et Claire lui avoua la vérité au sujet de son père et de sa mère, de leur relation instable et profondément insatisfaisante.

Quand le ton de la conversation menaçait de se faire trop grave, ils partaient faire du ski nautique ou dîner dans un grand restaurant. Selon l'heure…

Pour Claire Kelly, styliste sous-payée chez Arthur Adams, la vie était devenue un véritable conte de fées.

— Qu'est-ce qu'elle a, Claire, en ce moment ? demanda Sasha à Morgan le samedi matin, en préparant le café.

Les deux jeunes femmes s'apprêtaient à petit-déjeuner ensemble. Abby avait travaillé tard la veille et dormait encore. Quant à Claire, elle était absente pour le week-end.

— Comment ça ?

— Elle est toujours par monts et par vaux.

— Normal, répondit Morgan, laconique. Elle a un jules.

— Ah bon ? Elle ne m'a rien dit. Tu le connais ?

— Et comment ! C'est George.

Sasha ne comprit pas tout de suite.

— Euh, attends, bredouilla-t-elle. George… ton boss ?! J'ai loupé un épisode, ou quoi ?

— Disons que ça a été très vite. On dînait toutes les deux chez Max, il est passé par hasard et il a flashé sur Claire. Depuis, c'est le grand amour.

Même si Claire se montrait discrète sur la question, Morgan n'était pas aveugle : sa coloc nageait dans le bonheur, cela sautait aux yeux.

— Tu crois que c'est du sérieux, entre eux ? s'enquit Sasha, perplexe.

— Difficile à dire. Tu connais George ! Au bureau, il donne le change. Mais c'est vrai qu'il est de bonne humeur, ces derniers temps. Il paraît… serein. Après tout, Claire est une crème. Pourquoi ne succomberait-il pas à son charme ?

— Si je m'attendais à ça ! Claire et George… Du coup, elle passe le week-end avec lui ?

— Ouais. En Floride, je crois. Ils sont partis en jet.

— Waouh ! J'espère que leur histoire va marcher. Claire le mérite.

— Et toi ? Tu en es où, avec docteur Love ?

— Oh, on progresse… doucement. Prudence est mère de sûreté.

— Il paraît, oui.

— Nous, en tout cas, ça nous convient comme ça.

Ainsi, les quatre résidentes du loft étaient toutes engagées dans une forme ou une autre de relation sentimentale. Max était un chic type, Alex semblait digne de confiance, George était, selon toute vraisemblance, un homme nouveau... Restait Ivan, la seule ombre au tableau.

9

Octobre arriva. Morgan préparait une présentation. Or le comptable lui avait fourni le mauvais dossier… Quand elle s'en rendit compte, elle passa un coup de fil pour rectifier le tir mais, dans l'intervalle, son regard tomba sur des opérations que rien ne justifiait. Un transfert de cent mille dollars, puis un retrait de vingt mille. Intriguée, elle se pencha sur le dossier pour examiner les chiffres de plus près. Une semaine après ces mouvements d'argent inexpliqués, les vingt mille dollars refaisaient surface et les cent mille regagnaient leur compte d'origine. S'était-il agi d'une simple erreur ? Au final, tout semblait être rentré dans l'ordre. Il ne manquait pas un centime. N'empêche, c'était louche.

Fallait-il en parler à George ? Après mûre réflexion, Morgan décida de s'abstenir. Son patron avait un œil de lynx pour ce genre d'irrégularités : il devait être au courant. Peut-être même était-ce lui qui avait repéré l'anomalie et demandé qu'on y remédie.

Tout de même, elle imprima le bilan, au cas où, et le mit sous clé dans son tiroir.

Elle n'y pensa plus.

Abby, de son côté, se rongeait les sangs.

Autour d'elle, tout le monde respirait le bonheur. Depuis qu'elle entretenait une liaison avec son amoureux mystère, Claire flottait sur un nuage, perpétuellement aux anges. Elle ne se plaignait même plus de son chef ni de sa stagiaire. Sasha n'était pas en reste : heureuse au travail, elle semblait également heureuse en amour. Alex était dorénavant un membre à part entière des dîners du dimanche, au loft : il aidait Max en cuisine, tel un sous-chef avide d'apprendre, et sa façon de regarder Sasha faisait plaisir à voir. Et en ce qui concernait Morgan, elle était fidèle à elle-même : épanouie et débordée.

Épanouie, Abby ne l'était pas. Ivan la faisait tourner en bourrique. Il annulait de plus en plus souvent leurs rendez-vous sous des prétextes qu'elle devinait fallacieux. Quand ce n'était pas la grippe, c'était la migraine, et quand ce n'était pas la migraine, c'était un déjeuner avec un mécène ou avec son comptable. Ou alors il avait des pièces à lire, ou bien il était épuisé d'en avoir trop lu... Au cours de la semaine passée, comme par hasard, il avait « perdu » à deux reprises son téléphone portable. Et une fois, à l'en croire, « ça ne captait pas ». Abby en était réduite à lui courir après sans jamais parvenir à le rattraper.

Au théâtre, Daphne était omniprésente : Ivan lui enseignait les ficelles du métier. Soi-disant... En revanche, son père, le riche mécène, était aux abonnés absents. Pourquoi ? Mystère... Quoi qu'il en soit, les caisses restaient vides.

En outre, Abby commençait à en avoir assez de peindre des décors et de faire le ménage. Surtout que Daphne, elle, ne levait pas le petit doigt. Ivan la prétendait asthmatique et craignait de mécontenter son père. « Tant qu'on ne lui a pas soutiré le pognon, mieux vaut le brosser dans le sens du poil ! », arguait-il. Abby en était donc réduite à briquer le plancher, telle Cendrillon, tandis que sa rivale avait droit à tous les égards.

La situation devenait invivable. Ivan mentait, Abby en était persuadée. Il aurait fallu être aveugle pour ne pas s'en apercevoir. Un jour, donc, elle prit son courage à deux mains et décida d'aborder frontalement Daphne : quand son père rentrait-il de voyage d'affaires ? Quand débloquerait-il les fonds prévus ?

— Quoi ? Mais…, bégaya la jeune fille. Mais mon père… est décédé.

Apparemment, il était mort deux ans plus tôt. Confuse, Abby proféra des excuses embrouillées et battit en retraite.

Quand Ivan arriva au théâtre, en fin d'après-midi, elle l'attendait de pied ferme. Il s'enferma d'abord dans son bureau avec Daphne pour retravailler une scène de sa pièce. La jeune fille reparut une heure plus tard avec le teint rose et les cheveux ébouriffés. Livide, Abby poussa la porte. La comédie n'avait que trop duré.

— Où étais-tu cet après-midi ? demanda-t-elle à Ivan sans préambule. Tu devais voir le père de Daphne, c'est bien ça ?

Il ajustait sa ceinture. Voilà qui confirmait les pires craintes d'Abby. Mais elle digérerait l'information plus tard. D'abord, elle voulait aller au fond de la sordide affaire.

— Parfaitement, affirma Ivan sans se démonter. Apparemment, il a besoin de temps pour réfléchir.

Dire qu'il osait lui servir un mensonge aussi gros en la regardant dans les yeux, et sans ciller, en plus !

— Tu as dû être déçu, reprit-elle, mielleuse.

— Oh, bien sûr, mais c'est un homme aimable...

— Ah ? Vraiment ? Je ne te savais pas adepte du spiritisme.

— Du quoi ? Qu'est-ce que tu racontes, Abby ?

— Le père de Daphne est mort il y a deux ans.

Là, Ivan accusa tout de même le coup.

— La moindre des choses, reprit-elle, aurait été de la consulter avant de mentir. Ça t'aurait évité de passer pour un idiot.

Elle tremblait de tous ses membres. Mais elle n'en avait pas terminé.

— Un idiot doublé d'un salaud, ajouta-t-elle. Tu couches avec elle. Tu me trompes. Tu...

— C'est elle qui t'as mis ça dans le crâne ?

Il était tout pâle et, visiblement, paniqué.

— Non, Ivan. C'est toi qui viens de me le confirmer. Je m'en doute depuis le début. Je t'ai entendu lui tenir les mêmes promesses creuses qu'à moi, il y a trois ans. Tu ne monteras jamais sa pièce, pas plus que tu n'as monté les miennes. Je n'ai qu'une seule question à te poser, Ivan. Pourquoi ne m'as-tu pas dit que c'était fini quand tu lui as mis le grappin dessus ? Tu trouves que c'est élégant, de me faire laver les sols pendant que tu la sautes ?

Ivan toussota ; il ne la regardait plus dans les yeux, à présent.

— Et puis, non, ne réponds pas, reprit-elle. Je m'en fous. Je ne t'aime plus, Ivan, t'es vraiment un sale type. Pendant trois ans, j'ai cru en toi, envers et contre tout. Je t'aimais. Mais c'est bien fini. Et tu sais quoi ? Un jour, ta Daphne aussi comprendra à quel genre d'individu elle a affaire et elle te quittera à son tour. Tu es un salaud, un menteur et un raté. Tu finiras seul.

Seul avec tes mensonges, ton arrogance et tes pièces minables que personne ne financera jamais. Bonne chance, Ivan. Tu vas en avoir besoin.

Sur ce, elle sortit en claquant la porte. Étrangement, elle exultait. Elle ne s'était pas sentie aussi bien depuis des mois.

Dans les coulisses, elle croisa Daphne.

— Au revoir, Daphne, lui lança-t-elle.

— Tu pars déjà ? Mais… quelqu'un te remplace pour le ménage, après la représentation ?

— Mais toi, ma chérie ! Entre deux pipes, tu trouveras bien le temps, va.

Ivan, cependant, était sorti de son bureau et venait vers elle, un air contrit peint sur le visage. Croyait-il vraiment pouvoir la reconquérir après une scène pareille ?

Abby se demanda comment elle avait pu rester si longtemps sous l'emprise de ce minable. Elle avait l'impression de sortir d'un long sommeil.

— Tu ne peux pas me quitter comme ça, geignit-il.

— Ah non ?

Voyant qu'il ne parvenait pas à l'apitoyer, il devint mauvais.

— Tu finiras comme tes parents ! À vendre des sitcoms débiles ! C'est ça que tu veux ?

— Ça vaudra toujours mieux que d'être la bonniche d'un escroc et d'un incapable. Il est temps de grandir, Ivan. Tu as quarante-six ans, un compte en banque à sec et nul succès professionnel dont tu puisses te prévaloir.

— Je refuse de passer l'aspirateur, intervint Daphne, des trémolos dans la voix. Ivan, tu as dit que tu allais monter ma pièce. C'est vrai ou pas ?

Comme Ivan ne répondait pas, la jeune fille attrapa son sac et s'élança à la suite d'Abby, qui se dirigeait déjà vers la sortie.

— Va te faire foutre, Ivan ! lui cria-t-elle.

Les deux femmes sortirent ensemble. Abby était plutôt contente pour Daphne. La jeune ambitieuse venait de s'épargner quelques années de souffrances.

Abby marcha à grandes enjambées jusqu'à chez elle. L'adrénaline pulsait dans ses veines. Des larmes roulaient le long de ses joues sans même qu'elle s'en aperçoive.

Daphne ne lui avait pas volé Ivan : il n'avait jamais été à elle. Il l'avait juste utilisée. Arnaquée. Quelle imbécile elle avait été !

Elle monta les marches quatre à quatre. Ses colocs étaient justement toutes là, réunies dans le salon.

— Abby ? Qu'est-ce qui ne va pas ? s'alarma Sasha en la voyant débouler, décomposée.

— J'ai rompu avec Ivan. Je lui ai dit ses quatre vérités, à ce salaud.

Elle n'en revenait pas elle-même.

— J'en ai soupé de ses mensonges. Il me trompait avec Daphne. Je ne veux plus entendre parler de lui. Jamais !

Dans la pièce, ce fut une explosion de vivats. Ses trois amies se levèrent pour la consoler. Il n'était pas facile pour Abby de tourner la page sur trois ans de relation. Ils avaient eu de bons moments... Mais elle ne pouvait plus continuer à se laisser exploiter par des pervers narcissiques dans le genre d'Ivan. Elle avait vingt-neuf ans. Il était temps qu'elle reprenne sa vie en main.

Pour commencer, fini les losers ! Elle s'en tiendrait désormais aux gens qui tenaient parole et qui la respectaient.

Deuxièmement, elle allait se remettre à la rédaction de son roman. Le théâtre expérimental, ce n'était pas elle. Au fond, elle l'avait toujours su.

Dire qu'elle avait perdu trois années de sa vie à prêter sa plume à des projets ineptes...

— Comment ai-je pu être aussi aveugle ? gémit-elle en se laissant tomber sur le canapé. Je sais que vous avez essayé de me prévenir, toutes les trois... Mais j'avais tellement envie de croire Ivan...

— C'était un sacré manipulateur, fit remarquer Morgan. Il sait y faire, pour enfumer les femmes. Ne sois pas trop dure envers toi-même.

— N'empêche, j'ai été bien crédule. Qu'est-ce que je vais dire à mes parents ?

— Ne t'inquiète pas, lui glissa Claire. Si tu veux mon avis, tes parents avaient cerné Ivan. Ils seront ravis d'apprendre que tu as rompu avec lui.

Abby hocha la tête.

— Daphne l'a plaqué, elle aussi, reprit-elle. Enfin, j'espère que c'est définitif. Mais il fera d'autres victimes...

— Tôt ou tard, le charme n'opérera plus. Il a déjà quarante-six ans. Son capital séduction s'amenuise, affirma Morgan.

Ce soir-là, l'on but beaucoup de vin dans le loft de la 39ᵉ Rue, et l'on parla jusque tard dans la nuit. Quand Abby se retira dans sa chambre, elle trempa de pleurs son oreiller. Puis, l'alcool aidant, elle glissa dans le sommeil.

Quelques jours plus tard, elle téléphona à sa mère. Loin de s'émouvoir, Joan Williams déclara :

— On savait qu'il n'était pas fait pour toi, ma chérie. Mais il fallait que tu t'en aperçoives par toi-même.

— Si seulement je m'étais réveillée plus tôt ! bougonna Abby. J'ai perdu tellement de temps...

— Le temps n'est jamais perdu, ma chérie. Peut-être que ton expérience avec lui sera le point de départ d'un grand roman, qui sait ?

Abby n'y croyait guère.

Et pourtant, la prédiction de sa mère se révéla juste. Quand la peine se mua en rage, la jeune femme se mit à écrire avec une énergie intarissable. Ses textes revêtirent une puissance inédite. Jamais elle n'avait été si inspirée. Toute la journée, pendant que ses colocataires travaillaient, elle tapait furieusement sur son clavier, noircissant des pages et des pages, exorcisant par le pouvoir des mots son calvaire des dernières années. Chaque phrase repoussait Ivan un peu plus loin de son cœur et de sa vie. Quand elle en aurait terminé, elle serait en paix.

Enfin ! Elle accomplissait librement son destin.

10

Lorsque Sarah Kelly, la mère de Claire, eut sa fille au téléphone, elle remarqua aussitôt sa bonne humeur et lui demanda si elle avait obtenu une augmentation ou une promotion. Comment aurait-elle pu se douter que Claire était amoureuse ? Sa fille ne parlait jamais des hommes, n'en fréquentait aucun. Aussi s'attendait-elle à tout sauf à ce que cette dernière lui annonce, simplement :

— J'ai rencontré quelqu'un.

Claire, jusque-là, évitait de s'étendre sur le sujet. Elle parlait très peu de son idylle, même avec ses meilleures amies, Sasha, Morgan et Abby. Par superstition sans doute.

— Vraiment ? s'étonna sa mère. C'est formidable ! Quand est-ce arrivé ?

— Il y a quelques semaines… Un mois, à peu près.

— Où l'as-tu connu ?

— C'est le patron de Morgan.

— Le jeune loup de Wall Street ? s'étrangla sa mère, sous le choc.

— Euh… on peut dire ça.

— Mais il est richissime !

Claire pouffa.

— Oui. On part en week-end en jet privé ! Tu te rends compte ? La semaine prochaine, on va à une réception dans le Vermont. Et il parle de m'emmener visiter l'Europe…

— Je suis si heureuse pour toi, ma chérie ! Quelle aventure !

Sarah paraissait contente, quoique un peu inquiète. La réputation de George Lewis le précédait. Il était troublant de songer que le bonheur de son enfant résidait entre les mains d'un homme aussi puissant… et aussi volage.

— Dis-moi, il te traite avec tous les égards, j'espère ? C'est du solide, entre vous ?

— Je crois, oui. Même si ça ne fait pas très longtemps qu'on se connaît. Il a l'air sincère. Il prétend que je suis celle qu'il cherche depuis toujours.

— Waouh ! Toute femme rêve de s'entendre dire ça, un jour… Eh bien ! Quelle nouvelle, ma chérie !

— N'est-ce pas ? C'est un sacré changement.

— J'y pense, tu viens toujours pour Thanksgiving ?

— Bien sûr, maman. Je sais combien ça compte pour papa et toi.

— Ton ami est le bienvenu.

— Euh… On n'en a pas encore parlé. C'est peut-être un peu prématuré.

Claire rechignait à imposer cette fête de famille à son amant. Surtout que l'ambiance n'y était jamais vraiment. En général, son père enchaînait les remarques déprimantes sur l'état du monde et sur l'économie, tout en boudant ostensiblement son épouse. Non, il était trop tôt pour infliger cela à George.

Quelques jours plus tard, quand elle lui annonça son départ, elle ne lui proposa donc pas de l'accompagner.

— Tu ne m'en veux pas ? lui demanda-t-elle.

— Au contraire ! s'exclama-t-il. Je déteste les fêtes de famille depuis que je suis tout petit. Ça me donne des boutons !

Pas étonnant, songea Claire : abandonné par son père, orphelin de mère… Les fêtes n'avaient pas dû être une partie de plaisir pour lui.

— Tu es sûr ?

— Certain ! J'irai skier à Aspen. Et pareil à Noël : j'attendrai sagement ton retour sur une île des Caraïbes. Profite de ta famille. C'est important. Tu me présenteras tes parents une autre fois, d'accord ? Un week-end ordinaire, sans connotation festive.

Au fond, il était soulagé de n'avoir pas eu à décliner d'invitation. Tout était donc pour le mieux.

Ils passaient de plus en plus de temps ensemble. Claire était devenue sa cavalière officielle dans les soirées mondaines. En revanche, George refusait de venir au loft.

— Pardon, ma chérie, lui disait-il, mais j'ai passé l'âge des colocations.

Il tenait à son intimité et à son confort, et préférait dormir dans son propre lit. Au vu des installations luxueuses dont était équipé son appartement, Claire le comprenait.

— Mais toi, tu es la bienvenue chez moi quand tu veux, lui assurait-il.

De fait, il vida pour elle des tiroirs et fit de la place dans le placard de sa chambre d'amis. Cependant, Claire ne se sentait pas prête à laisser des affaires chez lui. Elle préférait fourrer dans son sac quelques vêtements de rechange et une brosse à dents lorsqu'elle couchait chez lui. Pour le moment. Histoire de ne pas le brusquer. Il vivait seul depuis tellement longtemps ! Il avait ses habitudes, que Claire veillait scrupuleusement à ne pas bouleverser.

En réalité, il ne vivait pas tout à fait seul : il avait du personnel de maison. Un majordome et une femme de chambre. Claire s'en trouva très gênée les premières fois que celle-ci lui servit son petit déjeuner, mais, petit à petit, elle s'habitua. George la mettait à l'aise. Il parlait sans cesse de leur avenir commun ; à l'évidence, il ne la considérait pas comme une conquête passagère. Il n'avait pas explicitement évoqué la question du mariage, mais il semblait à Claire qu'elle était sous-entendue dans des compliments tels que : « Tu es la femme de mes rêves » ; ou encore : « Je t'ai cherchée toute ma vie ». Un jour, pendant une promenade, il la prit de court :

— Combien d'enfants aimerais-tu avoir, Claire ?

— Je ne veux pas d'enfants.

Comme il s'en étonnait, elle s'expliqua :

— J'ai toujours su que ce n'était pas pour moi.

Petite, elle avait trop souvent entendu son père se plaindre de la charge qu'elle représentait. Elle en avait conçu de la culpabilité. Et puis…

— Ma carrière compte trop à mes yeux.

— Tu n'es pas obligée de choisir entre les deux.

— Je crains que si. Autrement, je négligerais mes enfants. Ce serait injuste pour eux.

— Tu sais, beaucoup de problèmes s'envolent quand on a de l'argent. Engager une nounou, ou même plusieurs, n'est plus un sacrifice. Moi non plus, les enfants, ça ne me tentait pas, mais depuis que je t'ai rencontrée… Disons que, si je devais sauter le pas avec quelqu'un, ce serait avec toi. Je n'arrive pas à imaginer meilleure mère pour mes enfants.

Claire fut soudain prise de vertige. Il avait voulu lui faire un compliment, et elle était flattée, bien sûr, mais tout allait tellement vite... Trop vite ! George se comportait comme s'ils sortaient ensemble depuis deux ans alors que ça ne faisait qu'un mois. Déjà, le fait qu'il clame sans cesse son amour pour elle la déstabilisait un peu ; ses ex avaient sans exception attendu beaucoup plus longtemps avant de se déclarer. Voilà pourquoi elle essayait parfois de rétablir une certaine distance entre eux. Elle devait garder la tête froide. Mais, dès qu'il la sentait sur la défensive, George la couvrait d'attentions, de promesses, de SMS énamourés, si bien que la jeune femme cédait, grisée.

— Tu as peur que je te détourne de ta carrière, c'est ça ? Ne t'en fais pas. Ce n'est nullement mon intention, soutenait-il.

Pourtant, le fait est qu'il commençait à lui attirer des ennuis. Au bureau, Walter s'énervait des sourires évaporés de son employée et il ne supportait pas qu'elle reçoive des cadeaux sur son lieu de travail. Ses réflexions se firent de plus en plus désagréables. Lorsqu'il apprit dans la presse people l'identité de l'heureux élu, son impatience se chargea d'aigreur. On aurait dit qu'il jalousait Claire pour sa bonne fortune. « J'imagine que madame va me rendre son tablier maintenant qu'elle se fait entretenir », lui dit-il un jour.

Claire avait beau lui jurer ses grands dieux qu'elle restait très investie dans les activités d'Arthur Adams, l'ambiance se dégradait inexorablement. George s'efforçait de lui changer les idées le week-end, mais cela ne suffisait pas. La situation professionnelle de Claire ne pouvait plus durer comme ça. Elle redoubla donc d'énergie pour démarcher des entreprises, envoyant tous azimuts des lettres de motivation... Sans succès.

Si la relation de Claire et de George démarrait sur les chapeaux de roue, celle de Sasha et d'Alex, en comparaison, progressait à tout petits pas. Ce qui ne l'empêchait pas de progresser. Ils avaient renégocié leurs emplois du temps respectifs afin de pouvoir passer plus de temps ensemble. Ils se rendirent à un concert au Lincoln Center, puis Alex présenta ses amis à Sasha. Ils louèrent un petit bateau et voguèrent ensemble dans le détroit de Long Island. Ils aimaient aussi flâner aux puces ou au marché. Et, comme Halloween approchait, ils sculptèrent des citrouilles pour décorer la salle de garde de l'hôpital, le bureau des infirmières et surtout l'aile des enfants.

Un jour, Alex lui signala qu'ils en étaient à leur vingtième rendez-vous. Ils n'avaient pas vu le temps filer ! Et l'occasion de passer la nuit ensemble ne s'était pas présentée. Une ou deux fois, Sasha lui avait bien proposé de rester dormir au loft, mais Alex avait décliné, intimidé par la présence de ses colocataires. Quant à son propre studio, il le jugeait trop petit et trop miteux pour y inviter la jeune femme. « Déjà seul, je me cogne dans les meubles, alors à deux… »

Ainsi n'avaient-ils toujours pas consommé. Ce qui ne laissait pas de consterner Valentina.

« Franchement, ça devient grotesque ! Dire qu'avec Jean-Pierre on baise comme des lapins. Partout, tout le temps, dans toutes les positions ! Même dans son avion, l'autre fois. T'es vraiment sûre qu'il n'est pas gay, ton mec ? Ou impuissant ? »

Sasha avait levé les yeux au ciel. Rien ne pressait.

Peu avant Halloween, toutefois, Alex lui fit une proposition :

— Et si on louait une chambre d'hôtes dans le Connecticut ou le Massachusetts pour le week-end ? Histoire de se mettre un peu au vert.

Elle accepta avec enthousiasme.

Ils quittèrent l'hôpital ensemble le vendredi à minuit, à bord de la voiture d'Alex. Le jeune homme conduisit plusieurs heures d'affilée sans même ressentir la fatigue et les mena à bon port. Leur chambre les enchanta : de la fenêtre, ils voyaient les vagues s'échouer sur la grève et les mouettes planer dans le ciel. Le long de la plage s'alignait une ribambelle de restaurants charmants. Quant au bed and breakfast, il était propre, cosy et familial, exactement tel qu'ils l'avaient espéré.

Ils eurent à peine posé leurs valises et évoqué l'idée d'une promenade sur le front de mer qu'Alex l'embrassa avec fougue. Cela faisait plus d'un mois qu'ils échangeaient des baisers passionnés sans jamais s'aventurer plus loin et le désir était monté en eux peu à peu. Sasha déboutonna la chemise du jeune homme et défit la fermeture Éclair de son jean. Agréablement surpris, il la déshabilla à son tour. Ils avaient suffisamment attendu.

Ils se faisaient la cour depuis si longtemps qu'ils connaissaient tout l'un de l'autre. Tout, sauf leurs corps. Et ils brûlaient d'envie de franchir cette ultime étape. N'y tenant plus, ils se jetèrent sur le lit. Celui-ci émit un grincement étrange, et Alex et Sasha pouffèrent comme des gosses. Une lame de passion s'abattit sur eux et ils oublièrent tout.

Essoufflés, échevelés, ils se contemplèrent, nus, ivres de plaisir. Ils étaient jeunes, beaux, et amoureux.

— Je t'aime, lui susurra-t-il tendrement.

Ils s'embrassèrent.

— Moi aussi, lui répondit Sasha.

Les mots lui venaient naturellement : ils ne faisaient que confirmer ce que le jeune couple s'était déjà prouvé de mille et une façons au cours des dernières semaines.

— Ma sœur nous prend pour des fous d'avoir patienté si longtemps mais, moi, je suis contente, affirma la jeune femme. C'était encore plus beau, comme ça.

Ils prirent une douche ensemble, s'habillèrent et sortirent explorer le village. Ils marchèrent dans le sable, main dans la main, puis regagnèrent leur chambre : ils avaient envie de refaire l'amour. Le soir, ils dînèrent dans un restaurant fort romantique, éclairé à la bougie. Tout le week-end s'écoula de la sorte, pareil à une lune de miel. Magique.

Il fallut bien rentrer. Dans la voiture, ils mirent de la musique et s'absorbèrent dans leurs souvenirs de la parenthèse hors du temps qu'ils venaient de partager. À un moment, elle se pencha vers lui et l'embrassa, et un sourire illumina le visage d'Alex. Jamais, de leur vie entière, les deux jeunes gens n'avaient goûté une telle félicité.

— Tu veux dormir au loft ? demanda-t-elle comme ils approchaient de New York.

Il hésita, mais après les moments qu'ils venaient de vivre il n'avait pas envie d'être seul.

— OK.

Une nouvelle idée venait de lui traverser l'esprit, mais il devait consulter ses parents avant d'en parler à Sasha.

Abby, Claire et Morgan étaient à l'appartement, ainsi que Max, Greg et Oliver. Les deux tourtereaux avaient l'impression de rentrer d'un long voyage. Ils dînèrent de restes de rôti et de mousse au chocolat (les autres leur en avaient fort gentiment mis de côté). Morgan leur servit un verre. Apparemment, George leur avait enfin fait l'honneur de sa présence, ce soir-là, mais il était déjà reparti. Claire avait jugé plus raisonnable qu'ils dorment chacun de son côté : ils revenaient d'un bref séjour dans les Bermudes, où George avait un yacht, et la jeune femme avait du sommeil à rattraper.

— Et vous, vous étiez où ? demanda Max aux nouveaux venus, les yeux pleins de malice.

— Dans le Connecticut, lui répondit Alex.

Son sourire disait le reste. Des regards entendus furent échangés.

Le petit groupe bavarda en faisant la vaisselle. Recrus de fatigue après la longue route, Alex et Sasha se retirèrent. Ils refirent l'amour, aussi naturellement que s'ils étaient en couple depuis des années et se lovèrent l'un contre l'autre. À peine se furent-ils chuchoté quelques mots doux qu'ils s'endormirent. Aussitôt après (à ce qu'il leur sembla, du moins), le réveil sonna. Il était six heures du matin, l'heure de se lever. Pendant qu'Alex se douchait, Sasha prépara le petit déjeuner, sans bruit, pour ne réveiller personne.

— Waouh, merci ! chuchota-t-il en admirant la table mise.

Finalement, le loft était bien assez grand pour accueillir un membre supplémentaire. Alex appréciait la convivialité du lieu. Cela lui rappelait ses études, quand il logeait sur le campus de la fac de médecine. Sauf qu'en ce temps-là c'est ses camarades de promo encore soûls de la veille qu'il trouvait au saut du lit, et non la plus belle femme du monde.

Une heure plus tard, ils se séparaient à regret dans le hall de l'hôpital. Sasha gagna son étage ; elle flottait toujours sur un nuage.

— On a du monde, ce matin ? demanda-t-elle à l'infirmière qui se trouvait là.

132

— Ne m'en parle pas ! Depuis samedi, c'est non-stop.

— Ah ? Le week-end a été chargé ?

— On a eu six naissances le 31. Dont deux césariennes. C'était un sacré souk, ici ; t'as bien de la chance d'y avoir coupé !

Oui, Sasha avait de la chance. Elle saisit ses dossiers et se mit au travail.

En fin de matinée, Alex passa en coup de vent pour lui apporter un cappuccino.

L'infirmière siffla.

— Ben, dis donc ! T'as fait quoi pour mériter ça ?

Un florilège de scènes du week-end défila dans le souvenir de Sasha, et elle rougit.

— Si tu savais !

11

Alex téléphona à ses parents à la première occasion : il voulait leur demander quelque chose pour Thanksgiving. C'était chez lui une grande fête à laquelle il était impossible de déroger.

— Je peux amener une amie ?

— Bien sûr ! Amènes-en autant que tu veux, répondit sa mère.

Les parents d'Alex invitaient chaque année des proches et des collègues, et les deux frères venaient parfois accompagnés. Angela, l'ex de Ben, avait souvent été de la fête. Alex, quant à lui, n'avait encore jamais présenté de petite amie à ses parents.

— On la connaît ? se renseigna sa mère, intriguée.

— Non. On bosse ensemble. Elle s'appelle Sasha Hartmann. Elle est interne en obstétrique.

— Super ! Je me réjouis de la rencontrer.

Helen Scott était proche de ses fils. Et en était très fière…

Timide comme un écolier, Alex ajouta :

— Dis, euh… Elle peut dormir à la maison ?

— Enfin, Alex, pour qui me prends-tu ? Je ne suis pas un tyran ; je ne vais pas envoyer ton amie à l'hôtel ! Elle couchera dans ta chambre, comme Angela quand…

Elle s'interrompit. La rupture de Ben était récente et Helen regrettait beaucoup qu'elle l'ait quitté. Elle s'entendait bien avec elle.

— Elle va me manquer, admit-elle. Quel dommage ! Ils formaient un si beau couple. Mais je ne lui jette pas la pierre, la pauvre : ton frère travaille trop...

Ils discutèrent un moment, puis Alex raccrocha, impatient d'annoncer la nouvelle à Sasha.

— J'ai une proposition à te faire, lui dit-il quand ils se retrouvèrent en fin de journée. J'aimerais beaucoup que tu viennes passer Thanksgiving dans ma famille, à Chicago. Qu'est-ce que tu en dis ?

Comme Sasha hésitait, il murmura à son oreille :

— Je n'ai encore jamais présenté de copine à mes parents.

— Je suis très touchée. D'accord, je viendrai. Avec plaisir !

De toute manière, elle n'avait pas prévu d'aller à Atlanta, chez son père. Sa belle-mère n'était pas antipathique, mais elles n'avaient vraiment rien en commun. Quant à sa mère, en période de fêtes, elle se montrait acariâtre.

— Ah ! J'ai tellement hâte de te présenter tout le monde ! s'enthousiasma Alex. Je vais te montrer la ville... Mes coins préférés... Et je sais que ma famille va t'adorer.

— J'invite Valentina ?

— Euh... Pourquoi ? Tu crois que...

Devant sa mine défaite, elle éclata de rire.

— Je plaisantais, chéri ! Mais j'y pense, il va falloir que je m'achète une robe. Je n'ai rien à me mettre. À moins que Claire ou Morgan ne me prêtent quelque chose...

— Tu sais, mon père est médecin : tu peux venir en blouse et en Crocs, ça ne le choquera pas.

— Super, je sens qu'on va s'entendre !

Décidément, le week-end s'annonçait parfait.

Deux semaines avant Thanksgiving, George et Claire se disputèrent pour la première fois.

La jeune femme devait accompagner son patron à un salon à Orlando. Et George, lui, voulait qu'elle l'accompagne à une réception chez le maire de New York.

— Allons, Claire, c'est ridicule ! objecta-t-il. Tu n'as qu'à lui dire que tu as un empêchement. Qu'est-ce que je vais raconter au maire, moi ? Que tu n'es pas là parce que tu vends des savates en Floride ? J'aurai l'air de quoi ?

Heurtée, Claire avait riposté :

— Et moi, si j'annonce à Walter que je sèche le boulot pour siffler du champagne avec le maire ?

— Tu dis toi-même qu'elles sont moches, ces chaussures.

— Ça reste mon travail.

Elle était déçue. Jamais auparavant George ne lui avait demandé de renoncer à quoi que ce soit pour lui. Elle se rendait bien compte que cette réception lui tenait à cœur, mais ce n'était pas une raison. En outre, le patron de Claire se méfiait. Depuis que sa subalterne côtoyait une célébrité, il suivait de près la presse people, comme s'il la soupçonnait de négliger son travail au profit de sa vie sociale. Et comme s'il guettait l'occasion de le lui reprocher. Non, ce n'était pas le moment de jeter de l'huile sur le feu.

— Je ne comprends pas, s'entêtait George. Pourquoi te démener pour un travail qui te rend malheureuse ?

— Parce que je ne veux pas me faire virer ! Pardon pour ces considérations terre à terre, mais il faut que je paie mon loyer.

— Je le sais bien. Seulement, ça me révolte de te voir te plier en quatre pour ce vieux schnock. Qu'il les vende lui-même, ses godasses !

— C'est mon boulot, George. Je suis payée pour l'accompagner.

Chacun campait sur ses positions, au grand désespoir de Claire. Depuis toujours, c'était exactement ce qu'elle redoutait dans le fait de s'engager sentimentalement : que son compagnon lui demande de sacrifier sa carrière. Cependant, elle avait tenu bon. En d'autres circonstances, elle aurait été heureuse de l'accompagner à cette réception. George le savait forcément. Il n'était pas habitué à ce qu'on lui dise non, voilà tout.

Ils dînèrent en silence. Et dormirent séparément, chacun chez soi. George ne décolérait pas.

Le lendemain, pourtant, alors que Claire déprimait derrière son bureau, un coursier lui livra un énorme bouquet de roses. *Je me suis conduit comme un idiot. Pardonne-moi. Va à Orlando. Je t'aime. G.*

— Je suis désolé, Claire, insista-t-il quand elle lui téléphona pour le remercier. J'aurais tellement eu envie d'épater la galerie avec toi à mon bras !

— Tu sais que je viendrais si je le pouvais. Ce voyage à Orlando…

C'est alors qu'elle remarqua son patron qui la toisait, à deux pas de là. Elle raccrocha précipitamment.

— Alors ? Ce voyage à Orlando ? Vous en serez, évidemment ?

— Évidemment.

— Qu'est-ce que c'est encore que toutes ces fleurs ? Vous ouvrez une jardinerie, ou quoi ?

— Pardon, je vais les faire disparaître…

— Je vous vois venir, Claire, ajouta-t-il, acide. Vous allez vous faire passer la bague au doigt, et adieu Berthe !

— Ce n'est nullement dans mon intention, monsieur.

Walter grogna, sceptique, et tourna les talons.

Le vendredi, George demanda à Claire de préparer une valise avec des affaires d'été : il l'emmenait de nouveau en week-end ! Où ? Surprise ! Ce ne fut qu'une fois assise dans l'avion, alors qu'ils survolaient un chapelet d'îles, qu'elle devina leur destination : les Bahamas. Son amant y avait loué une villa avec piscine.

— Pour me faire pardonner, affirma-t-il.

Ce qu'il fit également entre les draps, où le jeune couple passa le plus clair du séjour. Le reste du temps, ils bronzèrent à demi nus au bord de la piscine ou se firent servir sur la terrasse des mets raffinés.

Claire partit pour Orlando reposée et de bonne humeur. Walter et elle voyagèrent en classe économique et logèrent dans un hôtel premier prix à la propreté douteuse.

— Tu m'as donné des goûts de luxe, se plaignit-elle à George au téléphone. Après notre escapade exotique, j'ai l'impression d'être Cendrillon… Mon carrosse vient de se transformer en citrouille !

Il rit.

— Ça t'apprendra ! La prochaine fois, tu viendras au bal avec moi. En plus, on m'a placé à la table de Lady Gaga.

Le salon se révéla plus ennuyeux encore que Claire ne le redoutait, et exténuant. Sitôt débarquée à New York, elle retrouva George pour dîner avec lui.

— Alors, cette réception ?

— Je me suis ennuyé comme un rat mort.

— Tu plaisantes ? Avec tout ce beau monde...

— Un seul être vous manque, et tout est dépeuplé.

Elle s'empourpra. Il la dévorait des yeux.

— Tu m'as manqué, Claire. Dire que la semaine prochaine, nous serons de nouveau séparés...

Thanksgiving approchait. George partait skier à Aspen et Claire était attendue chez ses parents, à San Francisco.

— Ne te plains pas, gronda-t-elle. Tu vas retrouver les pistes, tes copains... Tandis que moi, je me morfondrai entre mes parents mutiques.

Peu avant le départ, George fit livrer chez lui un repas traditionnel de Thanksgiving pour deux personnes.

— Les fêtes, les réunions de famille, je te l'ai dit : ce n'est pas ma tasse de thé. Mais je ne veux pas être le rabat-joie de service. Je tenais à marquer le coup !

Tout était divin : la dinde farcie, la gelée de cranberries, l'écrasé de pommes de terre, les tartes (à la citrouille, aux pommes et aux noix de pécan) et la crème fouettée...

Claire malheureusement ne pouvait pas rester dormir chez lui ce soir-là ; il se levait à l'aube le lendemain. Il l'attira tout de même vers la chambre à coucher.

— Je veux m'assurer que tu ne m'oublieras pas quand tu seras à San Francisco.

Ils firent l'amour comme ils ne l'avaient encore jamais fait. Tendrement, doucement d'abord, puis avec une fougue croissante. Par moments, George se montrait presque brusque : il connaissait si bien le corps de Claire et la manière qu'il avait de réagir à ses caresses que cela démultipliait son envie et son propre plaisir.

Quand ils eurent terminé, ils recommencèrent. Puis, alangui sur le lit, il la contempla.

— Claire, je veux des enfants de toi, déclara-t-il, solennel. Dis-moi qu'on fondera une famille, tous les deux.

Il était si grave, si ému qu'elle n'eut pas le cœur de le décevoir. Elle hocha la tête.

— D'accord.

Le plus étrange, c'est qu'elle partageait son envie.

Il la serra dans ses bras.

— Merci. Je t'aime tant.

À contrecœur, ils se rhabillèrent et il la raccompagna chez elle, à Hell's Kitchen.

Il était deux heures du matin quand elle franchit le seuil du loft, encore abasourdie par ce qu'ils s'étaient dit. Cette promesse qu'il lui avait arrachée après l'amour... George Lewis voulait des enfants. Avec elle, Claire Kelly. Et elle en voulait aussi. Elle qui avait toujours affirmé le contraire !

Mais avec lui, oui, elle se voyait mère. C'était plus fort encore que s'il l'avait demandée en mariage. Leurs avenirs étaient liés, dorénavant. Et Claire n'avait pas peur. Ensemble, ils mèneraient une existence heureuse et prospère. C'était pour elle une certitude inébranlable. George était un homme solide, fiable, responsable. Un homme de parole. Pas comme son père.

12

Claire et Abby prenant l'avion à peu près à la même heure, elles partagèrent un taxi jusqu'à l'aéroport. Claire paraissait soucieuse.

— Quelque chose ne va pas ?

— Hum… C'est juste que l'avion de George devrait avoir atterri. Je me demande pourquoi il n'appelle pas.

Peut-être son vol avait-il pris du retard… Claire reporta ses pensées sur le week-end qui l'attendait. Il s'annonçait maussade. La jeune femme n'avait plus d'amis d'enfance à San Francisco. Dix ans après le bac, une grande majorité d'entre eux avaient migré vers New York ou Los Angeles. Quant aux autres, ceux qui étaient restés, Claire n'avait plus grand-chose en commun avec eux. Lorsqu'elle croisait d'anciens camarades de lycée, elle s'étonnait toujours de constater combien leur vie avait stagné depuis l'adolescence. Certaines avaient même épousé leur petit-ami de l'époque. La plupart avaient des enfants. Plusieurs travaillaient dans la boîte de leurs parents – à des postes qui ne faisaient pas rêver. Au fond, ils menaient une existence provinciale, à mille lieues de celle qu'on prêtait aux habitants de la Silicon Valley. En dehors du domaine des technologies, il y avait peu d'opportunités professionnelles, surtout dans la mode, un secteur quasiment inexistant dans la région. D'où l'exil volontaire de Claire. Son père lui reprochait régulièrement d'avoir « déserté », mais sa mère la soutenait.

Les deux jeunes femmes procédèrent à l'enregistrement de leurs bagages (où qu'elle aille, Claire emportait toujours la moitié de sa garde-robe). Depuis sa rupture avec Ivan, Abby avait bien changé. Déjà, elle écrivait jour et nuit. Le flot de son inspiration était intarissable.

Ivan lui avait téléphoné, bien sûr. Il lui avait servi quantité d'excuses ridicules pour justifier son comportement minable. Abby s'était mise à filtrer ses appels, et il avait fini par renoncer à quémander une compassion qu'elle lui refusait.

— Je ne suis même pas triste, assura Abby à son amie dans la salle d'attente de l'aéroport. Je suis juste furieuse ! C'est pour ça que je me donne à fond, maintenant. Je veux rattraper le temps perdu et boucler mon roman.

Les passagers pour le vol de Los Angeles embarquaient et les deux jeunes femmes se séparèrent. Claire consulta son téléphone. George ne donnait toujours pas signe de vie. Probablement avait-elle mal compris l'horaire de son vol.

Certes, l'aéroport d'Aspen n'était pas réputé pour sa modernité. Si les conditions climatiques étaient mauvaises… Claire frémit. Elle se montait la tête pour rien. Le pilote du jet était compétent et connaissait par cœur cette piste. George allait appeler.

Quelques heures plus tard, Sasha et Alex embarquèrent pour Chicago. La jeune femme, qui n'emportait d'habitude que le strict nécessaire, s'était encombrée, cette fois, de toute une panoplie de tenues empruntées à Morgan et à Claire. Cela lui permettrait de s'adapter au style de la famille d'Alex, qu'il soit BCBG ou au contraire décontracté. Elle tenait à faire bonne impression. « Ils sont plutôt classiques, lui avait répondu Alex quand elle avait cherché à se renseigner sur le sujet. Pour les fêtes, ils sortent le grand jeu : veste pour ces messieurs, et mon père porte la cravate ! Mais ne te mets pas la pression. Quoi que tu choisisses, tu seras parfaite. »

Elle avait aussi pris des baskets et des vêtements chauds, au cas où ils feraient un tour en bateau sur le lac. Alex l'avait prévenue : « On se les pèle, sur l'eau ! Tu verras bien si tu as envie de venir… Sinon, tu pourras rester à la maison avec ma mère ou faire un tour au centre-ville. »

L'avion se posa sur la piste de l'aéroport de O'Hare à treize heures, heure locale. La mère d'Alex était encore au bureau, et son père et son frère, à la clinique, mais la famille serait au complet pour le dîner. Sasha sentit la nervosité la gagner.

— Mais arrête de t'en faire, ma chérie… Ils sont curieux de te rencontrer, mais je te promets qu'ils ne te bombarderont pas de questions.

L'aéroport était bondé. Il fallut une heure au jeune couple pour récupérer ses bagages au tourniquet, puis une autre pour traverser la ville. La gouvernante accueillit Alex avec effusion et salua chaleureusement Sasha.

Située dans le quartier cossu de North Lake Shore, la demeure possédait une élégance classique. Avec ses tons chauds et ses meubles d'époque, elle respirait le bon goût et l'amour des traditions. Des fleurs fraîches égayaient le salon ; et la cuisine, aménagée à la mode rustique, semblait être le centre névralgique de la maison. Alex montra à Sasha son ancienne chambre d'enfant. Les étagères ployaient sous les coupes et les trophées, et les bibelots en tout genre. Ses diplômes de Yale et de Harvard, mis sous verre par ses parents, trônaient au dessus de la tête de lit. La chambre de Ben, sise au bout du couloir, après la salle de bains que les frères partageaient, était du même tonneau. Les deux pièces étaient décorées de motifs écossais et bénéficiaient d'une vue plongeante sur le jardin. À l'autre extrémité se trouvait la chambre parentale, vaste et lumineuse. Une chambre d'amis complétait l'étage : c'était là que coucheraient Alex et Sasha, car elle était dotée d'un lit double et moins chargée de souvenirs d'adolescence ! Avec ses tentures fleuries, sa palette bleu et or et ses allures de cottage anglais, la pièce était somptueuse. L'on voyait tout de suite que les parents d'Alex avaient fait appel à un décorateur. Le plus réussi, c'était les murs jaune pâle : malgré la grisaille qui menaçait dehors, la pièce semblait baignée de soleil.

Quand ils eurent posé leurs valises, ils descendirent se faire des sandwichs, puis Alex emmena Sasha faire un tour en ville. Il conservait dans le garage une vieille Toyota dont il se servait lorsqu'il rendait visite à ses parents – il refusait obstinément qu'ils la vendent ! D'ailleurs, la gouvernante l'utilisait pour faire les commissions. La voiture démarra en pétaradant et ils se dirigèrent vers Michigan Avenue. Alex avait prévu tout un itinéraire : il était ravi de faire découvrir sa ville natale à Sasha.

— Voici le Wrigley Building et le John Hancock Center, annonça-t-il, tout sourire. Ma mère travaille dans cette tour. Ben et mon père bossent tous les deux à la clinique près de Hyde Park, je te la montrerai...

Sasha ne perdait pas une miette du paysage urbain qui défilait devant ses yeux. La ville, quoique plus petite que New York, possédait la même énergie. Rien à voir avec Atlanta, là où elle avait grandi ! Sur Michigan Avenue, elle admira la succession d'enseignes haut de gamme : elle y retrouvait quelque chose de la sophistication new-yorkaise. Mais Chicago avait un petit plus, un charme indéfinissable. Les gratte-ciel y étaient encore plus hauts.

— C'est pour couper le vent, lui expliqua Alex. Le climat est rude ici, tu sais. En général, les vingt premiers étages d'une tour sont occupés par des bureaux ; au-dessus, tu as quatre étages de magasins et de restaus, puis trente ou quarante étages d'appartements. Comme ça, quand il y a du blizzard, tu n'as même pas besoin de sortir dans la rue.

— Waouh ! fit Sasha, très étonnée.

Elle ne se voyait pas habiter au soixantième étage d'une tour, mais il fallait reconnaître que c'était bien pensé.

Ils se garèrent et flânèrent un moment dans les rues. Ils visitèrent une galerie d'art, une librairie, quelques boutiques. Partout, Sasha fut frappée par l'amabilité des commerçants.

Lorsqu'ils reprirent la direction de Lake Shore Drive, il était cinq heures et demie. Dans la voiture, Sasha remuait sur son siège.

— Ne stresse pas comme ça, lâcha Alex. C'est ridicule. Mes parents sont très accueillants, tu verras.

— Mais s'ils me détestent ?

— Dans ce cas, je cesserai immédiatement de te fréquenter. Tu n'auras plus qu'à te trouver une chambre d'hôtel, déclara-t-il, pince-sans-rire.

Sasha écarquilla les yeux.

— Je plaisante, chérie ! s'exclama Alex. Détends-toi, voyons ! D'une, ils vont t'adorer. De deux, j'ai trente ans passés : je mène ma propre barque. Tu es la meilleure chose qu'il me soit arrivé, Sasha. Quand bien même mes parents seraient trop bêtes pour ne pas voir que je viens de décrocher le gros lot, moi, j'en ai conscience.

— Mais tu es leur fils. C'est leur rôle de te protéger contre... je ne sais pas, moi. Contre les femmes toxiques... Les croqueuses de diamants...

— Ah ? Je ne savais pas que tu avais l'intention de me faucher mes diamants...

Il lui lança un regard malicieux.

— Écoute, Sasha, reprit-il un peu plus sérieusement : tant que tu ne t'habilles pas comme ta sœur, tout se passera à merveille avec mes parents. Et même, tu pourrais débarquer en monokini à paillettes que ça ne les choquerait pas plus que ça. Il leur suffit que j'aie l'air heureux... Sous leurs dehors « tradi », ils sont plutôt ouverts d'esprit. Alors respire, OK ?

Sasha se mordillait toujours la lèvre.

— Ma mère est la douceur incarnée, insista-t-il. Tu verras, elle aime tout le monde. Quand on parle de tueurs en série, à la télé, elle est la première à t'expliquer qu'ils ont dû avoir une enfance malheureuse ou une rude journée.

Sasha pouffa.

— J'aimerais pouvoir brosser un portrait aussi flatteur de ma propre mère. Elle, c'est l'inverse : elle déteste tout le monde et voit le mal partout. Le verre est toujours à moitié vide pour elle. Elle prétend que c'est un atout dans sa profession. N'empêche, je n'aimerais pas être à la place de ses clients.

Sasha ne parlait pas souvent de sa mère. Alex l'écouta attentivement.

— Le pire, c'est que je sais qu'elle n'a pas mauvais fond, continua la jeune femme. Seulement, elle s'est aigrie. Elle passe son temps à dénigrer mon père et sa femme. Bon, Charlotte n'est pas super intéressante, mais elle est gentille et elle le rend heureux… La vérité, c'est que maman est jalouse. Elle dit qu'il est un vrai papa gâteau pour ses nouveaux enfants, alors qu'il nous négligeait, Valentina et moi.

Elle soupira.

— Elle souffre. Je pensais que sa peine s'amenuiserait avec le temps, mais c'est tout le contraire : elle devient dure, hargneuse. Valentina s'entend bien avec elle parce qu'elle a le cuir dur, mais moi… Quand je lui rends visite, j'ai l'impression de monter sur un ring de boxe.

— Tu peux demander à ma mère de t'adopter, si tu veux. Elle rêve d'avoir une fille. La rupture de mon frère lui a brisé le cœur. Elle voyait déjà Ben et Angela mariés pour la vie.

Sasha se figea. Un couple marié, solide et heureux, elle n'en avait jamais connu. Son père était gaga de sa nouvelle épouse, mais ils manquaient de complicité. Et, pour Charlotte, il était d'abord un père de substitution : elle lui soumettait la moindre de ses décisions. C'était à croire qu'elle était dépourvue de volonté propre. Quant au couple qu'avaient formé les parents de Sasha avant de divorcer, il n'avait pas non plus été un modèle de félicité. Sa mère méprisait son père parce qu'il n'avait pas fait d'aussi bonnes études qu'elle. Elle le critiquait violemment, l'accusait d'être un parvenu et d'avoir bâti sa fortune sur un coup de chance, alors qu'elle aurait pu reconnaître qu'il avait du flair et le sens des affaires. Avait-il vraiment été un mauvais père ? Valentina soutenait que oui. Sasha était plus tempérée. Au moins, il était fier de sa carrière. Sa mère, elle, encensait Valentina, star des podiums à la renommée internationale et à la fortune colossale. Parfois, Sasha avait l'impression que tout ce qui comptait à ses yeux, c'était l'argent et la célébrité.

— Mes parents ont passé leur vie à se balancer des vacheries, résuma tristement Sasha. On ne peut pas dire qu'ils m'aient donné une image très reluisante du mariage ! Tu sais qu'ils refusent toujours de se trouver dans la même pièce ? Même pour ma remise de diplôme, ils n'ont pas fait cet effort.

Elle n'en avait encore jamais parlé à personne.

— Lequel est venu, du coup ? Ton père ou ta mère ?

— Mon père. Ma mère était soi-disant accaparée par une affaire. Je pense que, même si je me mariais, elle ne transigerait pas. D'ailleurs, elle ferait tout pour m'en dissuader. Il faut dire que les divorcés, et surtout les récidivistes, comme elle les appelle, c'est son fonds de commerce. Elle nous répète sans arrêt de ne pas commettre la même erreur que tous ces imbéciles, à Valentina et à moi.

Elle eut un petit sourire.

— Alors, tu comprends pourquoi j'ai du mal à me représenter un couple uni comme celui de tes parents, conclut-elle. Pour moi, ce que tu décris, c'est de la science-fiction !

— Tu sais, je suppose que ça n'a pas été facile tous les jours, pour mes parents… D'autant qu'ils se sont mariés très jeunes. Mais qui sait ? Peut-être aussi que ça les a soudés, de grandir ensemble, pour ainsi dire. Ils nous ont eus très tôt, Ben et moi. À croire qu'ils n'ont jamais douté.

Sasha réfléchit. À quoi tenait la longévité de certains couples à l'heure où la plupart divorçaient dans l'année suivant leur union officielle ? Fallait-il vraiment privilégier sa carrière ? Le mariage était-il un concept dépassé, inadapté à la vie moderne, ainsi que le soutenait sa mère ? Valentina partageait sa conviction. Sitôt son bac en poche, elle s'était jetée sur l'occasion de remplir son compte en banque. Et, depuis, elle s'était entourée de comptables et de conseillers bancaires à même de lui assurer une rente confortable quand elle serait jugée trop vieille pour défiler.

Mais Sasha, qu'en pensait-elle ?

Elle n'eut pas le temps de creuser la question : Alex garait la Toyota dans l'allée de ses parents. Il était six heures tapantes. Une Mercedes stationnait sous l'auvent et la maison était éclairée. Le cœur de Sasha se remit à battre la chamade.

Une belle femme descendait justement les marches du perron. Elle portait un tailleur anthracite, des escarpins, une rangée de perles ; un chignon retenait ses cheveux bruns. Elle s'avança pour enlacer son fils, toute souriante.

Sasha attendit quelques secondes, cachée derrière Alex. Helen Scott était fidèle à la description qu'il lui en avait fait : sympathique, ouverte. Une ligne admirablement conservée, qu'elle devait sans doute à sa pratique régulière du golf et du tennis.

Elle se tourna ensuite vers Sasha, les yeux rieurs et, à la stupéfaction de celle-ci, la serra dans ses bras comme une vieille amie.

— Nous sommes si heureux de te rencontrer ! s'exclama-t-elle avec chaleur. Je parie qu'Alex t'a traînée à travers la ville tout l'après-midi. Tu dois être frigorifiée. Viens dans le salon, on a fait du feu. Je vais te préparer une tasse de thé.

Sasha opina, un peu gênée ; elle n'était pas accoutumée à tant d'égards, surtout de la part d'une inconnue.

Avec ses murs tapissés de livres, le salon lui plaisait particulièrement. Elle nota que certains des ouvrages exposés étaient des éditions anciennes. Manifestement, la famille d'Alex était dotée d'un grand amour de la culture – les tableaux de peintres anglais (pour l'essentiel, des paysages ou des marines) le montraient également.

Sasha s'installa sur le canapé et, un instant plus tard, on lui servit le thé sur un adorable plateau en argent. La gouvernante s'affairait et Helen n'était pas en reste – elle se targuait à l'évidence de savoir recevoir. Mère, femme active et maîtresse de maison accomplie, elle semblait exceller dans tous les domaines à la fois. De nouveau, Sasha la compara malgré elle à sa propre mère. Elle n'avait jamais aimé tenir son foyer. La cuisine la « barbait », le ménage lui sortait par les yeux et, pour plus de tranquillité, après son divorce, elle avait vendu la maison familiale pour emménager dans un appartement de dimensions plus modestes.

— Alors, racontez-moi tout, les enfants ! Vous avez passé un bon après-midi ? Il y a tant à faire dans la région, quel dommage que vous ne puissiez rester plus longtemps ! Il faudra revenir en été pour profiter du lac, Sasha. Mais ne laisse pas les garçons t'y embarquer en cette saison, il y fait un froid de canard.

Helen s'excusa de n'avoir pas pu les accueillir à l'aéroport. Elle était pressentie pour une nomination à la cour supérieure de justice, un poste qu'elle briguait depuis de longues années. Elle avait donc fort à faire au cabinet en ce moment. Cependant, elle ne s'étendit pas sur le sujet. Elle mettait un point d'honneur à séparer sa vie professionnelle de sa vie privée. D'ailleurs, elle semblait minimiser l'importance de son travail par rapport à celui de son mari.

— Les métiers de la santé sont les plus admirables, affirma-t-elle. J'aurais beaucoup aimé étudier la médecine. Comme vous, les enfants. Mais il faut tellement de persévérance… Je ne sais pas si j'aurais pu. Quelle est ta spécialité, Sasha ?

— Je fais mon internat en obstétrique et gynécologie. Je voudrais me spécialiser dans les problématiques liées à l'infertilité.

Helen ne cacha pas son intérêt. Ses questions étaient pertinentes et Sasha eut plaisir à la renseigner.

— Sasha a une sœur jumelle, intervint Alex.

— Vraiment ? Quelle chance ! Je crois que ça m'aurait plu d'élever des jumeaux.

— Mon père aussi avait un frère jumeau, mais il est mort en bas âge, l'informa Sasha.

Alex, qui ignorait ce détail, tendit l'oreille.

— Valentina et moi sommes identiques… en apparence, du moins ! Petites, ça nous amusait beaucoup. On se faisait passer l'une pour l'autre. Même nos parents nous confondaient !

— Valentina est médecin comme toi ? s'enquit Helen tout en tendant à son invitée un plateau de cookies et de pain d'épice maison.

— Oh non ! Elle est mannequin.

— Tu sais quoi, maman, lâcha Alex, Sasha avait oublié de me prévenir qu'elle avait une jumelle. Quand je les ai croisées ensemble au self, j'ai cru que je voyais double ! Bon, une fois qu'on connaît Valentina, on se rend compte que la ressemblance est seulement physique…

— Ma sœur est un peu… excessive, notamment dans ses choix vestimentaires. Quand Alex l'a rencontrée, elle portait une sorte de combinaison moulante et un manteau en léopard.

— Elle a un style bien à elle, confirma Alex. Ce qui aide à la distinguer de Sasha.

— Même le couteau sous la gorge, Valentina n'accepterait jamais de porter des Crocs.

Helen rit gaiement, et Sasha l'imita. La nervosité de la jeune femme s'était complètement dissipée.

— Ton internat se passe bien ? reprit Helen.

— Oui, très bien. C'est un peu stressant, bien sûr, mais je savais dans quoi je m'engageais en optant pour des études de médecine.

Alex opina du chef.

— Son emploi du temps est aussi dément que le mien. Quand on se fait un ciné, c'est à qui s'endormira le premier !

— Je compatis, mes pauvres chéris. Quand ton père faisait son internat, il s'endormait pendant les bandes-annonces et je le réveillais au moment du générique de fin ! D'ailleurs, ça n'a guère changé.

— Qu'est-ce qui n'a guère changé ? demanda un grand et bel homme qui pénétrait à l'instant dans la pièce.

Tom Scott était très séduisant avec sa crinière argentée. Il embrassa sa femme.

— Tu déballes nos secrets de famille, ma chérie ?

— Salut, papa, lui lança Alex en se levant.

— Je ne déballe rien du tout, protesta Helen. Le fait que tu dormes au ciné n'est un secret pour personne.

— Et pour cause, renchérit Tom. Je ronfle !

Il porta son attention sur Sasha.

— Bonsoir, jeune fille ! Surtout, n'écoute pas les radotages de ma femme.

Il lui serra la main. Comme son épouse, il ne faisait pas son âge.

— En tout cas, bienvenue chez nous et dans notre belle ville de Chicago, reprit-il en mordant dans un cookie. On est très contents de vous voir, toi et Alex. Alex ne nous honore pas souvent de sa présence...

— Le boulot, papa. Tu connais la chanson. Cette année, ce n'est pas drôle ; je travaille à Noël et au jour de l'an. C'était la seule façon pour moi d'être libre pour Thanksgiving. Je suis désolé...

— Ne t'en fais pas, chéri, le rassura sa mère. On sait ce que c'est. Ben est pareil, un vrai bourreau de travail. Et puis, on est passés par là, ton père et moi. Vous êtes nés avant que je termine mon droit, quand ton père faisait son internat.

Sasha réprima un sifflement d'admiration. Jongler entre des études exigeantes et des enfants en bas âge représentait un sacré exploit. La mère d'Alex avait du mérite.

— N'empêche qu'il ne faut pas se tromper de priorités, objecta Tom. C'est bien beau de trimer, mais la famille passe avant tout.

— Garde ton sermon pour Ben, papa. C'est lui qui est marié à son boulot.

Sasha détourna le regard. Angela, sa petite-amie, avait sans doute rompu avec lui parce qu'il la négligeait...

Tom changea de sujet.

— Alors, jeunes gens, quels sont vos projets pour demain ? Que diriez-vous d'un petit tour sur le lac ?

— Tu es fou ! s'écria Helen en frissonnant. Il fait un froid de gueux ! Enfin, Alex, tu fais ce que tu veux, mais tu me laisses Sasha. On mettra la table, on fera du feu… Si elle est sage, on pourra tricoter un peu.

Tout le monde éclata de rire.

— Je ne plaisante qu'à moitié, vous savez : pour son premier séjour à Chicago, vous pourriez lui proposer autre chose qu'un aller simple pour la pneumonie, insista Helen.

Tom fronça les sourcils.

— Hum, voyons… Il fait trop froid pour faire un tennis… Je suis nul au Scrabble…

Le matin de Thanksgiving, les Scott mettaient un point d'honneur à pratiquer une activité en famille.

— Les possibilités ne manquent pas, remarqua Alex. On pourrait visiter le musée, ou faire nos courses de Noël. On n'aura pas beaucoup de temps pour s'en occuper à New York.

Ils bavardèrent jusqu'à l'heure du dîner. Ben les rejoignit juste avant de passer à table. Il était extrêmement beau, plus encore qu'Alex. Sasha ne put s'empêcher de le comparer aux amants de sa sœur. Comment pouvait-on préférer un Jean-Pierre à un Ben ?

Le jeune homme voulut tout savoir de Sasha. Pendant le dîner, il la mitrailla de questions sur elle, sur l'hôpital où elle travaillait, sur son service d'obstétrique… Helen, la seule à n'être pas médecin, participa néanmoins activement à la conversation ; à force de côtoyer un cardiologue, elle semblait avoir acquis une certaine expertise dans le domaine. Tom manifesta beaucoup d'intérêt pour les questions de procréation médicalement assistée. Sasha passa un excellent moment : il était rare que ses interlocuteurs se passionnent pour les mêmes sujets qu'elle.

Quand Ben rentra chez lui, Alex et Sasha se retirèrent dans la chambre d'amis.

Sasha se laissa tomber sur le lit, radieuse. Alex lui sourit tendrement.

— Alors ? Tu survis ? Tu n'en as pas marre de causer médecine ?

— Tu plaisantes ? Ta famille est géniale ! La mienne, à côté, c'est *Les Feux de l'amour*. Tout le monde s'étripe ou se casse du sucre sur le dos. Mais la tienne….

— Oui, j'ai de la chance, reconnut fièrement le jeune homme. Et ils t'apprécient, eux aussi, ça se voit.

Ils s'endormirent, enlacés sous l'édredon moelleux.

Le lendemain matin, ils trouvèrent les parents d'Alex dans la cuisine, en train de lire le journal et de prendre leur petit déjeuner. Tom affichait un grand sourire.

— Vous avez vu, les enfants ? Le ciel est dégagé ! La météo ne prévoit pas de neige. Alors, qu'est-ce que vous en dites ? On hisse la grand-voile ?

Helen leva les yeux au ciel.

— Pardon pour mon mari, glissa-t-elle à Sasha. Il est légèrement dérangé. Hélas ! C'est congénital, et mes fils en ont hérité…

En effet, Alex accepta sans hésiter la proposition de son père et téléphona à Ben pour lui donner rendez-vous au club de yacht.

— Je vous préviens, les avertit Helen, si vous mourez de froid sur le lac, Sasha et moi, on mangera la dinde sans vous.

Sasha, cependant, ne l'entendait pas de cette oreille.

— Ça pose un problème si je vous accompagne ? demanda-t-elle à Alex quand ils montèrent se préparer.

— Tu es sûre de vouloir venir ? Ma mère a raison, tu sais : ça ne sera pas une partie de plaisir, par ce froid.

— J'en ai envie. Je dois être un peu dérangée, moi aussi.

Ils fouillèrent la penderie de l'ancienne chambre d'Alex en quête d'un anorak à lui prêter. Il était trop grand, mais imperméable et chaudement doublé. Sasha enfila sous son jean un caleçon long – également propriété d'Alex –, mit deux pulls, des chaussettes en laine et ses baskets. Dix minutes plus tard, ils se tenaient dans l'entrée, bonnet et gants à la main, prêts à partir.

— Seigneur ! s'exclama Helen en considérant Sasha, emmitouflée comme pour une expédition polaire. Une folle de plus chez les Scott ! Bon. Tâchez de revenir en un seul morceau. Une dinde, ça fait beaucoup pour une seule personne.

Ils lui firent la bise en riant, puis prirent place à bord de la Range Rover de Tom.

Comme convenu, Ben les attendait au lac. Le voilier se révéla somptueux : du bois vernis, des lignes racées… Manifestement, il faisait la fierté de son propriétaire. Ils embarquèrent. Alex lui fit visiter la cabine.

— Pour te réchauffer…

Mais Sasha adorait se trouver sur le pont. Ils naviguèrent deux heures durant, dans le froid et l'air pur, admirant le paysage et observant le vent gonfler les voiles. Sasha ne s'ennuya pas une seconde.

— Allez, les enfants, on rentre au bercail ! décréta Tom, résigné. Sinon, votre mère va me tuer.

Tous avaient les joues roses et les yeux brillants.

Ben rentra chez lui pour se doucher. Helen attendait les trois autres avec des grogs fumants.

— Alors, ça t'a plu ? demanda-t-elle à Sasha, perplexe.

— Oui, beaucoup ! C'était génial !

Helen haussa un sourcil.

— Il n'y en a pas un pour rattraper l'autre, ma parole. On peut dire que vous vous êtes bien trouvés, Alex et toi.

Ben ne tarda pas à les rejoindre. Au coin du feu, ils attendirent en devisant l'arrivée des invités. Les Scott avaient convié quatre amis : deux veuves, un divorcé et un homme dont l'épouse se trouvait à Seattle, aux côtés de leur fille en train d'accoucher. Les deux hommes étaient médecins, comme Tom.

Helen avait décoré la salle à manger avec soin. Des fleurs, des courges et de menus ornements donnaient à la table des airs de fête. Durant le repas, on bavarda à bâtons rompus tout en se régalant.

— Je suis repue, ma chère Helen, c'était vraiment délicieux ! affirma l'une des deux veuves à la fin du repas. Je crois bien que je ne mangerai plus jamais de ma vie.

Les autres acquiescèrent, sauf Alex :

— Ah ? Moi, j'ai l'intention de me gaver de restes tout le week-end !

En fin d'après-midi, Sasha téléphona à ses parents, à ses colocataires, et à sa sœur. Celle-ci ne répondit pas, aussi dut-elle se contenter de lui envoyer ses vœux par SMS. Après quoi elle passa en revue les événements de la journée et sourit d'aise. Elle se sentait déjà intégrée dans ce clan familial si chaleureux.

Alex et elle discutèrent jusque tard dans la nuit, puis ils firent l'amour sans un bruit, histoire de ne pas attirer l'attention de Tom et Helen.

— C'était le meilleur Thanksgiving de toute ma vie, murmura Sasha avant de glisser dans le sommeil.

Le jeune homme lui coula un regard amoureux, et ils s'endormirent, ivres de bonheur.

13

Abby atterrit à L.A. le mercredi après-midi. Ses parents étaient au travail, mais la bonne lui avait laissé la clé sous le paillasson. Dans la maison, rien ne bruissait.

La décoration et le mobilier étaient résolument modernes. Aux murs trônaient de saisissantes œuvres d'art contemporain. La demeure n'était pas spécialement chaleureuse, mais elle avait de l'allure.

Abby déambula de pièce en pièce. Elle déposa ses affaires dans sa chambre et alla s'installer dans le jardin.

Qu'allait-elle dire à ses parents ? Ils tenteraient certainement de la convaincre de revenir s'installer à Los Angeles, mais elle n'y était pas prête. À New York, elle se sentait… inspirée. Elle continuait d'écrire à un rythme soutenu. Elle avait déjà bouclé deux nouvelles et son roman avançait à pas de géant. De son incursion dans le théâtre d'avant-garde, ses textes conservaient une part d'ombre, mais du moins la jeune femme se les était-elle réappropriés. Quand elle écrivait, désormais, elle était seule juge ; elle n'avait plus à se soucier de l'opinion d'Ivan. Sa propre voix était en train d'émerger. Abby ne l'avait que trop longtemps étouffée. Il était temps de la laisser éclore.

Ses parents accepteraient-ils de la soutenir financièrement encore quelques mois ? Ils en avaient déjà tant fait pour elle... Pourvu qu'ils ne la lâchent pas maintenant. Elle se trouvait si près du but !

Toujours songeuse, elle sortit du garage la vieille Volvo qui datait de son année de terminale et sillonna sans but les rues de Los Angeles. Elle faisait le bilan de sa vie. Ces lieux familiers la réconfortaient.

Quand elle rentra après cette longue errance, ses parents l'attendaient. Ils lui sautèrent au cou. Il faut dire qu'ils ne l'avaient pas vue depuis près d'un an ! Abby, de son côté, fut frappée de les trouver vieillis. Puisque ni l'un ni l'autre n'envisageaient de lever le pied au boulot, elle les voyait toujours comme de dynamiques quinquagénaires alors qu'ils approchaient des soixante-dix ans (ils l'avaient eue tard, plus ou moins par accident). Harvey, son père, s'était récemment blessé au genou en jouant au tennis. Quant à Joan, sa mère, elle paraissait fatiguée. Abby se félicita d'être rentrée.

Pour le dîner, ils commandèrent des plats chez un traiteur (ils en avaient amplement les moyens et n'avaient nul goût pour la cuisine). Abby dressa une jolie table en attendant le livreur, puis ils dégustèrent les mets délicieux tout en parlant à bâtons rompus. Bien sûr, Harvey et Joan interrogèrent Abby sur ses projets. Quand elle leur annonça qu'elle tournait le dos au théâtre expérimental, ils ne lui cachèrent pas leur soulagement.

— Tu penses rentrer à la maison ? lui demanda son père. Ta mère peut te trouver un poste de scénariste, tu sais. Dis-nous quelle série te brancherait, et on te fait faire un essai...

— Euh, merci, papa, mais j'aimerais me débrouiller toute seule. Si je suis embauchée parce que je suis votre fille, mon talent ne sera jamais reconnu. Et puis, la télé ne me tente pas trop. Je voudrais me consacrer à mon roman pendant quelque temps.

Elle soumit les trois premiers chapitres à sa mère pour avis.

Le lendemain, celle-ci les lui rendit, dûment annotés.

— Tu as énormément progressé, ma chérie, lui assura-t-elle. Ta plume est incisive, originale, pleine de maturité... Et puis, ton texte possède une qualité visuelle qui se prêterait à merveille à une adaptation au cinéma. Bravo !

Abby rougit jusqu'aux oreilles. Sa mère était exigeante : ses compliments avaient beaucoup de valeur.

Elle se lança.

— Dis, maman, je voulais t'en parler... Tu crois que vous pourriez me soutenir encore un peu, papa et toi ?

Ils acceptèrent de bon cœur. Abby ne savait comment les remercier. Même pendant sa crise de folie passagère, avec Ivan, ils s'étaient montrés d'une générosité constante. D'autres, à leur place, lui auraient coupé les vivres. Elle leur devait vraiment beaucoup.

Chaque année, pour Thanksgiving, les parents d'Abby invitaient une brochette d'amis plus déjantés les uns que les autres à partager leur dîner. C'était d'eux qu'Abby tenait son penchant pour les originaux et les personnes anticonformistes. Ce soir-là, une grosse vingtaine d'acteurs, de réalisateurs et de producteurs se réuniraient donc chez les Williams autour d'un buffet chinois dressé par M. Chow, l'un des traiteurs préférés de la famille. Certains convives étaient des habitués de la maison, d'autres de nouvelles « trouvailles » de Joan ou de Harvey, des jeunes gens fraîchement séparés ou entre deux tournages et désœuvrés. Le bordeaux coulait toujours à flots ; l'atmosphère était toujours festive et décontractée.

Selon Abby, Thanksgiving chez ses parents comptait parmi ce que Hollywood pouvait produire de meilleur. Elle adorait ces soirées et se sentait très à l'aise parmi cette galerie de farfelus : elle fréquentait leurs semblables depuis sa plus tendre enfance. Elle remerciait d'ailleurs ses parents de l'avoir exposée très jeune à une telle diversité et de lui avoir inculqué la tolérance à l'égard des gens différents. Dire qu'elle avait laissé Ivan médire d'eux !

Avant l'arrivée des invités, sa mère vint la trouver dans sa chambre.

— Tu sais qu'on t'aime, ma chérie, n'est-ce pas ? lui demanda-t-elle. Tu habites tellement loin… Parfois, j'ai peur que tu l'oublies.

— Je ne l'oublie pas, maman. Je vous aime très fort aussi.

— Sache que, quoi que tu fasses, on sera contents pour toi tant que tu t'épanouis et que c'est ton choix.

L'allusion à Ivan et à l'emprise qu'il avait exercée sur elle était à peine voilée. Toutefois, depuis la rupture, pas une seule fois les parents d'Abby ne lui avaient dit : « On t'avait prévenue. » Elle leur en savait gré.

— Si tu renonces à écrire, poursuivit Joan, tu ne nous décevras pas. Dans la vie, il faut suivre ses propres rêves. Pas ceux d'un autre. Toi seule peux décider quelle voie te convient. Nous, on est là pour t'aider, quelle qu'elle soit.

— Je… je la cherche, maman, bredouilla Abby, émue.

— Et tu la trouveras. Tu sais, je n'ai pas commencé à écrire pour la télé avant mes trente-cinq ans ! Avant, je produisais laborieusement des romans alambiqués et prétentieux... Ton père était le seul à les apprécier, et encore : seulement parce qu'il était amoureux. Bref : accroche-toi, ma chérie. Ta persévérance finira par payer.

— Je regrette d'avoir perdu autant de temps. Avec Ivan...

Les larmes lui montaient aux yeux. Sa mère la prit par l'épaule.

— Rien de tout ça n'a d'importance, ma chérie. Tu sais, j'ai été mariée deux ans avant de rencontrer ton père. À un type charmant et bien sous tous rapports... au début. Ensuite, il a viré fanatique religieux et fondé une secte en Argentine. On commet tous des erreurs. On tombe tous un jour ou l'autre sur un charlatan ou un salaud. Ce qui importe, c'est de savoir dire stop. Tu as laissé sa chance à Ivan, et c'est tout à ton honneur, mais tu as également su te sauver quand tu t'es sentie en danger. C'est ce qui compte.

Qu'avait donc fait Abby pour mériter des parents aussi compréhensifs ? Elle l'ignorait, mais elle sentit une vague de reconnaissance enfler dans sa poitrine. L'expérience de sa mère avec l'illuminé ne l'avait pas empêchée d'être heureuse en ménage depuis trente ans maintenant et de continuer à fréquenter des gens de tous milieux et de toutes origines. Sans doute n'y pensait-elle presque plus jamais, à part quand elle devait consoler sa fille de s'être laissé prendre quelque temps entre les griffes d'un arnaqueur.

Vers dix-huit heures, les premiers invités arrivèrent. Une heure plus tard, ils étaient déjà vingt-six. Au bord de la piscine ou dans le salon, ils formaient de petites grappes aux tenues éclectiques, bavardant et buvant. Ils dînèrent, qui à l'intérieur, sur le canapé ou assis en tailleur à même le tapis, qui à l'extérieur, debout ou sur un transat, l'assiette en équilibre sur les genoux.

Abby, qui avait revêtu pour l'occasion un jean et une blouse traditionnelle guatémaltèque, s'installa par terre et attaqua son repas. Un homme à grosse barbe, qui portait quant à lui une veste à motif camouflage, vint s'asseoir en face d'elle. Il se présenta : Josh Katz, producteur. Il avait collaboré avec Joan sur une émission de télé. En ce moment, il préparait un long-métrage sur l'apartheid, dont le tournage devait le conduire en Afrique du Sud. Abby tendit l'oreille : c'était exactement le genre de projets qu'admiraient ses parents. Le barbu avait de beaux yeux marron et un regard très doux. Elle nota son léger accent : il était israélien. Il se consacrait aux peuples opprimés ainsi qu'à la cause des femmes.

— Et que fais-tu à Los Angeles ? lui demanda Abby.

— J'habite ici. Du moins, une partie de l'année. Je fais des allers-retours entre Tel-Aviv, New York et la Californie. Sans compter les lieux de tournage, bien sûr. Je pars bientôt pour Johannesbourg mais j'assurerai la postproduction à L.A. Mes fils habitent ici. Mon prochain film se déroulera dans la région, il faut que je me mette en quête d'un appart.

— Quel âge ont tes fils ?

— Onze et six ans.

Tout fier, il lui montra des photos sur son téléphone portable. Abby observa son interlocuteur du coin de l'œil : elle lui donnait la quarantaine. Était-il divorcé ?

— J'ai de la chance, je m'entends bien avec mon ex-femme, poursuivit Josh comme s'il lisait dans ses pensées. Je vois souvent mes fils. Mais je serai content de me poser un peu, ils me manquent, et ils grandissent trop vite. Et toi ? Tu écris, c'est ça ?

Elle hocha la tête, gênée.

— Tu es journaliste ? dramaturge ? romancière ?

— J'ai écrit des pièces expérimentales pendant quelque temps. En ce moment, je travaille sur un roman et des nouvelles. Disons que je suis en transition.

— Ce sont des périodes intéressantes. Elles permettent de se réinventer. Parfois, il faut tout démolir pour repartir sur des bases plus solides. En tout cas, pour moi, ça a été le cas.

— Eh bien, j'espère que pour moi, ce sera pareil...

Elle eut un petit rire. Il lui sourit.

— Je peux lire un de tes textes ?

— Mon roman n'est pas fini.

— Et tes pièces ? En tant que réalisateur, je suis toujours en quête de bons scénarios. Les nouvelles aussi, ça s'adapte. Tiens, prends ma carte. Envoie-moi quelque chose, à l'occasion. Même si ça ne me convient pas, je connais peut-être des gens que ça intéresserait. Il suffit parfois d'un rien, tu sais. Moi, c'est à Joan que je dois ma carrière. Elle a cru en moi, et elle m'a mis le pied à l'étrier.

Abby ne s'en étonna pas. Sa mère était toujours prête à parier sur des inconnus et, bien souvent, son flair était récompensé. Plusieurs célébrités lui devaient leur succès. Et, quand elle se trompait, elle ne se mettait pas martel en tête ; elle passait à autre chose, tout simplement.

— Merci pour tes conseils, lâcha Abby. Et pour ta proposition. C'est très sympa.

Sa mère l'interpella alors, lui faisant signe de venir saluer un vieil ami de la famille qui abusait de la chirurgie esthétique et qu'elle n'avait pas reconnu. La jeune femme prit poliment congé de Josh.

Bien plus tard ce soir-là, alors qu'Abby s'apprêtait à se coucher, la carte de visite tomba de la poche de son jean et elle songea à l'opportunité qu'elle représentait. Oserait-elle envoyer à Josh un échantillon de son travail ? Elle décida d'en parler à sa mère le lendemain matin.

— Pourquoi pas ? lui répondit cette dernière, qui prenait son petit déjeuner au bord de la piscine. Josh est un réalisateur très doué. Ce n'est pas un conformiste et il aime casser les codes. Dans le milieu, il détonne un peu parce qu'il ne respecte pas toujours les us et coutumes de Hollywood, mais il est brillant. Peut-être qu'un de ses contacts aura du boulot pour toi. Ça te dirait d'écrire pour le cinéma ?

— Peut-être... Je ne sais pas encore.

L'après-midi même, Abby envoya un e-mail à Josh Katz, lui disant qu'elle avait été ravie de faire sa connaissance et joignant à son message les deux premiers chapitres de son roman ainsi qu'une nouvelle dont elle était plutôt contente. Après quoi, elle partit faire du shopping avec sa mère dans les friperies branchées de la ville.

Le week-end passa à toute allure, et c'est à contre-cœur qu'Abby se prépara à partir, le dimanche soir. Elle ignorait quand elle reverrait ses parents. Ils devaient passer Noël au Mexique. Ils lui avaient proposé de les accompagner, mais elle avait décliné, préférant se consacrer à son roman. De toute manière, elle n'était pas fan de Cancún et de ses plages bondées.

Ses parents – et c'était bien normal vu son âge – organisaient leur vie comme bon leur semblait : si leurs projets ne concordaient pas avec ceux de leur fille, tant pis !

Quand son père la conduisit à l'aéroport, toutefois, elle se rappela quelle chance elle avait de pouvoir compter sur eux.

— Reviens nous voir bien vite, lui dit Harvey. Je croise les doigts pour ton roman. On t'aime, ma chérie, et on croit en toi.

— Merci, papa.

Abby battit des paupières pour ne pas pleurer. Ses parents la soutenaient envers et contre tout. Ils ne lui tenaient même pas rigueur du fiasco des trois dernières années. Oui, vraiment, elle avait de la chance.

Elle adressa à son père un dernier signe de la main et s'engouffra dans l'aéroport.

San Francisco n'avait pas changé, et les parents de Claire non plus. La façade pseudo-victorienne de leur maison de Pacific Heights avait besoin d'une bonne couche de peinture mais, à l'intérieur, elle était bien entretenue, comme toujours. Sarah n'hésitait pas à se retrousser les manches et à mettre les mains dans le cambouis, ou en l'occurrence dans la peinture, pour rafraîchir les pièces quand le besoin s'en faisait sentir.

Le père de Claire était déprimé. Comme souvent… Il critiquait son patron et maudissait le marché de l'immobilier. Claire supposait quant à elle que, s'il n'avait pas vendu une seule maison depuis dix-huit mois, cela tenait davantage à son tempérament qu'à la conjoncture économique. À force de ruminer et de se lamenter, il faisait fuir les clients.

La jeune femme observa sa mère : elle chantonnait gaiement en s'affairant, disposant des fleurs fraîches ici et là, dans la salle à manger et le salon. Elle avait acheté une dinde bien trop grosse pour trois. Autrefois, elle adorait recevoir plein de monde, mais, du fait de la grogne perpétuelle de son mari, la vie sociale des Kelly s'était réduite au fil des ans comme peau de chagrin. Le midi, Sarah déjeunait parfois avec des amies, mais le soir, c'était lecture. Son mari, lui, noyait sa solitude dans l'alcool. Nul n'en parlait jamais, c'était un sujet tabou. Du reste, Jim ne se soûlait pas vraiment ; il buvait juste deux ou trois verres de whisky devant la télé. Il n'empêche que c'était trop. D'autant que cela lui donnait des idées noires. Son épouse ne cherchait pas à intervenir. Elle le regardait faire, impuissante.

Sarah voulait tout savoir de George, et Claire ne se fit pas prier. Toutefois, l'angoisse ne la lâchait pas. Elle n'avait aucune nouvelle : il ne lui avait toujours pas téléphoné.

Il a dû se dépêcher d'aller sur les pistes, se raisonnait-elle. Ou peut-être qu'il ne veut pas me déranger chez mes parents. Il m'enverra un message ce soir.

Le soir, elle tenta de l'appeler et tomba sur son répondeur. Bien sûr ! Avec le décalage horaire, à Aspen, tout le monde devait dormir depuis longtemps. Elle lui laissa un message tendre. Le lendemain, c'était Thanksgiving : ils se parleraient à ce moment-là.

Hélas ! Elle guetta en vain toute la journée l'écran de son portable. De nouveau, Claire se persuada que George skiait ou n'osait pas la déranger. Elle lui envoya un SMS et attendit une réponse. Les minutes, les heures s'écoulèrent. Toujours rien.

Le lendemain, l'angoisse latente s'était muée en réelle inquiétude. Pourquoi George ne la contactait-il pas ? Ce silence radio, ce n'était pas du tout son genre. En général, il lui adressait plusieurs messages dans la journée. Cela faisait à présent trois jours qu'elle n'avait pas entendu le son de sa voix ni reçu le moindre mot de lui. Détestait-il les fêtes au point de se murer dans le silence jusqu'à ce qu'elles soient passées ? Faisait-il une mini-dépression ? Dans le doute, Claire résolut de ne pas le harceler. Elle lui envoya un *Je t'aime* par SMS, mais elle s'en tint là, de peur de le faire culpabiliser. Ils se revoyaient dans deux jours : ils s'expliqueraient à ce moment-là.

La curiosité de Sarah Kelly, cependant, ne tarissait pas. Claire s'efforçait de répondre honnêtement à ses questions.

— Je ne sais pas ce que l'avenir nous réserve, maman, mais il a l'air sérieux. Il me traite comme une reine.

Elle ne lui confia pas qu'il lui avait demandé d'être la mère de ses enfants. Elle ne lui dit pas non plus que, depuis son départ au ski, elle était sans nouvelles de lui. C'était bizarre, mais il y avait forcément une explication. Il ne pouvait en être autrement. Pas après ce qu'ils s'étaient dit la veille de leur séparation.

Le samedi, l'inquiétude de Claire vira à la panique. Et s'il lui était arrivé quelque chose ? S'il était tombé malade ? S'il avait fait une mauvaise chute ? Il skiait sans casque… Mais, en ce cas, quelqu'un l'aurait prévenue, non ?

Il fallait qu'elle se calme. Les fêtes représentaient une période difficile pour lui. Elle avait sous-estimé l'ampleur de son traumatisme, voilà tout.

Se pouvait-il qu'elle l'ait vexé ou blessé involontairement ? Était-ce pour cela qu'il lui battait froid ? Non, ça ne tenait pas debout. Quand il l'avait raccompagnée chez elle le mardi soir, il n'avait donné aucun signe de contrariété. Au contraire, elle avait dû s'arracher à son étreinte pour qu'il la laisse partir.

Quand bien même : son silence devenait alarmant.

Claire fit de son mieux pour dissimuler ses craintes à sa mère. Sitôt qu'elle se trouvait seule, elle tentait frénétiquement de joindre George, mais sans succès. Elle lui laissa quantité de messages sans jamais recevoir une seule réponse.

Quand elle reprit l'avion pour New York, le dimanche matin, il ne s'était toujours pas manifesté. Elle devait atterrir à seize heures. Ils étaient convenus de dîner ensemble. Dans le taxi, elle lui téléphona sur son portable et sur sa ligne fixe. Toujours pas de réponse. La peur lui nouait le ventre. Que se passait-il, à la fin ?

Elle rentra au loft et passa la soirée à attendre. Alex et Sasha étaient déjà de retour de Chicago. Abby arriva peu de temps après elle. Tous avaient passé de bonnes fêtes, même Morgan, qui n'était pas partie mais avait dîné chez son frère avec Max et profité de l'appartement en l'absence de ses trois amies.

Claire était la seule à broyer du noir. Pour ne pas plomber l'ambiance, elle ne parla pas aux autres du silence inexpliqué de George. Mais elle était vraiment au supplice. Le doute la rongeait. Jusqu'à quatre heures du matin, elle se tourna et se retourna dans son lit sans trouver le sommeil. Cinq jours plus tôt, cet homme dont elle était folle voulait qu'elle devienne la mère de ses enfants, et voilà qu'il s'était volatilisé. C'était absurde ! Elle dormit deux heures à peine, puis se réveilla en sursaut. Il était tôt. Elle patienta jusqu'à huit heures, puis elle composa de nouveau le numéro de George. Le répondeur s'enclencha, comme les fois précédentes. Pourtant, il était forcément rentré ! À moins que...

À moins qu'il ne lui soit arrivé quelque chose de grave.

Claire s'habilla à la hâte et sortit sans avoir avalé ne serait-ce qu'une tasse de café. Elle fonça jusqu'à son travail, l'esprit accaparé par mille scénarios catastrophes. À neuf heures, elle appela le bureau de George, sachant qu'il y arrivait toujours à huit heures trente. Ce fut son assistante qui décrocha et prit le message de Claire.

Il allait la rappeler. Forcément !

Toute la matinée, elle peina à se concentrer. Quand la stagiaire vint lui demander le même renseignement pour la troisième fois, elle l'envoya balader. Ce n'était pas le moment. Par chance, Walter demeura invisible.

Midi sonna. Claire rappela le bureau de George. On lui apprit que ce dernier avait un déjeuner d'affaires et qu'il enchaînerait les réunions tout l'après-midi. Le ton de l'assistante était parfaitement neutre. Lorsque Claire reposa le combiné, les larmes ruisselaient sur ses joues. Ainsi, il n'avait pas eu d'accident. Il était en pleine santé. Alors pourquoi, pourquoi ne la rappelait-il pas ? Qu'avait-elle fait pour mériter cela ? La jeune femme était tellement bouleversée que sa respiration se fit rauque et saccadée.

Prétextant un début de grippe, elle quitta le bureau avec une demi-heure d'avance. L'excuse était crédible : elle avait une mine épouvantable.

Sitôt de retour au loft, elle alla se coucher. Elle ne se leva que des heures plus tard, quand elle entendit Morgan rentrer. Elle se passa la main dans les cheveux et se dirigea vers le salon.

— Il ne veut plus me parler, murmura-t-elle d'une voix enrouée.

Morgan dévisagea, horrifiée, la mine défaite de son amie.

— Qui donc ?

— George. Je suis sans nouvelles de lui depuis mardi. Je ne comprends pas. Tout se passait à merveille… et puis, d'un coup d'un seul, silence radio. Il ne prend plus mes coups de fil. Ne répond pas à mes SMS. Il est aux abonnés absents !

Elle déglutit, et conclut :

— Tu crois qu'il m'a larguée ?

— N'importe quoi ! Il est fou de toi.

Morgan fronça les sourcils et reprit :

— Tu sais, il est toujours un peu bizarre pendant les fêtes. Parfois, ça lui arrive de couper tout contact avec le monde extérieur. Il se paie une petite retraite solitaire, deux trois jours loin de tout, et quand il rentre, c'est un homme neuf. Vous vous êtes disputés ?

— Pas du tout.

— Hum. C'est curieux. Je l'ai croisé au bureau aujourd'hui et il avait l'air normal… Je l'ai même vu plaisanter avec un client. La journée a été chargée, mais je reconnais que ça n'explique pas tout.

Elle réfléchit quelques instants.

— Il doit nous faire une crise existentielle. Laisse-le bouder dans son coin. Je suis sûre que la situation va se décanter. Il t'appellera bientôt, tu verras.

Deux jours s'écoulèrent, et George n'appelait toujours pas. Cela faisait maintenant huit jours qu'ils ne s'étaient pas vus. Huit jours de silence, un silence total et inexpliqué.

Complètement déprimée, Claire posa plusieurs jours de congé. Au bureau, on la croyait malade. Au loft, ses amies savaient ce qu'il en était, bien sûr, et la traitaient comme si elle était en deuil. De fait, Claire passait ses journées calfeutrée dans sa chambre et n'en émergeait que le plus rarement possible. Elle ne voulait voir ni parler à personne.

— C'est à n'y rien comprendre, glissa Morgan à Max un soir au restaurant.

— Oui… Les hommes sont étranges, tu sais. Parfois, quand les choses vont trop vite à leur goût, ils se débinent. Ils prennent leurs jambes à leur cou.

— Mais George est un mec sérieux ! S'il a rencontré quelqu'un d'autre, il pourrait au moins avoir le courage de le dire franchement à Claire.

Le restaurant se vidait. Malgré elle, Morgan imagina son patron en train de passer la porte au bras d'une belle inconnue. Elle chassa cette pensée. George n'était pas un mufle, quand même ! Du moins c'est ce qu'elle avait cru jusqu'ici.

Au bureau, elle avait failli le questionner, mais il était son supérieur hiérarchique et sa vie privée ne regardait que lui. Jamais il n'abordait le sujet de ses conquêtes dans la sphère professionnelle.

— Il a brisé beaucoup de cœurs, se rappela-t-elle tout haut à l'intention de Max. D'ailleurs, je le pensais allergique à toute forme d'engagement. Et puis, avec Claire, ça semblait différent. Et maintenant, c'est terrible ce silence sans explication aucune. C'est super cruel pour Claire. Cela déprimerait même les plus forts d'entre nous.

Morgan bouillait de rage et de frustration. Qu'est-ce qui était donc passé par la tête de son chef ?

— Au fait, reprit-elle, j'avais oublié de t'en parler mais… voilà. Il y a quelques semaines au boulot, je suis tombée sur des mouvements bizarres sur un compte de la boîte. Un transfert d'argent inexplicable, suivi d'un retrait. Une semaine après ces opérations, tout était rentré dans l'ordre, mais ça n'empêche : c'est louche, non ? Qu'est-ce que tu en penses ?

Son patron était tellement méticuleux, d'ordinaire, qu'elle ne parvenait pas à oublier cette irrégularité.

— Et ce n'est pas tout, poursuivit-elle. George a investi dans la start-up d'un type qui a été accusé de fraude il y a quelques années. Apparemment, c'était un malentendu. Il a été blanchi. Tu crois que je me fais des films ?

— Sincèrement ? Oui. George est bien trop intelligent pour prendre des risques de ce genre. Et il est intègre. Il tient à sa réputation. À mon avis, quelqu'un dans la boîte s'est planté et a rectifié son erreur par la suite, voilà tout.

— C'est ce que je me suis dit, au début. Mais… on ne sait jamais. Rappelle-toi Bernie Madoff.

— Le type qui a été condamné à cent cinquante ans de prison pour escroquerie ?

— Oui. Avant qu'on se rende compte qu'il avait détourné des millions, on le croyait blanc comme neige…

— George ne ferait jamais une chose pareille.

Morgan médita cette affirmation pendant quelques secondes.

— Non, tu as raison.

— En revanche, en ce qui concerne Claire, nul doute qu'il se comporte comme un goujat. Huit jours, c'est long. Son silence n'augure rien de bon.

— En effet, murmura tristement Morgan. Elle va être effondrée. Il lui a vendu du rêve, et elle y a cru. S'il ne revient pas… Je ne sais pas si elle s'en relèvera.

— Il reviendra au moins pour s'expliquer. C'est la moindre des choses.

— Tu crois ? S'il avait l'intention de lui fournir une explication, depuis le temps, ce serait fait.

Max grimaça et hocha la tête. Morgan soupira. Dire qu'au bureau son chef se conduisait comme si de rien n'était, badinant avec les secrétaires, enchaînant les réunions et les déjeuners, pendant qu'au loft Claire était submergée par le chagrin ! C'était ignoble.

Deux semaines après Thanksgiving, Claire restait sans nouvelles de George. Elle avait bien songé à aller le trouver sur son lieu de travail, mais la jeune femme n'aimait pas les esclandres. Elle lui avait écrit une lettre pour lui demander en quoi elle l'avait déçu. C'était à n'y rien comprendre. Un jour, il lui demandait de passer sa vie à ses côtés, et le lendemain, il disparaissait, purement et simplement.

Claire, cependant, n'était pas stupide. L'explication la plus plausible était la suivante : son bel amant s'était emballé trop vite. Effrayé par sa propre hardiesse, il avait battu en retraite. Mais ce qu'elle n'acceptait pas, c'est qu'il n'ait même pas la correction de le lui avouer. Après tout, c'était lui qui l'avait poursuivie de ses assiduités. Lui qui lui avait déclaré sa flamme et parlé d'avenir. Elle ne lui avait rien demandé !

Quoi qu'il en soit, le mal était fait. Il était parti. Tout était terminé. Jamais Claire n'avait autant souffert de sa vie. Elle avait tout perdu : son amant, ses rêves, ses espoirs. Ainsi que le sommeil, et cinq kilos.

Au bout d'une semaine de congé, il lui avait bien fallu retourner travailler. Pour ne rien arranger, Walter était pointilleux à l'extrême, et toujours sur son dos.

En conséquence de quoi, la jeune femme ressemblait de plus en plus à un zombie.

— Qu'est-ce qu'elle a, ton amie ? demanda Alex à Sasha un soir. Elle a l'air complètement déprimée.

— Elle s'est fait plaquer par son mec, lui chuchota-t-elle. Enfin, on le suppose : George a tout bonnement disparu de la circulation.

— Hein ? Il a quitté la ville sans laisser d'adresse ?

— Non, il est là et il va bien ; Morgan le voit tous les jours au bureau. Mais il filtre les appels de Claire et ne lui a pas adressé un mot depuis plus de quinze jours. On dirait qu'il l'a tout bonnement éjectée de sa vie. Et sans lui fournir la moindre explication !

— Quoi ?! Mais quel salaud ! On parle bien du mec qui lui envoyait des roses tous les deux jours ?

— Celui-là même.

Les filles faisaient tout leur possible pour remonter le moral de Claire, mais celle-ci allait s'enfermer dans sa chambre sitôt qu'elle rentrait du travail. Elle se couchait, tentait de dormir. Et d'oublier.

Dix jours avant Noël, Walter convoqua la jeune femme dans son bureau. Claire pensa qu'il voulait lui remettre sa prime. Elle avait travaillé dur toute l'année et les résultats annuels de la boîte étaient en légère progression.

— Ah ! Vous voilà enfin, Claire, persifla Walter en tripotant un trombone. Il y a un moment que je cherche à vous parler. Mais vous étiez en congé maladie. D'ailleurs, vous avez mauvaise mine. Ce n'est pas contagieux, au moins ?

— Je vais très bien, répliqua Claire, impatiente de prendre son enveloppe et de se retirer.

— Bon. Je n'irai pas par quatre chemins. J'ai bien vu ce qui se tramait dans votre vie personnelle, Claire :

nul besoin d'être grand clerc pour prédire que vous allez épouser cet homme de la finance et vous faire entretenir. J'en conclus donc que vous n'avez plus besoin de ce poste.

Claire en resta muette de stupéfaction. Comment Walter pouvait-il affirmer des contre-vérités pareilles ?

— De toute façon, vous n'êtes pas à votre place, ici, poursuivit-il sur un ton implacable. Vous préférez les marques tapageuses comme Manolo Blahnik ou Jimmy Choo, bien sûr. Il paraît que vous les démarchez activement…

Il lui jeta un vague coup d'œil.

— Je suis certain que l'un d'eux ne tardera pas à vous engager. Vous leur conviendrez parfaitement. Ici, vous perdez votre temps. C'est bien ce que vous vous dites, non ? Bref ! Je vais devoir me séparer de vous, Claire. Votre… style ne convient pas à la ligne de la maison. N'y voyez rien de personnel, cette décision est essentiellement motivée par des raisons budgétaires…

Elle le fixait sans comprendre.

— Je… je suis virée ?

Il acquiesça.

— Juste parce que j'ai envoyé quelques C.V. ?

— Non, Claire, pas juste pour ça. Cela fait six mois que les choses ne collent plus entre nous. Allez donner libre cours à votre créativité ailleurs. Je vous souhaite bonne chance pour la suite.

Elle était devenue très pâle.

— Allons, ne faites pas cette tête ! Votre amoureux vous épaulera pendant la période de transition. Au revoir, et bon vent.

Il lui tendit la main. Machinalement, elle la serra et se dirigea en titubant vers la porte. On eût dit une somnambule.

— Et ma prime ? bredouilla-t-elle sur le seuil.

Il secoua la tête.

— Les indemnités de licenciement ? quémanda-t-elle faiblement.

Elle avait consacré quatre années de sa vie à Arthur Adams, quatre années longues et rébarbatives.

— Je peux vous accorder deux semaines de salaire, laissa tomber Walter. Je vous le répète, le budget est très serré…

Claire en resta abasourdie. Deux semaines ! Autant dire rien. Elle regagna son bureau, fit ses cartons et sortit sur le trottoir, complètement sonnée.

Il neigeait. Elle héla un taxi.

— Ça ne va pas, madame ? lui demanda le chauffeur qui l'observait dans son rétroviseur.

— Je… je viens de perdre mon emploi, balbutia Claire.

Elle avait les joues barbouillées de larmes et de mascara.

— Ah, pas de bol, je suis bien désolé pour vous. Et juste avant Noël, en plus.

Arrivé devant chez elle, il coupa le compteur, se retourna en lui lançant un regard compatissant et lui offrit la course.

Elle gravit les quatre étages en pleurant. Morgan, Abby et Sasha tressaillirent en la voyant entrer.

— Que s'est-il passé ? lâcha Morgan en accourant vers elle pour lui prendre un de ses cartons.

— Je viens de me faire virer. Avec deux semaines d'indemnités et pas de prime de fin d'année.

Ses trois amies restèrent d'abord muettes de stupéfaction. D'abord George, et maintenant ça ! Le sort s'acharnait contre elle.

Comme par un fait exprès, c'est ce même soir qu'elle reçut – enfin – un SMS de George. *Je suis désolé, ça allait trop vite pour moi. C'est ma faute. Tu n'y es pour rien. J'ai bien réfléchi et je ne suis pas fait pour le mariage, les enfants ni pour aucune forme d'engagement. Notre relation n'aurait pas marché. Je suis un loup solitaire. Je n'y peux rien. Bonne chance à toi. Joyeux Noël, G.*

Claire relut le message, encore et encore, puis, soudainement, elle fut prise d'un fou rire incontrôlable. Elle rejoignit ses colocataires, qui discutaient dans la cuisine.

— Regardez, les filles ! leur annonça-t-elle en brandissant son téléphone. C'est officiel. George m'a larguée. Et par SMS, s'il vous plaît. Il précise qu'il n'y peut rien, bien sûr, et cerise sur le gâteau : il me souhaite un joyeux Noël !

Elle se laissa tomber sur un tabouret. L'hystérie la guettait.

— Virée et larguée le même jour ! Je fais très fort !

Abby noua un bras autour de ses épaules, et les convulsions nerveuses de Claire se muèrent en sanglots.

Au moins, l'attente s'achevait. Au bout de trois semaines infernales, George l'avait recontactée. Elle se sentait soulagée. Infiniment triste, à jamais dégoûtée des hommes, mais soulagée.

C'était fini.

Ses colocataires restèrent à son chevet jusqu'à ce qu'elle s'endorme. Abby lui caressa les cheveux. Morgan, assise au pied de son lit, lui tapotait la cuisse affectueusement. Que pouvaient-elles faire de plus ? Enfin, étourdie de chagrin, Claire s'enfonça dans le sommeil.

14

Claire était la seule à rentrer chez ses parents pour Noël. Morgan allait profiter de l'accalmie au bureau pour aider Max au restaurant. La période des fêtes était toujours chargée pour lui : il travaillait nuit et jour, sept jours sur sept, jusqu'au premier de l'an. Une paire de bras supplémentaire serait la bienvenue. Oliver et Greg partaient skier avec des amis dans le New Hampshire. Abby écrivait et Alex et Sasha étaient de garde les soirs du réveillon et de la Saint-Sylvestre.

Au vu des derniers rebondissements de sa vie, Claire aurait préféré rester auprès de ses amies. Elle ne ressentait plus de colère – contrairement à Morgan, qui ne manquait pas une occasion de traiter George de tous les noms. Elle avait tout bonnement l'impression de se noyer. Le 23 décembre, elle prit l'avion pour San Francisco, désespérée.

Avant que Walter ne la mette à la porte, elle avait acheté pour sa mère un adorable sac à main et, pour son père, un chandail coûteux. Si elle avait su ce qui l'attendait, elle aurait opté pour des cadeaux plus abordables, mais au moins, comme ça, ses parents ne se douteraient de rien. Claire n'avait pas trouvé le courage de leur parler de son renvoi. Ni de sa séparation, d'ailleurs. Elle comptait l'avouer à sa mère au cours de son séjour. Quant à son père… non, elle n'aurait jamais la force d'accroître encore son fardeau. Ni d'encaisser ses inévitables réflexions défaitistes.

Un orage qui sévissait à San Francisco retarda son vol de trois heures. Les turbulences laissèrent Claire parfaitement indifférente. L'avion aurait pu s'écraser : elle s'en moquait. Morte, elle n'aurait pas à pointer au chômage. Elle n'aurait pas à faire son deuil de sa relation avec George. Elle n'aurait pas à voir son amour pour lui se changer peu à peu en haine.

À son retour de vacances, il lui faudrait se mettre en quête d'un nouvel emploi. Dans ses lettres de motivation, elle prétendrait avoir démissionné. Si les recruteurs contactaient Walter afin de s'en assurer, tant pis.

Le taxi la déposa devant la maison de ses parents. Ils avaient dîné. Son père ingurgitait sa dose d'alcool devant un documentaire animalier, à peu près comme chaque année. Sa mère avait dressé un sapin dans le salon, comme chaque année. Et, comme chaque année, son père râlait à cause du risque d'incendie.

Sa mère l'accompagna jusqu'à sa chambre.

— Tu as maigri, ma chérie, s'inquiéta-t-elle.

— J'ai eu la grippe, mentit Claire. On l'a toutes eue, à l'appart'. Une vraie épidémie.

Elle n'était pas encore prête à formuler à voix haute le cauchemar qu'elle vivait. Mais combien de temps réussirait-elle à donner le change ?

— George va bien ?

— Super.

Claire fourragea dans sa valise pour masquer son émotion. Une fois n'était pas coutume, elle avait apporté très peu d'affaires. Un jean, un col roulé noir. Elle portait le deuil de son amour mort.

— Que t'a-t-il offert pour Noël ? insista Sarah.

« Une dépression », aurait pu répondre Claire. Mais elle s'abstint. Sa pauvre mère pensait certainement à une bague de fiançailles. Elle dit la première chose qui lui traversa l'esprit :

— Un sac à main. Dis, maman, je suis désolée mais, entre le décalage horaire et la grippe, je suis crevée... Ça t'ennuie si je me couche ?

Elle aurait dû faire la conversation à sa mère et lui tenir compagnie ; ce soir-là, c'était au-dessus de ses forces. Il lui faudrait déjà faire bonne figure pour Noël...

— Pas du tout, ma chérie ! Tu veux que je t'apporte une tisane ?

Devant tant de sollicitude, le cœur de Claire se serra. Mais elle n'avait envie que d'une seule chose : être seule.

— Non, merci.

Elle embrassa sa mère, qui s'en alla lire dans sa chambre. Vingt minutes plus tard, Claire dormait à poings fermés.

Le lendemain, les deux femmes préparèrent la dinde, la farce et les gâteaux, dressèrent la table et la décorèrent, puis, enfin, assistèrent à la messe de minuit à la Grace Cathedral (Jim ne mettait plus les pieds à l'église depuis des années).

Quand elles sortirent sur le parvis, Claire prit le bras de sa mère et admira quelques instants les lumières qui illuminaient les arbres de Huntington Park. Elle avait pleuré pendant le service. Sarah ne lui posa pas de questions mais cela n'avait pu lui échapper.

Dans la voiture, la jeune femme demeura mutique.

— Merci d'être venue, lui dit sa mère. Je sais que ce n'est pas drôle, pour toi...

— Je suis très contente de te voir, au contraire, maman.

Les larmes ruisselèrent à nouveau sur ses joues.

— George m'a quittée... Et je me suis fait virer, aussi. Pardon, maman, je ne voulais pas gâcher la fête.

Sans un mot, sa mère l'enlaça.

— Oh, ma chérie, je suis désolée...

Sarah ne la pressa pas de questions. Comme si elle se fichait des détails. La seule chose qu'elle voyait, c'était que sa fille avait le cœur brisé.

— Il m'avait promis la lune, reprit Claire, et puis... du jour au lendemain, il a disparu de la circulation. Monsieur avait changé d'avis. Soi-disant qu'il est un « loup solitaire », qu'il ne peut pas s'engager. Ce que je ne comprends pas, c'est que c'est lui qui parlait d'avenir, pas moi ! Je pense qu'il s'est fait peur tout seul, cet idiot.

— Peut-être qu'il reviendra...

— Non.

De ça, Claire était certaine. Bientôt, elle verrait son nom en page six associé à celui d'un jeune mannequin ou d'une star montante du ciné. Elle s'y préparait psychologiquement.

— Il ne reviendra pas, affirma-t-elle en prenant le mouchoir que lui tendait sa mère. Quant à Walter, c'est un con, et ses chaussures sont moches.

Elle eut un petit rire triste.

— Bien dit ! lança Sarah. Moi-même, je ne les porterais pas.

— Il faut que j'envoie mon C.V. tous azimuts. Je m'y mettrai dès le premier de l'an. Je trouverai bien quelque chose.

— Je n'en doute pas, ma chérie. Entre ton expérience et ton talent. D'ailleurs, pourquoi te limiterais-tu aux marques de chaussures ? Le monde du prêt-à-porter te tend les bras.

Claire hocha la tête. Puis il y eut un silence.

— Désolée d'avoir vidé mon sac le soir du réveillon, murmura Claire, confuse.

Mais, au fond, elle se sentait soulagée. Sa mère savait trouver les mots pour la réconforter, et son optimisme à tout crin était contagieux. Finalement, Claire se félicitait d'être rentrée.

— Ne t'en fais pas, maman. C'est un mauvais moment à passer, c'est tout.

Quoi qu'il advienne, elle ne voulait dépendre financièrement de personne. Elle se débrouillerait par ses propres moyens. Du reste, elle n'avait guère le choix : ses parents ne roulaient pas sur l'or.

Elle n'avait besoin que d'une chose : l'amour de sa mère.

— Tu veux bien ne pas en parler tout de suite à papa ? Attends que je sois repartie, OK ?

Sarah hocha la tête. Elle comprenait.

À la maison, elles burent une camomille et bavardèrent un peu dans la cuisine. Jim dormait depuis longtemps.

Le lendemain matin, au pied du sapin, ils procédèrent au traditionnel échange de cadeaux. Sarah apprécia d'autant plus le sien qu'elle connaissait désormais la situation financière de sa fille. Son mari parut sincèrement content de son chandail. Claire n'en revenait pas : l'humeur était plutôt joyeuse.

Claire s'éclipsa le temps d'envoyer par e-mail ses vœux à ses colocataires. Elle venait d'éteindre son ordinateur portable quand sa mère pénétra dans sa chambre et referma la porte derrière elle. Solennelle, elle s'assit sur le lit. Elle avait manifestement quelque chose à dire à sa fille.

— Qu'est-ce qu'il y a, maman ? Ça ne va pas ?

— Si, si. C'est juste que j'aimerais te parler… d'un truc. J'y ai réfléchi toute la nuit. Tu sais que je collectionne les petits boulots à l'insu de ton père. Ces derniers temps, les affaires ont bien tourné. J'ai de l'argent de côté.

Claire secoua vivement la tête.

— Je t'arrête tout de suite, là, maman : c'est ton argent. J'ai quelques économies et je vais toucher le chômage. En plus, je suis sûre que je vais retrouver du boulot très vite ; je vois un conseiller dès mon retour à New York.

— Laisse-moi finir, chérie ! J'ai plus de côté que tu ne crois. Personne n'est au courant… Il m'est venu une idée : pourquoi ne monterions-nous pas une entreprise de chaussures indépendante ? J'ai acquis pas mal d'expérience au fil des ans ; je pourrais t'aider à te lancer. Je gérerais le budget, et toi, tu dessinerais les modèles. Si ça marche, et que tu y tiens, tu me rembourseras ma mise de départ. Mais, dans l'idéal, j'aimerais qu'on soit associées.

Claire dévisagea sa mère, bouche bée. Et elle n'était pas au bout de ses surprises.

— Je viendrais à New York quelques mois par an. Mettons, la moitié de l'année, en gros. On travaillera dur. Et si tu le veux bien, je logerai chez toi.

Elle lui révéla la somme qu'elle avait accumulée. Claire faillit en tomber à la renverse. Il y avait largement de quoi lancer une affaire, et décrocher un prêt, si besoin.

— Et papa ? murmura-t-elle.

Sarah hésita, puis :

— Je crois que le moment est venu pour moi de prendre ma vie en main. J'y réfléchis depuis longtemps, Claire. C'est l'occasion ou jamais.

— Maman... Tu es incroyable ! J'adore ton idée ! Pour l'appart, il faudra que j'en parle aux autres, mais je ne vois pas pourquoi elles refuseraient. On se partagera ma chambre. Mais... tu es sûre de toi ?

Cela faisait trente ans que Sarah Kelly habitait San Francisco. Ce serait un sacré déracinement...

— Je veux faire quelque chose de ma vie avant qu'il soit trop tard, répondit-elle. Et toi, tu as besoin d'un coup de pouce : faisons d'une pierre deux coups !

Plus tristement, elle ajouta :

— Quant à ton père, je ne peux plus rien pour lui. C'est à lui de voir s'il veut enfin sortir de sa torpeur ou s'y enliser à jamais. Je ne peux plus continuer à vivre ainsi.

— Waouh ! Je n'en reviens pas, maman. Tu ferais vraiment ça pour moi ?

— Tu es ma seule enfant. Et je le fais aussi pour moi.

Claire lui sauta au cou : c'était le meilleur des arguments.

Déjà, les idées se bousculaient dans sa tête.

— Je pense qu'on pourrait faire appel à la même fabrique que Walter, près de Milan : les artisans sont remarquables et leurs tarifs, abordables. Bien sûr, on pourrait prospecter au Brésil, il y a sûrement moins cher, mais la qualité ne serait pas la même...

Elle se mit à échafauder toutes sortes de plans. Alors qu'elle s'apprêtait à passer le pire Noël de toute sa vie, une lueur d'espoir venait de s'allumer. Elle allait créer sa boîte. Elle y mettrait toute son âme, tout son cœur et toute son énergie. Et ça marcherait.

— Qu'est-ce qu'on va dire à papa ? murmura-t-elle soudain.

— Ne te préoccupe pas de ça. Je lui en parlerai après ton départ. Je lui dirai… ma foi, la vérité : qu'on lance une affaire toutes les deux. Quant à l'argent, ça ne le regarde pas.

Elle hésita.

— Tu sais, il y a un moment que je songe à le quitter.

Claire accusa le coup.

— Tu ne l'aimes plus ?

Certes, cela faisait des années qu'elle voyait sa mère s'en occuper comme d'un grand enfant et sacrifier pour lui ses rêves et ses envies, mais la nouvelle n'en était pas moins inattendue.

— Je ne sais pas, ma chérie. Tu vois bien comment il est… Il boit tous les soirs. Il broie du noir. Je l'aimais, autrefois, quand il débordait d'énergie, d'ambition et de confiance en lui. Mais aujourd'hui… C'est un homme aigri, Claire. Et je ne veux pas devenir comme lui. Vieillir, ce n'est déjà pas marrant, alors à ses côtés… Non. J'aime encore mieux être seule. Qui sait ? Peut-être que tout ça le forcera à se bouger.

— Mais… et tes clients ?

— J'en trouverai d'autres. À New York, ça ne doit pas manquer ! Et puis, je ne sais pas si tu m'as écoutée tout à l'heure, mais je me reconvertis. Dans la chaussure !

Claire éclata de rire.

— Je vais en parler aux filles. Je suis sûre qu'elles comprendront : un loyer en plus, ce serait une dépense inutile en ce moment. Tu verras, elles sont super sympas. Quand est-ce qu'on commence ?

— Que dis-tu de la première semaine de janvier ? C'est trop tôt ?

Claire en avait le tournis.

— Euh, non, c'est parfait. Tu as raison, à quoi bon procrastiner ? Bien. Comment allons-nous appeler notre boîte ?

Sarah ne marqua pas une seconde d'hésitation.

— Claire Kelly Design. Quelle question !

Après moult effusions, Claire se rassit derrière son ordinateur et se mit à pianoter à toute allure sur son clavier. Elle écrivit d'abord à ses colocataires, en précisant que la présence de sa mère ne serait que temporaire et qu'elle ne leur en voudrait pas si elles refusaient qu'elle emménage provisoirement. Les réponses ne tardèrent pas à fleurir dans sa boîte de réception.

J'espère qu'elle cuisine mieux que toi ! plaisanta Morgan.

Avec plaisir ! Tout ce qui peut te remonter le moral, écrivit Sasha.

OK pour moi, ajouta simplement Abby.

Claire alla rejoindre sa mère qui faisait du tri dans sa penderie en prévision de son déménagement.

— C'est bon, lui lança-t-elle. Tu as été cooptée à l'unanimité.

Sarah sourit jusqu'aux oreilles. Elle avait des étoiles plein les yeux. Claire l'admirait : repartir de zéro à cinquante-cinq ans demandait beaucoup de courage. En la voyant si déterminée, elle prit une grande décision : elle aussi allait surmonter ses difficultés.

— Je t'aime, maman, lui susurra-t-elle du palier.

La jeune femme regagna sa chambre. Il lui tardait de se mettre à l'ouvrage. Il y avait tant à faire ! D'abord, contacter Milan pour arranger un entretien. Discuter de la ligne. Établir un business plan…

C'était comme un rêve devenu réalité. Au moment même où elle croyait avoir tout perdu, la vie lui faisait un incroyable cadeau.

Non, pas la vie : sa mère.

De tout son cœur, Claire espérait que Sarah Kelly serait payée au centuple pour sa générosité.

La veille de Noël, comme prévu, Alex et Sasha travaillaient. Ils prirent une collation ensemble dans la salle de garde. Elle avait deux patientes en salle de travail, mais il s'agissait de premiers accouchements : la dilatation du col était lente et les enfants ne viendraient sans doute pas au monde avant l'aube. Le calme régnait sur le service de néonatologie. Les infirmières veillaient les bébés endormis.

— Joyeux Noël, Alex, lança la jeune femme à son ami. Apprécie bien ton sandwich. En attendant le chapon de l'année prochaine…

En réalité, ils n'étaient pas à plaindre. Être ensemble suffisait à leur bonheur.

Ils parlèrent de Valentina. Elle passait Noël à Paris avec Jean-Pierre.

— Je n'en reviens pas qu'ils soient toujours ensemble, commenta Sasha. Ça fait trois mois ! Pour ma sœur, c'est un record.

Alex tira de sa poche un paquet de gâteaux acheté au self.

— Le dessert de madame.

— Merci, c'est trop… Je vais les garder pour plus tard. La nuit risque d'être longue.

Ils prévoyaient d'échanger leurs cadeaux le lendemain, quand ils se trouveraient dans un environnement un peu plus intime.

— Allez, prends-en un, insista Alex. Je retourne t'en acheter un paquet après, si tu as peur d'avoir faim.

Sasha se laissa tenter. Elle déchira la languette en carton. La barquette en plastique était coincée. Elle tira dessus et…

— Qu'est-ce que… ?

Dans le premier compartiment, au lieu des biscuits attendus, trônait un écrin de velours noir. Sasha fixa Alex, les yeux ronds. Son cœur se mit à battre la chamade.

Alex fit l'innocent.

— Tiens ? J'ignorais qu'il y avait des surprises dans ces gâteaux.

Il souriait de toutes ses dents. Comme elle le dévisageait toujours, il posa un genou à terre et lui prit les mains.

— Sasha, je t'aime de tout mon cœur. J'ai envie de consacrer ma vie à tenter de faire ton bonheur. Veux-tu m'épouser ?

— Oh, fit Sasha, stupéfaite.

Il ouvrit l'écrin et glissa à son doigt un magnifique solitaire. Une larme roula sur la joue de la jeune femme.

— Oh, Alex ! Je t'aime tellement. Mais attends ! On en est au rendez-vous numéro combien ?

Il se troubla un bref instant.

— Hum, j'ai perdu le compte, répondit-il. Mais je sais qu'on est ensemble depuis trois mois et que tu es la femme de ma vie. Alors, qu'est-ce que tu en dis ?

— Oui ! Je dis oui, mille fois oui !

Fou de joie, il l'embrassa.

— Ma mère ne va pas être contente, glissa Sasha avec un sourire inquiet. Elle qui soutient depuis toujours que le mariage est un traquenard…

— Tu lui diras qu'elle se trompe. Et on le lui prouvera.

Il la serra dans ses bras. Sasha, elle, contemplait, émerveillée, le somptueux diamant à son doigt. Alex avait dû emprunter de l'argent à ses parents pour pouvoir lui offrir une telle splendeur.

— Alors, on se marie quand ? s'enquit-elle, un peu sonnée.

— Hum... Pourquoi pas en juin ?

— Adjugé !

Ils riaient et s'embrassaient quand Sally, leur infirmière préférée, pénétra dans la salle.

— Je vous dérange, les amoureux, peut-être ?

— Non, non...

— On vient de se fiancer ! s'exclama Sasha.

— Pas possible ! Mes félicitations les plus sincères. Mais, Sasha, tu es demandée en salle deux : le col est à dix centimètres, c'est pour bientôt.

— Hein ? Mais il était à deux centimètres il y a...

— Il faut croire que le bébé est pressé de sortir. Allez, hop, au boulot ! Fini, les mamours ; désolée, Alex. Oh ! Sasha, attends : rends-lui la bague ; tu ne peux pas accoucher la patiente avec cet énorme caillou à ton doigt.

À contrecœur, Sasha rangea le solitaire dans son écrin.

— Tu ne le perds pas, hein ?

Elle embrassa Alex, puis se rua sur les talons de Sally en direction de la salle deux.

Quand elle arriva au chevet de la parturiente, la tête du bébé pointait déjà entre ses cuisses. C'était une petite fille, née en deux poussées. Les parents pleuraient, extatiques. Sasha coupa le cordon et plaça l'enfant contre le sein de sa mère. Le couple échangeait des regards énamourés.

Une pensée inédite foudroya la jeune interne.

Un jour, Alex et elle se tiendraient à cette place.

15

Le 25 décembre, Alex et Sasha fêtaient Noël avec Morgan et les autres au restaurant de Max. Juste avant, ils rentrèrent au loft pour se doucher et, une chose en entraînant une autre, ils firent l'amour. Leur étreinte fut particulièrement intense : c'était la première fois qu'ils s'aimaient en tant que couple fiancé.

Malgré leur emploi du temps chargé, ils arrivèrent les premiers. Morgan et Abby les rejoignirent bientôt. La première vit tout de suite qu'ils rayonnaient. Son regard tomba alors sur l'énorme pierre qui brillait au doigt de son amie. Elle poussa un cri strident.

— Han ! Mais qu'est-ce que c'est que ce machin ?

Abby aperçut à son tour la bague. Elle se mit à piailler elle aussi.

Max bondit vers eux, prêt à pourfendre la souris, le cafard ou toute autre bête qui avait pu arracher une telle réaction à sa compagne et à son amie.

— Bon sang, mais qu'est-ce qui vous prend ? Je ne vois rien, lança-t-il en furetant partout du regard.

Entre-temps, Greg et Oliver étaient arrivés et s'extasiaient bruyamment.

— On est fiancés, expliqua enfin Sasha. On va se marier.

— Ah ! Ne me refaites plus jamais un coup pareil, pesta Max, le sourire aux lèvres. J'ai cru qu'on avait une infestation de rats !

Tout le monde se bouscula pour faire la bise aux futurs mariés, et Max apporta une bouteille de champagne.

— Avec les compliments de la maison ! déclara-t-il.

— Quand Alex t'a-t-il fait sa demande ? voulut savoir Abby.

Sasha leur raconta tous les détails, tandis qu'Alex se rengorgeait à ses côtés.

— Et ta mère, elle le prend comment ? s'enquit Morgan.

— Euh, je ne le lui ai pas encore annoncé. On a téléphoné aux parents d'Alex et à Ben hier soir. Je comptais appeler Valentina et maman demain… Elles vont jouer les rabat-joie, alors on n'est pas pressés.

— Bon courage ! la taquina Morgan.

La mère de Sasha allait s'évertuer à la dissuader de « commettre les mêmes erreurs qu'elle », ainsi qu'elle formulait la chose.

— Valentina est rentrée de Paris ? demanda Abby.

— Non, demain ou après-demain, je crois. Au fait, les filles : vous voulez bien être mes demoiselles d'honneur ? J'ai prévenu Claire par e-mail. La noce aura lieu en juin. Vous serez là, hein ?

Ils parlèrent organisation tout en dégustant leur champagne.

— Vous allez prendre un *wedding planner*, j'espère ? s'assura Morgan.

— Oh… J'avoue que je n'y avais pas pensé.

— Il le faut ! C'est la seule façon de survivre aux préparatifs. D'ailleurs, vous n'aurez jamais le temps d'organiser un mariage, avec vos emplois du temps de ministres. Quant à ta mère, il ne faut pas compter sur son aide : autant proposer à Cruella d'ouvrir un service de toilettage canin ! Qu'est-ce que tu paries qu'elle profitera de la cérémonie pour distribuer des *flyers* sur les procédures de divorce, avec son numéro au verso ?

Sasha resta muette quelques secondes. Elle avait tant de décisions à prendre ! Cérémonie civile ou religieuse ? Mariage en grande pompe ou en toute simplicité ? À New York ou à Atlanta ? Et qui paierait quoi ? Bah ! Tout cela attendrait. Pour l'heure, elle nageait dans le bonheur et entendait bien en profiter avant de devoir se retrousser les manches et s'attaquer aux préparatifs.

Elle réorienta la conversation vers l'e-mail que leur avait envoyé Claire. Soulagée de voir leur amie remonter la pente, elle ne voyait pas d'objection à ce que sa mère vienne habiter au loft pendant quelque temps. Morgan et Abby non plus, d'autant qu'elles avaient déjà rencontré Sarah et la trouvaient sympathique, et discrète, qui plus est.

Le lendemain, Sasha téléphona à sa mère à son cabinet. Muriel ne prenait jamais de jour de congé… Elles commencèrent par discuter de choses et d'autres.

— Maman, j'ai une nouvelle à t'annoncer, déclara soudain Sasha, lasse de tourner autour du pot.

Sans savoir pourquoi, elle se troubla. Elle se sentait comme une écolière convoquée par la directrice.

— Une nouvelle ? Et laquelle ? Tu arrêtes la médecine pour te lancer dans le droit ? Ce serait une bonne idée.

Elle ne plaisantait qu'à moitié.

— Non, maman, bien sûr que non, je n'arrête pas la médecine. J'ai rencontré quelqu'un. Et je vais me marier.

— Hein ? Mais depuis combien de temps tu fréquentes ce garçon ? Et pourquoi ne l'ai-je jamais rencontré ?

Sasha réprima un soupir.

— C'est récent. Je voulais m'assurer que notre histoire était sérieuse avant de te le présenter.

— Ça fait combien de temps, Sasha ?

— Trois mois, lâcha la jeune femme, aussi mal à l'aise qu'un témoin à la barre.

— C'est grotesque, tout ça ! Vous vous connaissez à peine ! Es-tu au courant des statistiques concernant les unions contractées au bout de trois mois ?

— Non… mais elles ne finissent pas toutes en divorces, si ?

— Il fait quoi dans la vie ?

— Il est interne en médecine. En pédiatrie.

— Merveilleux ! ironisa Muriel. Deux salaires de misère. Et ses parents ?

— Son père est cardiologue, et sa mère, avocate. Ils habitent Chicago. Ils sont très gentils. J'ai passé Thanksgiving chez eux.

— En tout cas, ne t'attends pas à ce que je finance la noce ! Le mariage, tu sais ce que j'en pense.

— Oui, maman, je sais ce que tu en penses… Je n'appelais pas pour quémander quoi que ce soit. Je voulais juste t'informer que j'étais fiancée. J'avoue que j'espérais que tu me féliciterais…

— Tu veux des félicitations ? Eh bien, bravo, ma chérie ! Voilà, tu es contente ? Pour l'argent, adresse-toi à ton père. Tu l'as appelé, j'imagine ?

— Non, pas encore.

Il y eut un silence.

— Oh, fit Muriel.

Elle était manifestement surprise.

— Bon, reprit-elle bien vite. Et c'est pour quand, ce mariage, ?

— *A priori*, pour juin. Mais ça reste à confirmer. C'est tout frais.

— Eh bien, je te souhaite beaucoup de bonheur. Mais, à mon humble avis, tu commets une grave erreur. Vous devriez commencer par vivre ensemble pendant quelques années. En général, ça fait passer l'envie de dire « oui » ! Et, surtout, ne faites pas d'enfants. C'est le début des complications.

Sasha encaissa le coup.

— Tu me communiqueras la date quand elle sera fixée, conclut Muriel. Je la noterai dans mon agenda.

— Oui, maman, murmura Sasha.

Elle raccrocha, fort peinée. Sa mère n'était décidément pas la plus positive des femmes. Sasha se félicita d'avoir attendu le départ d'Alex pour passer ce coup de fil : il aurait été choqué par le ton de l'échange.

La jeune femme composa ensuite le numéro de son père. Là, ce fut nettement plus encourageant. Il se répandit en congratulations, demanda à faire la connaissance d'Alex séance tenante, passa le combiné à sa femme pour qu'elle puisse elle aussi féliciter Sasha, ce qu'elle fit avec chaleur et émotion. Bref ! À eux deux, ils remontèrent le moral de la fiancée.

— Vous vous mariez où ? demanda son père, qui avait repris le téléphone.

— On ne sait pas encore. Sans doute ici, à New York. Tous mes amis vivent dans la région. Et ils n'auraient pas tous les moyens de venir si je choisissais une autre ville.

— Tu ne débourseras pas un centime pour ce mariage, tu m'entends, ma chérie ? C'est moi qui régale ! Et ne regarde pas à la dépense, je veux le meilleur pour ma fille chérie ! Commence par engager un *wedding planner*, sans quoi tu vas nous faire un *burn out*. Tu travailles bien assez comme ça ! Et la date, au fait ? C'est pour quand ?

— En juin, probablement.

— Bien ! Fais ce qui est le mieux pour toi.

— Merci, papa. Tu es trop gentil.

Sa réaction la touchait, surtout après celle qu'avait eue sa mère.

— Et maintenant, poursuivit-il, mets ton Alex dans un avion pour Atlanta, que je rencontre enfin mon futur gendre !

— On viendra, promis. Dès que notre emploi du temps nous le permettra.

— Préviens-moi quand même un peu à l'avance. On organisera une fête en l'honneur de vos fiançailles.

Sasha raccrocha avec le sourire. Bon, ses parents étaient au courant, c'était une bonne chose de faite. Restait à trouver une date, une salle, un traiteur… Elle commençait à mesurer l'ampleur de la tâche. Lorsqu'elle sortit retrouver Alex pour le déjeuner, elle en avait le tournis. Mais, alors, le soleil frappa sa bague. Éblouie par son scintillement, la jeune femme en oublia ses angoisses. Sasha Hartmann était folle de joie.

Abby n'avait pas décollé de son ordinateur depuis Thanksgiving. Elle rédigeait à la chaîne nouvelles et chapitres de roman. Et le plus étonnant, c'était qu'à la relecture elle découvrait des passages de qualité. Jamais auparavant elle n'avait travaillé avec autant d'assiduité et d'inspiration.

Ses parents, qui passaient Noël au Mexique, lui téléphonèrent pour lui souhaiter de bonnes fêtes et prendre de ses nouvelles. « Le travail, ça finit toujours par payer », lui assura sa mère, enchantée de la savoir absorbée par ses divers projets. Abby, cependant, avait passé des vacances plutôt solitaires et cédé parfois à une tristesse irrépressible. Sans ses parents, sans amoureux, sans ses colocataires (qui travaillaient ou étaient en voyage), la vie n'était pas très gaie. Écrire l'aidait à panser ses plaies, mais cela ne valait pas une présence amie.

Un après-midi, elle sortit se dégourdir les jambes. Elle passa devant une clinique vétérinaire et, d'un œil distrait, parcourut les annonces. Un tas de chiens cherchaient des familles d'adoption : des chihuahuas, des beagles, des bouledogues français et d'autres sans aucun pedigree mais avec une bonne bouille sympathique. Son préféré, c'était un teckel croisé avec un chihuahua. Il était tellement ridicule sur la photo que la jeune femme pouffa de rire. Ce fut plus fort qu'elle : elle pénétra dans la clinique.

Le centre d'adoption se trouvait au premier. Abby suivit les panonceaux. À l'étage, les chiots abandonnés jouaient derrière une vitre. Abby les observa, tout attendrie. Dans une pièce voisine, des chats se prélassaient. Certains paraissaient très âgés. Le cœur d'Abby se serra : tous ces animaux étaient des rescapés des rues de New York. Les gens qui les trouvaient les déposaient ici dans l'espoir qu'ils trouveraient un foyer aimant. Soudain, l'attention d'Abby se porta sur un gros chien noir. Il la fixait et jappa comme pour lui dire : « Adopte-moi ! »

— Ne me regarde pas comme ça, toi.

Il jappa de plus belle.

— J'habite en appartement. Tu y serais malheureux.

Ouaf !

Visiblement, cela lui était égal…

Abby savait qu'il fallait qu'elle se sauve avant de faire une grosse bêtise. Elle n'avait franchi le seuil de la clinique que pour se divertir. Elle n'allait tout de même pas ramener un chien à ses colocataires !

Mais, lorsque la jeune femme s'éloigna, le chien se mit à aboyer comme un fou. Il s'était même dressé sur ses pattes arrière, en appui contre la vitre, et aboyait à fendre l'âme. Ainsi déployé, il était aussi grand qu'un homme.

— C'est quoi, comme race ? demanda Abby à un vétérinaire qui passait par là.

— Charlie ? Un dogue allemand. Un brave chien. C'était une bête de concours. Son propriétaire nous l'a laissé quand il a déménagé à l'étranger. Il n'avait pas réussi à lui trouver de nouveaux maîtres. Je vous le présente ?

Abby eut l'impression qu'on lui arrangeait un coup avec un célibataire.

— D'accord, lâcha-t-elle.

Son rythme cardiaque s'accéléra. Elle n'avait pas peur du chien, mais de sa propre impulsivité !

Charlie sortit de sa cage de verre et vint sagement s'asseoir devant elle. Spontanément, il lui tendit la patte.

— Salut, mon grand, lui dit Abby, un peu intimidée. Écoute, je ne vais pas te mentir : je ne peux pas t'adopter. Je vis en appart' avec trois colocs. Elles me feraient la peau !

Il lui retourna une mine peinée.

Il comprenait tout ou quoi ?

Abby le fixait. Il avait vraiment l'air intelligent.

Le loft était tout de même spacieux, non ?

— Il pèse combien ? s'enquit-elle.

— Quatre-vingts kilos.

— Waouh ! Tant que ça ?

Ivan n'en pesait que soixante-quinze.

Charlie patientait, docile, assis sur son postérieur, le regard plein d'espoir. À l'évidence, il était bien dressé. Mais que ferait d'elle d'une boule de poils de ce gabarit-là ?

— Il mange quoi ? Une vache par jour ?

— Dix à douze rations de croquettes. Ce qui est plutôt peu, vu son poids. Il dort beaucoup et il est très doux.

Charlie lui tendit de nouveau la patte.

— Je te l'ai déjà dit, les filles me tueraient…

Mais les yeux du chien l'imploraient.

— Il n'est pas agressif ? Il ne mord pas ?

— Jamais ! s'indigna le vétérinaire. Au contraire, c'est un trouillard. Quand d'autres chiens se cha-maillent, il va se cacher dans un coin. On dirait qu'il n'a pas conscience de sa masse. Il se prend pour un caniche !

— Je vais réfléchir, promit Abby.

Elle prit congé de Charlie et du vétérinaire et des-cendit l'escalier. Soudain, le gros dogue échappa à la vigilance de son gardien et s'élança à la poursuite de la jeune femme. Il se coucha à ses pieds et se mit à gémir. Abby le caressa tendrement, au bord des larmes. Charlie enfouit sa gueule sous ses pattes et resta là, prostré. On aurait dit qu'il venait d'apprendre une terrible nouvelle. Abby s'assit sur une marche et lui gratta les oreilles. Il leva la tête. Son regard était si expressif… La jeune femme sentit un vent de folie la traverser. Elle bondit sur ses pieds, fit signe au véto :

— Je le prends.

L'homme était ravi, mais pas autant que Charlie.

— Vous avez un jardin ? se renseigna-t-il. Un grand gaillard comme lui, ça a besoin d'espace.

— J'habite un loft de deux cents mètres carrés.

Le vétérinaire hocha la tête, puis alla chercher une laisse et une liste d'instructions, ainsi que le contrat. Charlie se colla à Abby et ne la lâcha pas d'un millimètre tandis qu'elle lisait et signait les documents.

— Si les copines se fâchent et me jettent dehors, ce sera ta faute, avertit-elle son nouveau compagnon. Tu as intérêt à leur faire un sacré numéro de charme en arrivant à l'appart'.

On aurait presque dit qu'il opinait. Abby paya les dix dollars symboliques que coûtait l'adoption.

— C'est bon ! lança-t-elle à Charlie.

Il la suivit vers la sortie, tout content. Il avait gagné la partie.

Abby le promena fièrement au bout de sa laisse jusqu'à son immeuble. Il était haut comme un poney. Sur le trottoir, les passants le contournaient prudemment. Pourtant, le vétérinaire n'avait pas menti : Charlie était sage comme une image, quand bien même ils croisaient des poussettes, des vélos, des enfants qui couraient, ou d'autres chiens. Il se contentait de trottiner à côté de sa nouvelle maîtresse. Soudain, un yorkshire glapit à proximité, et il se terra derrière elle. Il ne possédait pas une once d'agressivité.

Dans la cage d'escalier de l'immeuble – à croire qu'il se sentait déjà chez lui –, il s'élança ventre à terre jusqu'au quatrième étage. Par chance, l'appartement était vide. Charlie put renifler à sa guise tous les coins et recoins. Son exploration terminée, il se lova aux pieds d'Abby. La jeune femme lui sourit. Elle ne regrettait pas son coup de tête. Charlie était incroyable :

elle avait l'impression d'entretenir avec lui une vraie conversation – une conversation sans paroles mais tout aussi riche. Elle s'assit à son bureau, se plongea dans son travail. Le chien s'endormit à côté d'elle.

Morgan profita de l'accalmie de l'après-midi pour rentrer troquer ses chaussures à talons contre quelque chose de plus confortable. Au restaurant, le service de midi avait été harassant, et elle avait les pieds en compote. Quand, depuis le seuil du loft, elle aperçut la bête tapie aux pieds de son amie, elle poussa un hurlement horrifié. Abby sursauta violemment et Charlie courut se cacher derrière un fauteuil, tremblant comme une feuille de toute son imposante masse.

— Qu'est-ce que c'est que ce monstre ? demanda Morgan en s'avançant d'un pas décidé.

— Qui, lui ? Ce n'est pas un monstre. C'est un chien.

— Mon œil ! C'est un cheval, oui ! Qu'est-ce qu'il fiche ici ?

— Il dort. Enfin, il dormait.

— Ne fais pas la maligne ! Pourquoi y a-t-il un chien géant dans mon salon ? Ne me dis pas que tu as adopté cet animal !

— Eh bien, euh… À vrai dire… son maître ne pouvait pas le garder, il n'avait plus de maison… Tout est la faute de Charlie ! Il m'a apitoyée avec ses grands yeux tristes !

Le museau du chien émergea de derrière le fauteuil. Prudemment, il s'approcha de Morgan et lui tendit la patte. Morgan se surprit à sourire. Le monstre avait l'air plutôt gentil.

— Il s'appelle Charlie, répéta Abby.

— Pitié, dis-moi que tu ne l'as pas acheté.

— Non ! Il était presque gratuit. Le véto m'a même offert un mois de croquettes.

— Mais tu ne peux pas le garder, voyons ! Il est bien trop grand pour notre appartement. Il lui faut un ranch, ou une ferme à la rigueur.

Charlie se roula sur le dos, les quatre pattes en l'air. Voulait-il montrer à Morgan que, contrairement à ce qu'elle pensait, il se plaisait déjà follement dans sa nouvelle demeure ?

— J'en reviens pas, maugréa Morgan.

— Moi non plus, admit Abby.

Alex et Sasha rentrèrent peu après.

— Vous ne devinerez jamais la dernière ! leur lança Morgan, mi-agacée, mi-amusée. Abby nous a ramené une sacrée surprise.

Charlie, intimidé par l'arrivée des deux inconnus, s'était pelotonné derrière le canapé.

— Ah ? fit Sasha. Qu'est-ce que c'est ? Un meuble ? Un gâteau ?

L'animal pointa alors le bout de son museau.

— Ha ! s'écria Sasha. Mais… qu'est-ce que c'est ?

— Abby prétend qu'il s'agit d'un chien, lui répondit Morgan. Moi, je maintiens que c'est un cheval. Il s'appelle Charlie.

Reconnaissant son nom, il sortit tout entier de sa cachette et vint renifler la main d'Alex.

— Hum, il a l'air d'apprécier Alex, commenta Morgan. Il pourrait aller vivre chez lui…

— Ça serait compliqué, répliqua le jeune homme. Il est plus grand que mon studio. En plus, je n'y suis jamais.

— Nous aussi, on travaille, souligna Morgan. Qui va s'occuper de lui ?

— Ben, moi ! Je bosse à l'appart' toute la journée, lui rappela Abby. Je le sortirai.

— Attends une minute, l'interpella Sasha. Ce chien est à toi ?

— Euh… oui. Je l'ai adopté. Mais qu'est-ce que ça peut te faire ? Tu quittes la coloc' en juin…

Personne encore n'avait évoqué le départ de Sasha depuis l'annonce des fiançailles. De fait, aucun d'eux n'y avait vraiment songé. Mais Sasha allait bien partir, non ? Tout était sur le point de changer.

— Pour le moment, j'habite encore ici, rétorqua Sasha. Sois raisonnable, Abby. Tu ne peux pas t'occuper d'un animal aussi… volumineux.

— Il est très bien dressé, plaida cette dernière.

Le principal intéressé se tenait assis le dos bien droit. Il attendait le verdict.

— Si je peux me permettre d'intervenir, lança Alex, je ferais la suggestion suivante : prenez-le à l'essai une semaine ou deux. Si ça ne se passe pas bien, Abby le ramènera au cabinet.

Morgan se fendit d'une moue dubitative. Sasha acquiesça du bout des lèvres. Abby esquissa un sourire. Et Charlie, à la stupéfaction générale, poussa un soupir de soulagement et s'allongea au pied de sa maîtresse. Quelques secondes plus tard, il ronflait doucement.

— C'est vrai qu'il est mimi, reconnut Sasha.

— Mais tu ne pouvais pas craquer pour un bichon ? râla Morgan.

— Il est le seul à m'avoir parlé par télépathie, expliqua Abby.

Alex s'accroupit pour caresser l'animal, lequel ronronna d'aise. C'était un chien comblé. Il avait trouvé un foyer.

16

Une fois de plus, Sasha tomba directement sur le répondeur de sa sœur. Elle raccrocha. Elle n'allait tout de même pas lui annoncer ses fiançailles par message ! Le lendemain, elle n'eut pas une minute à elle pour renouveler l'appel. Enfin, vers vingt-deux heures, elle s'octroya sa première pause de la journée. Elle venait de pratiquer une césarienne et de déposer un beau bébé de près de cinq kilos dans les bras de sa mère. Elle avait travaillé quatorze heures d'affilée !

— De toute façon, je ne peux pas croire qu'il reste une seule femme enceinte à New York : je les ai toutes accouchées ! déclara-t-elle à Alex, qui lui massait le dos dans la salle de garde.

Son téléphone sonna. Un numéro inconnu s'affichait sur l'écran. Elle décrocha.

— Docteur Hartmann, j'écoute.

— Ici le commissaire O'Rourke du NYPD, lui répondit une voix bourrue. C'est au sujet de votre sœur. Vous êtes répertoriée comme sa plus proche parente.

Le cœur de Sasha s'emballa.

— Elle a été blessée lors d'un homicide, poursuivit le commissaire. La victime a été abattue d'une balle dans le dos. La balle l'a traversée et a fini sa course dans la jambe de votre sœur. L'artère n'a pas été touchée, mais elle a perdu beaucoup de sang. Elle se trouve actuellement sans connaissance. Elle a été emmenée au service de traumatologie de l'hôpital NYU, pouvez-vous nous y rejoindre ?

— Je suis sur place. Je descends tout de suite, répondit Sasha, folle d'angoisse.

— Qu'est-ce qu'il se passe ? demanda Alex.

— C'est Valentina. Elle s'est pris une balle dans la jambe, elle est en traumato…

— Ici ?

Sasha se contenta de hocher la tête : déjà, elle se précipitait dans le couloir. Arrivée devant le bureau des infirmières, elle tenta de garder son calme.

— Vous pouvez me faire remplacer ? Ma sœur est blessée, elle est en traumatologie. Appelez-moi si vous ne trouvez personne de disponible, je remonterai.

— On va se débrouiller, Sasha. Mais ta sœur, ça va ?

— Je ne sais pas. J'espère.

La jeune femme s'élança vers l'escalier.

En traumato, on l'orienta jusqu'au box qu'occupait Valentina. Des policiers se massaient autour d'elle. Couverte de sang, elle était pâle comme la mort. Elle sanglotait, en état de choc.

— Valentina ! Comment ça va, ma chérie ?

— Oh, Sasha ! Ils ont tué Jean-Pierre ! On est rentrés aujourd'hui, on était en train de s'envoyer en l'air quand un salaud a débarqué. Il a tiré ! Il l'a assassiné ! C'est horrible…

Une infirmière lui administra un sédatif. Valentina s'assoupit et Sasha sortit du box. Le commissaire O'Rourke l'attendait. S'il fut troublé par son apparence, identique à celle de la blessée, il n'en laissa rien paraître. Il lui fit signe de le suivre dans une salle inoccupée.

— L'amant de votre sœur était un trafiquant d'armes, lui annonça-t-il sans préambule. Il avait récemment étendu ses activités aux États-Unis et aux Caraïbes. Nous le surveillions depuis son entrée sur le territoire américain. Il venait de boucler une grosse affaire en France, nous en ignorons encore la nature exacte. C'est du ressort d'Interpol. En ce qui concerne votre sœur, elle se trouvait au lit avec lui lorsque le meurtrier est entré. La balle a transpercé le cœur de la victime et s'est logée dans la cuisse de sa partenaire. Lorsque votre sœur aura été opérée, nous devrons recueillir son témoignage. Elle a eu beaucoup de chance : à quelques millimètres près, la balle touchait l'artère. Elle a frôlé la mort.

— Vous allez l'inculper pour complicité ? demanda Sasha tout de go.

— Pour commencer, nous allons l'interroger. Elle fréquentait le défunt depuis plusieurs mois ; elle sera sans doute en mesure d'identifier certains suspects. Mais, je vous rassure un peu, d'après mon expérience, il est rare que de grosses pointures comme lui se confient à leurs conquêtes. À mon avis, elle ne savait rien. En revanche, elle est en danger. Car il se peut qu'elle ait vu l'assassin.

— Vous allez la protéger, alors ?

Le commissaire fronça les sourcils.

— Ce ne sera pas simple. D'autant que je viens de découvrir une grosse complication : vous lui ressemblez trait pour trait. Vous comprenez ce que cela signifie ? Il va falloir vous faire disparaître des radars, toutes les deux.

— Hein ?! Mais je suis interne en néonatologie. Je ne peux pas laisser mes patientes sans personne !

— Je crains que vous n'ayez pas le choix, madame.

— C'est hors de question, commissaire.

Elle refusait de voir sa carrière brisée à cause d'une erreur de jugement de sa jumelle.

— Vos jours sont en danger, insista le policier.

— Comment ferait-on le lien entre elle et moi ? Elle évolue dans le milieu du mannequinat. Tandis que moi...

D'un geste, elle désigna l'hôpital.

Le chirurgien de Valentina coupa court au débat. Il venait pour informer Sasha qu'on emmenait sa sœur au bloc afin de retirer la balle et de pratiquer une transfusion sanguine. L'opération ne présentait aucun risque, mais Sasha voulut absolument embrasser Valentina avant qu'on l'emporte.

Alex la rejoignit. Elle lui fit part des révélations du commissaire O'Rourke.

— Tu sais, ça ne m'étonne pas tant que ça, conclut-elle. Jean-Pierre dégageait quelque chose de malsain, je l'avais bien vu. Les tordus, Val les collectionne, mais celui-là, c'était le pompon.

— Peut-être qu'elle retiendra la leçon, maintenant.

Sasha hocha la tête. La vie de sa sœur allait être bouleversée s'il fallait qu'elle se cache pour une période de temps indéterminée, jusqu'à ce qu'Interpol ou le NYPD coffre l'assassin. Quant à elle, elle ne céderait pas sur cette question. Son internat était trop important à ses yeux. Elle tut à Alex le danger qu'elle courait. Il ne servait à rien de l'inquiéter.

Deux heures plus tard, Sasha put passer quelques instants avec sa sœur. On l'avait installée dans une chambre privée ; un policier montait la garde devant la porte. Malheureusement, entre l'anesthésie générale et les antalgiques, Valentina n'était pas en état de bavarder. Sasha se retira.

Justement, le commissaire la cherchait.

— Comment va-t-elle ? lui demanda-t-il.

— Elle est dans le coaltar, mais indemne. Elle aurait pu perdre la jambe – voire pire.

— Je suppose que vous étiez au courant, pour sa relation amoureuse. Que vous avait-elle dit sur cet individu ?

— Rien, sinon qu'il était merveilleux et la traitait comme une princesse. Je ne l'ai rencontré qu'une seule fois. Il m'a mise mal à l'aise. Ma sœur a toujours aimé les voyous…

— Eh bien, elle a tiré le gros lot, là ! grommela le commissaire. Nous l'interrogerons demain, et nous lui parlerons de notre programme de protection des témoins. Vous êtes également concernée…

— Je vous le répète : je n'irai nulle part, le coupa Sasha. J'ai des responsabilités. Ce trafiquant d'armes n'avait rien à voir avec moi.

Pourquoi serait-elle punie pour les frasques de sa sœur ?

— Soyez raisonnable, madame, reprit le policier. Vous êtes le portrait craché de votre sœur. Si vous refusez de disparaître de la circulation pendant un certain temps, vous devrez au minimum modifier votre apparence. Nous vous y aiderons, mais vous resterez en danger. Visiblement, vous ne comprenez pas bien quel genre d'individu était l'amant de votre sœur. Nous avons saisi son jet : il était truffé d'armes de contrebande. Cet homme versait dans le nucléaire et commerçait avec des États et des individus à la solde du terrorisme international. Ce n'est pas un « voyou » que votre frangine avait ferré, cette fois, mais un redoutable criminel !

Sasha se mordit la lèvre. Le commissaire O'Rourke avait raison.

— Où allez-vous la cacher ? s'enquit-elle.

— En lieu sûr. Loin de New York. Nous disposons de plusieurs options. Mais il faudra qu'elle se montre coopérative. Vous travaillez, cette nuit ?

— Oui, jusqu'à six heures du matin.

— Très bien. Je vais vous affecter deux hommes. Ils vous raccompagneront chez vous à la fin de votre garde. Et, jusqu'à nouvel ordre, ils assureront votre protection rapprochée, jour et nuit.

— En civil, j'espère ?

— Oui. Ils se feront passer pour des aides-soignants de l'hôpital.

— Tant mieux. Je ne veux pas devenir la risée de tous mes collègues, ni effrayer mes patientes.

— Si vous avez quelque chose à redire à la situation, voyez avec votre sœur, rétorqua sèchement le commissaire.

Il appela deux policiers, auxquels il fit remettre des uniformes d'infirmier. Pour l'observateur averti, leur arme était apparente sous la toile fine de leur pantalon, aussi Sasha leur tendit-elle des blouses blanches de médecin. Le résultat était bien plus convaincant.

O'Rourke fronça les sourcils.

— OK, on fait comme ça, ronchonna-t-il. Mais attention, les gars, on n'est pas dans *Urgences*. Si l'un ou l'autre d'entre vous se retrouve accusé d'exercice illégal de la médecine, je le dégage de mon service, et le procès sera à ses frais.

Les deux hommes accompagnèrent Sasha jusqu'à son étage. Par miracle, il n'y avait pas d'accouchement en cours. La jeune femme somnolait donc en salle de garde, son escorte à ses côtés, lorsque la porte s'ouvrit. Aussitôt, les policiers bondirent de leur siège, mais ce n'était qu'Alex.

— C'est qui, ces deux imposteurs ? glissa le jeune homme à Sasha, qu'il avait attirée dans un coin de la salle.

— Ma garde rapprochée. Mieux vaut t'y habituer, tu n'as pas fini de les voir.

Sasha, cependant, allait devoir obtenir l'accord de son responsable. Et si ce dernier refusait, jugeant que cela mettait les patients en danger ? Décidément, Valentina l'avait mise dans de beaux draps.

Un peu après six heures du matin, Sasha raccrocha sa blouse et les policiers les escortèrent, Alex et elle, jusqu'au loft. Elle les invita à venir prendre le café à l'intérieur. Le dogue allemand leva la tête, jeta un regard intrigué aux nouveaux venus et se rendormit aussitôt. Il était très tôt, pour lui.

Peu après, les deux amoureux s'éclipsèrent dans leur chambre.

— Tu me caches quelque chose, Sasha, déclara le jeune homme.

— Disons que j'ai peur que tu t'inquiètes… En fait, il se peut que le tueur cherche à retrouver ma sœur pour… pour la faire taire.

— Hein ? Mais… tu es son sosie ! Et s'ils se trompent de cible ?

— C'est bien ce qui tracasse la police. J'ai dit toutefois au commissaire que, dans les cercles que fréquente Val, personne ne sait que j'existe. Les risques que le tueur tombe sur moi par hasard sont extrêmement faibles.

— Hum… C'est quoi, le plan de la police ?

— Ils vont faire disparaître Valentina le temps de coincer l'assassin. Je crois qu'ils comptent sur l'aide d'un indic. Ils voulaient me planquer, moi aussi, mais j'ai négocié un autre arrangement. Ils vont me déguiser.

— Te déguiser ? Mais en quoi ? En clown ?

Alex la toisait d'un air sévère. Sasha comprenait son appréhension.

— J'en saurai plus demain, répondit-elle simplement.

— Quelle histoire ! La prochaine fois que je vois ta sœur, elle va m'entendre.

— Oui, moi aussi, elle va m'entendre… J'espère que cette histoire lui fera passer l'envie de fréquenter des *bad boys*.

Les deux amoureux s'endormirent, enlacés.

Dans la cuisine, les policiers veillaient.

Deux heures plus tard, Sasha se leva sans un bruit pour téléphoner à ses parents. Sa mère, bien que très inquiète, s'efforça de garder son sang-froid. Son père, en revanche, céda à la panique. Il voulait sauter dans le premier avion pour New York. Sasha dut l'en dissuader : cela risquerait de compromettre la sécurité de sa sœur.

Ensuite, elle téléphona à Valentina à l'hôpital. Sa sœur pleurait toujours la mort de Jean-Pierre.

— Je te rappelle que c'était un trafiquant d'armes lié au terrorisme international, lui signala Sasha, un peu sèchement.

— Il était si gentil avec moi.

— Et pendant ce temps-là, il tuait des gens. Réveille-toi, Val, merde ! Tu aurais pu y rester.

— Je sais. Le chirurgien m'a dit que j'avais failli mourir.

— Tu as vu le tueur ?

— Non. On baisait, et j'avais les yeux fermés. D'un seul coup, Jean-Pierre s'est écroulé sur moi dans un grand bain de sang. Je ne voyais plus rien. Qu'est-ce qu'ils vont faire, les flics, dis ?

— Ils vont t'emmener loin d'ici. Histoire de te protéger.

— Mon agence va criser ! J'ai deux shootings avec *Bazaar* la semaine prochaine.

— Ton agence préfère peut-être que tu meures ?

Sur ce, Sasha lui promit de passer la voir dans la journée et coupa court à la conversation.

Quand Alex se leva, vers dix heures et demie, Sasha était en train de discuter avec le commissaire O'Rourke et son équipe d'experts. Ces derniers étudiaient la jeune femme sous toutes les coutures, analysant l'ossature de son visage, ses yeux, sa chevelure... Une heure plus tard, ils présentèrent leurs conclusions. Morose, Sasha écouta le verdict. Pour commencer, elle allait devoir couper ses longs cheveux blonds et les teindre en brun. Des lentilles de contact teinteraient ses yeux verts de bleu ou de marron. Elle ne porterait que des vêtements amples et des chaussures à talons plats, sans rapport avec les tenues sexy qu'affectionnait sa sœur. L'idée, c'était de rendre la jeune femme aussi quelconque que possible.

Sasha s'exerça à mettre et à ôter ses lentilles de contact. Puis elle soumit sa tête aux ciseaux du coiffeur. Là, elle faillit pleurer. Avant de se raviser : finalement, cette coupe à la garçonne était plutôt flatteuse, et la teinture paraissait naturelle. Alex, cependant, ne cacha pas sa déception.

— Ça repoussera, lui assura-t-elle.

Vingt minutes plus tard, quand Abby et Morgan émergèrent de leurs chambres, elles restèrent sans voix.

Brune aux yeux bleus, Sasha était pratiquement méconnaissable. La jeune interne leur raconta les événements de la nuit. Le commissaire et son équipe d'experts prirent congé ; seuls restèrent les deux policiers chargés de la protection de Sasha.

La nuit avait été longue et la vie de Sasha était sens dessus dessous. Elle n'avait même pas le droit de rendre visite à sa sœur, puisqu'il ne fallait pas qu'on les voie ensemble. Valentina quitterait l'hôpital en fin de matinée pour une destination inconnue.

Heureusement que Sasha pouvait compter sur ses colocataires. Celles-ci lui assurèrent qu'elles s'habituaient déjà à sa nouvelle apparence, même si ce n'était pas franchement vrai. Sasha, elle, évitait de se regarder dans un miroir. Les policiers, discrets, faisaient mine de jouer avec le chien. Alex, qui avait décidé de loger au loft jusqu'à ce que l'affaire soit résolue, était parti chercher des affaires chez lui.

Claire, qui rentrait de San Francisco, arriva en milieu d'après-midi. La jeune femme crut d'abord s'être trompée d'appartement : deux inconnus prenaient le café dans la cuisine, une brune à cheveux courts sortait de la chambre de Sasha, et un chien de la taille d'un éléphanteau ronflait sur le canapé.

— Mais… qu'est-ce qui se passe, ici ? s'exclama-t-elle.

— Demande à Valentina, maugréa Alex. C'est elle qui a tout chamboulé.

Sasha narra à Claire les péripéties de la nuit.

— Quant au chien, rien à voir : c'est Abby qui a craqué, conclut-elle sur une note plus légère.

Claire n'en revenait pas. Elle se laissa tomber sur le canapé, éberluée.

— Je vois qu'on ne s'ennuie pas, en mon absence !

Alex pouffa.

— Tu m'étonnes ! Au fait, Sasha a quelque chose à t'annoncer ?

— Encore ?!

Sasha s'éclaircit la voix.

— Nous sommes fiancés.

Claire leur sauta au cou et se mit à les bombarder de questions à propos du mariage. Elle fut interrompue par la sonnerie du téléphone : c'était Valentina. Les deux sœurs se dirent au revoir, émues.

Enfin, pleine d'appréhension, Sasha se prépara à appeler son chef.

Ce dernier apaisa ses craintes. La situation ne l'enchantait guère, mais il se montra compréhensif.

— Tant que vos protecteurs restent en civil et qu'ils ne perturbent pas la routine…

— Promis !

Tout ce que Sasha voulait, c'était pouvoir continuer à travailler comme si de rien n'était.

À vingt heures, tous se réunirent au restaurant de Max. L'escorte de Sasha dîna en tête à tête à une table d'angle. Pour détendre l'atmosphère, Sasha interrogea Claire sur l'entreprise qu'elle était en train de monter avec sa mère.

— Quel mois ! lâcha Morgan peu après. Des fiançailles, une rupture, un licenciement, une nouvelle boîte, un meurtre et, cerise sur le gâteau, un chien !

— Quels sont vos plans pour le nouvel an ? demanda Oliver.

Silence.

— Alex et moi, on bosse, répondit Sasha.

— Pareil, renchérit Morgan.

Max aurait de nouveau besoin de renforts au restau. Restaient les deux célibataires, Claire et Abby. Les garçons et elles convinrent de faire un tour à Times Square pour le grand décompte et de dîner chez Max en fin de soirée, quand le rythme serait un peu moins frénétique en cuisine.

— Bonne idée, approuva Max. J'espère que cette soirée donnera le coup d'envoi d'une année exceptionnelle.

17

Abby écrivait, Charlie assoupi à ses pieds, quand son portable se mit à vibrer. C'était Josh Katz, le producteur qu'elle avait rencontré à la soirée de ses parents. Il lui était complètement sorti de l'esprit.

— J'ai lu ce que tu m'avais envoyé. C'est très puissant, tu sais…

Flattée, Abby le remercia d'avoir pris le temps de parcourir ses textes.

— J'ai beaucoup avancé dans mon roman, ajouta-t-elle. Il prend une tournure de plus en plus cinématographique.

— Voilà qui est prometteur. Tu aurais un moment dans la semaine pour qu'on en parle ? Je suis à New York pour le nouvel an.

— Oui, bien sûr. Quand est-ce que tu es libre ?

— Voyons… Cet après-midi ? Je peux te retrouver où ça t'arrange. Désolé de te prévenir à la dernière minute, j'ai de nombreuses réunions avec l'équipe de postproduction de mon dernier film et je n'étais pas sûr de parvenir à m'échapper.

— Pas de problème. Je n'ai pas de contraintes particulières. Passe à l'appart', si tu veux.

Une demi-heure plus tard, il sonnait à la porte du loft en anorak et polaire. Il était plus grand que dans le souvenir d'Abby. Dès qu'il vit Charlie, il se baissa pour le caresser.

— Il est génial, ce chien ! s'exclama-t-il.

— Il m'a adoptée il y a quelques jours. On fait encore connaissance, lui et moi.

Elle proposa un verre de vin à Josh, mais il préféra un café. Le message était clair : sa présence était strictement professionnelle. D'ailleurs, il alla droit au but.

— J'ai du travail pour toi, Abby. J'aime beaucoup ton style. C'est un peu sombre, mais puissant, comme je te le disais tout à l'heure. Je travaille en ce moment sur mon prochain long-métrage. Le scénario qu'on m'a fourni ne m'emballe pas. J'ai besoin d'une contre-proposition et, à mon avis, tu es faite pour ce job. Il s'agit d'adapter un roman un peu daté tout en préservant son atmosphère générale, qui me semble pertinente au vu du climat politique actuel. Qu'est-ce que tu en dis ? Ça te tente ?

— Tu es prêt à me confier cette tâche ? Comme ça ?

— Mais oui ! Je suis sûr que ça collera. Fais-moi confiance, mon intuition me trompe rarement.

— De quel roman s'agit-il ?

Quand il lui en révéla le titre, elle éclata de rire :

— Je l'ai lu cinq fois ! C'est mon livre de chevet.

— Tu vois ! Qu'est-ce que je te disais ?

— En revanche, il n'est pas sombre. Il est sinistre.

— Oui, et c'est aussi pour ça que je fais appel à toi. Ce que j'aime, dans ta façon d'écrire, ce sont les petites notes de légèreté dont tu parsèmes les passages les plus noirs. Tu as de l'autodérision, ça se sent.

— Hum… Concrètement, si je dis oui, il se passe quoi ?

— D'abord, je te brieferai sur les codes formels en vigueur, histoire qu'on puisse utiliser ton scénario s'il nous plaît. Bien sûr, pendant l'année à venir, j'aurai besoin que tu sois à Los Angeles.

— Oh. À partir de quand ?

— Mars, au plus tard. Ce ne serait que pour un an. Et pense à la carte de visite que ce serait pour toi d'avoir un film d'auteur à ajouter à ton C.V.

Josh savait être convaincant. L'espace d'une seconde, Abby se demanda s'il ne lui était pas envoyé par ses parents. Mais non. Joan et Harvey n'étaient pas retors et, d'ailleurs, Josh paraissait tenir à son indépendance. Pour autant qu'elle puisse en juger, c'était quelqu'un d'intègre.

— Je serais payée ? demanda-t-elle.

Il mentionna une somme. Abby la trouva royale.

— Pourquoi me faire confiance, à moi ? Je suis inconnue au bataillon…

— Exactement. J'ai envie de fraîcheur et de nouveauté. Tu n'as encore aucun des tics des auteurs formatés par Hollywood, et ça me plaît. En plus, tu es douée. Alors, c'est oui ?

Abby hésitait. Les persiflages d'Ivan sur le milieu du cinéma résonnaient dans sa mémoire.

— J'ai peur de me retrouver happée par la machine hollywoodienne…

— Sincèrement, Abby, c'est tout le mal que je te souhaite. Voir son talent reconnu par la plus prestigieuse industrie cinématographique au monde, il y a pire, non ?

« Sale vendue ! », criait Ivan dans la tête de la jeune femme.

— J'ai besoin de réfléchir.

— Bien sûr.

Josh se leva.

— Tu as mon numéro.

— Oui. À propos, comment vont tes fils ?

Il sourit, touché.

— Super, merci. Ils étaient avec moi pour les vacances, j'en ai bien profité. Chaque fois que je les ai, je me dis que j'aurais aimé avoir une famille nombreuse…

— Il n'est pas trop tard.

— Trop tard, peut-être pas. Mais la vie de famille n'est pas compatible avec le métier, je l'ai appris à mes dépens. Je suis constamment en vadrouille et je travaille tout le temps. Mon ex-femme ne l'a pas supporté et je ne lui jette pas la pierre, mais je n'y peux rien. Mon travail, c'est ma passion.

— Je comprends. C'est pareil pour moi.

— Alors qu'est-ce que tu attends ? Viens bosser pour moi à L.A. !

— Je vais y réfléchir, répéta Abby.

Bien sûr, il lui proposait un boulot en or, bien payé, sur un livre qu'elle appréciait énormément. Mais quitter New York et le confort de sa vie actuelle avec ses amies pour se jeter dans l'inconnu l'effrayait plus qu'elle ne l'aurait cru.

— Dis-toi que ce n'est que pour un an, lui glissa Josh comme s'il devinait ses pensées.

Quand il fut parti, Abby ne parvint pas à écrire. Elle était trop préoccupée. Elle réfléchit longtemps. Charlie levait sur elle un regard interrogateur.

— Ça te dirait, à toi, d'aller vivre sur la côte Ouest ?

Le chien remua la queue et posa sa gueule entre ses pattes. Apparemment, il déléguait à sa maîtresse l'entière responsabilité de cette décision.

— À ta place, je voudrais avoir mon mot à dire, lui fit remarquer Abby. Il fait super chaud, à L.A. Je ne suis pas sûre que ça te plaise, comme climat.

D'un autre côté, il pourrait courir sur la plage… Et Josh avait raison : rien n'empêchait Abby de rentrer à New York une fois le film terminé. Elle avait presque trente ans : il était grand temps pour elle de commencer à gagner sa vie sans le soutien de ses parents. C'était peut-être le début de la carrière d'écrivain dont elle rêvait depuis si longtemps…

Claire et Abby passèrent le nouvel an avec Greg et Oliver, comme convenu. Ils marchèrent jusqu'à Times Square, où se massaient des milliers de noceurs. L'ambiance était électrique et le décompte acheva de galvaniser la foule. On s'embrassa, on échangea des vœux pour l'année à venir, puis le petit groupe se fraya un chemin parmi la cohue et gagna le restaurant de Max. Ce dernier leur avait réservé une table et, vers une heure du matin, Morgan vint les rejoindre. Quand ils repartirent, vers deux heures, ils étaient tous un peu éméchés.

Abby trouva Charlie étendu de tout son long sur son lit. Elle le repoussa délicatement pour se glisser sous sa couette sans le réveiller. Juste avant de s'endormir, elle eut une révélation. Elle allait dire oui à Josh. Et ce n'était pas un effet du champagne. Cette opportunité, elle en rêvait, et elle n'allait pas la laisser lui passer sous le nez. Elle allait savourer les trois mois qu'il lui restait à vivre en compagnie de ses meilleures amies, puis elle plierait bagage et s'envolerait vers sa nouvelle vie.

Il était temps qu'elle grandisse. Il était temps d'aller de l'avant.

Charlie la réveilla vers neuf heures. Il se fichait de sa gueule de bois : il avait une envie pressante. Elle lui fit faire le tour du pâté de maisons en mûrissant sa résolution. Sitôt de retour au loft, elle s'empara de son portable et composa le numéro de Josh.

— Allô ? lui répondit une voix pâteuse.

Manifestement, elle n'était pas la seule à avoir bu la veille.

— Josh ? Pardon d'appeler aussi tôt un 1er janvier mais… c'est d'accord. J'accepte ta proposition.

— Formidable, Abby ! Je repars demain matin ; est-ce qu'on peut dîner ensemble ce soir pour mettre au point les détails pratiques ?

— Avec plaisir. Tu peux venir à l'appart', si tu veux. On fait un grand dîner.

— OK, super. Je suis sûr qu'on va former une super équipe, toi et moi.

— Je le pense aussi. C'est pour ça que j'ai accepté.

Abby raccrocha. Elle avait l'impression de se tenir sur le seuil d'une grande aventure.

Elle l'ignorait, mais, de son côté, Josh exultait. De grandes choses les attendaient, Abby et lui. Il lui tardait de commencer.

18

Le dîner du premier de l'an se déroula dans une ambiance calme et posée : tout le monde était encore barbouillé par les excès de la veille. Ce fut un repas sans chichis : Sasha y convia son escorte et Max servit des restes ; il n'avait pas l'énergie de cuisiner. La présence de Josh Katz surprit un peu tout le monde, mais pas autant que l'annonce que leur fit Abby au cours du repas : elle quittait New York à la fin du mois de février.

Un silence accueillit cette révélation. Puis les questions fusèrent toutes à la fois. Où allait-elle ? Pourquoi ? Et quand reviendrait-elle ? Face au désarroi de ses hôtes, Josh afficha une mine penaude. Pourtant, il était loin de saisir la pleine mesure de leur émotion.

Tout était en train de changer dans la vie des habitantes du grand loft de Hell's Kitchen. Sasha se mariait en juin, et Abby partait à l'autre bout du pays. Bientôt, il ne resterait plus que Morgan, Claire – et sa mère probablement, au moins une partie du temps. Autant dire une complète reconfiguration de l'espace qui avait été le témoin des joies et des peines des quatre amies pendant tant d'années.

— Tes colocs doivent me détester, glissa Josh à Abby sur le pas de la porte lorsqu'il partit, ce soir-là.

— Non, elles se réjouissent pour moi. Seulement, ça fait beaucoup de changements d'un coup.

La jeune femme n'avait aucun regret : elle savait qu'elle prenait la bonne décision.

— Bon. On se voit en mars, alors ? À bientôt, Abby.

— À bientôt, Josh.

Dans le loft, l'ambiance était en demi-teinte. L'année débutait sous des auspices doux-amers.

Morgan n'entendit pas sonner son réveil le lendemain matin. Elle se leva en catastrophe, avala un café en quatrième vitesse et courut jusqu'à son bureau.

Mais là, deux inconnus l'accueillirent… Dans l'open space, des agents du FBI étaient en train de tout retourner. Six prenaient des dossiers dans la salle des archives, et cinq autres confisquaient les ordinateurs.

— Qu'est-ce qui se passe ? demanda Morgan à l'un d'entre eux.

L'homme n'eut pas besoin de lui répondre : au même moment, George sortait de son bureau, flanqué de deux agents, et menotté ! Il passa devant Morgan et ne lui accorda pas un regard. On aurait dit qu'il ne l'avait jamais vue de sa vie.

La salle de conférences avait été réquisitionnée ; le FBI y interrogeait les employés un par un. Morgan attendit son tour dans son bureau. Elle avait interdiction de partir tant qu'on n'avait pas recueilli son témoignage. On lui avait également pris son téléphone portable, comme ceux de ses collègues. « Une mesure temporaire », leur avait-on assuré. Dans l'open space, les salariés échangeaient des murmures inquiets. Personne n'avait la moindre idée de ce qu'il se tramait.

Morgan fut appelée dans la salle de conférences. Deux agents prenaient des notes ; le troisième l'interrogea. Quelles étaient ses fonctions exactes ? Que savait-elle exactement concernant les comptes de l'entreprise ? Quels clients avait-elle vus en compagnie de George ces derniers mois ? Quels clients gérait-elle personnellement ?

Morgan se rappela l'irrégularité qu'elle avait relevée dans un compte et la leur signala, déclenchant un nouveau torrent de questions. En quoi consistait, au juste, cette irrégularité ? En avait-elle parlé à George ou à quiconque ? Si non, pourquoi ? Et ainsi de suite, pendant près de deux heures.

Enfin, Morgan fut informée que son patron faisait l'objet d'une enquête pour soupçon d'escroquerie : tout indiquait qu'il était à la tête d'un montage financier frauduleux de type « système de Ponzi ».

— Comme Bernie Madoff ? s'étrangla-t-elle.

— On ne parle pas d'une opération de la même envergure, mais dans l'idée, oui, c'est pareil, confirma l'agent.

Morgan était estomaquée. George, arnaquer ses clients ? Se rendre coupable de fraude ?

— C'est impossible, affirma-t-elle. Il est très consciencieux.

Mais alors un autre détail lui revint en mémoire : ce nom associé à une affaire douteuse dans une liste de prospects. Ses certitudes s'ébranlèrent.

Vers dix-huit heures, enfin, on la relâcha, on lui rendit son portable, et on la pria de ne pas revenir le lendemain au bureau, qui allait fermer pour l'enquête. L'intégralité des dossiers et des ordinateurs avait été saisie. Morgan se retrouva sur le trottoir, sans emploi et complètement sous le choc. Elle héla un taxi et indiqua au chauffeur l'adresse du restaurant de Max. Là, les émotions qu'elle avait contenues tout au long de la journée la submergèrent. Elle fondit en larmes dans les bras de son compagnon.

— Je n'arrive pas à y croire ! se lamenta-t-elle.

— Je sais, ma chérie. Je comprends.

La nouvelle de l'arrestation de George Lewis fit le tour d'Internet et des journaux télévisés. Pour Claire, ce fut comme un coup de massue. Elle se demanda si ces magouilles n'avaient pas joué un rôle dans la façon dont il l'avait quittée, mais, tout bien considéré, ce n'était sans doute pas le cas. Le patron de Morgan n'était rien d'autre qu'un escroc doublé d'un mythomane.

Le lendemain matin, les deux amies prenaient le petit déjeuner ensemble.

— Quelle ordure, grommela Morgan. Je suis au chômage à cause de ce type. Qui m'embauchera, maintenant que j'ai été éclaboussée par cette affaire ? J'étais son bras droit ! On me soupçonnera forcément de complicité.

Des agents du FBI vinrent à l'appartement et Morgan fut à nouveau assaillie de questions. Elle leur avait déjà dit tout ce qu'elle savait, mais elle le leur répéta.

La jeune femme passa les deux jours suivants à tourner en rond dans le loft, de plus en plus sur les nerfs. Elle ne supportait pas le désœuvrement... Aussi Max eut-il l'idée de lui demander de l'aider à gérer les livres de comptes de son restaurant. Morgan lui en fut reconnaissante : ça lui changeait les idées. En revanche, elle refusa le salaire qu'il lui proposait. De l'argent, elle en avait de côté. Ce dont elle avait besoin, c'était de quelque chose qui lui occupe l'esprit. Elle se jeta donc à corps perdu dans sa nouvelle mission et ne tarda pas à se rendre utile, découvrant notamment que le barman piochait dans la caisse depuis des mois.

C'est dans ce climat délétère que débarqua la mère de Claire.

— Quelle histoire… Heureusement que tu ne le fréquentais plus, dit-elle à sa fille. Tu crois qu'il a voulu te préserver ?

— Sincèrement ? Non, je ne crois pas. C'était un lâche et un salaud à tous les niveaux ! Tu sais, maman, il ne faut pas t'inquiéter ; j'ai remonté la pente. C'est pour Morgan que c'est le plus dur. Apparemment, il était sur écoute depuis des mois, mais elle n'a rien vu venir.

De fait, Morgan ne dormait plus et perdait ses cheveux par poignées. Le FBI la harcelait. Elle risquait d'être inculpée à son tour. Sa vie entière était comme suspendue, et son avenir plus incertain que jamais.

Le lendemain, Claire et sa mère se retrouvèrent en tête à tête.

— Tu as dit à papa que tu le quittais ?

— Oui. Tu aurais vu sa tête… Il ne me croyait pas capable d'une telle décision ; ça lui a fait un sacré choc. Pardon, ma chérie, mais j'avoue que je suis très contente de m'être enfin réveillée. Qu'il se débrouille tout seul, dorénavant. J'ai une vie à mener, moi aussi.

Claire dévisagea sa mère, éberluée. C'était la première fois qu'elle l'entendait s'exprimer avec autant de détermination ; il lui fallut quelques instants pour décider quel sentiment cela lui inspirait.

Le respect.

Les deux femmes se mirent au travail. Il y avait fort à faire. Claire sortit les croquis qu'elle avait réalisés depuis Noël. Ensemble, elles les passèrent en revue.

— C'est magnifique ! lâcha Sarah. Bon, quand est-ce qu'on part pour Milan ?

Claire s'amusa de son enthousiasme. Elle avait hâte, elle aussi.

— Disons… en février, peut-être. Comme ça, on aura des prototypes en avril, à temps pour la saison des salons. On prendra les commandes pour la saison automne-hiver, et on aura l'été afin de plancher dessus.

Elles établirent un rétroplanning détaillé, puis réfléchirent à leur image de marque ainsi qu'à leur gamme de prix. C'était exaltant. Enfin, Claire laissait libre cours à sa créativité ! Pour rien au monde, elle ne serait revenue en arrière.

Morgan fut finalement blanchie de tout soupçon de complicité dans les crimes de son ancien patron. Elle en pleura de soulagement. On la pria toutefois de ne pas quitter l'État : elle serait sans doute amenée à témoigner au procès.

— George est dans la merde jusqu'au cou, résuma Morgan pour ses colocataires.

C'était fou… Comment pouvait-on travailler jour après jour auprès de quelqu'un sans déceler sa vraie nature ? Il fallait que George Lewis ait été un sociopathe fini. La seule chose qui le motivait, apparemment, c'était de gagner la confiance d'innocents puis d'en abuser sans aucun scrupule. Il l'avait fait avec ses clients ; il l'avait fait aussi avec Claire.

— Si tu veux mon avis, il avait tout planifié depuis le début, estima cette dernière, désabusée.

Morgan hocha la tête.

— Ce type est un grand malade.

De son côté, Sasha téléphonait régulièrement au commissaire O'Rourke, mais en vain : l'enquête n'avançait pas. Sasha avait beau savoir sa sœur en sécurité, elle s'inquiétait pour elle. Valentina lui manquait. En outre, si elle s'était habituée à ses lentilles de contact et à sa coupe de cheveux, elle ne se faisait pas à la présence des officiers en civil qui la suivaient partout comme son ombre. Enfin, bien qu'elle ait déjà assez de soucis par ailleurs, Sasha ne parvenait pas à caser dans son emploi du temps surchargé une visite à Atlanta chez son père, lequel n'avait toujours pas rencontré Alex. Les fiancés n'avaient jamais plus d'un jour de congé d'affilée… Dans ces conditions, il ne fallait pas s'étonner que leurs recherches de *wedding planners* soient jusque-là restées infructueuses. Oliver avait bien proposé une certaine Prunella à Sasha, mais elle pratiquait des tarifs prohibitifs.

— Dommage que Valentina ne sorte qu'avec des tocards, la taquina-t-il. Si vous vous étiez mariées en même temps, peut-être qu'elle vous aurait fait un prix de gros ! Vous ne voulez pas la rencontrer, au moins pour faire un devis ?

Sasha se laissa persuader. Elle avait besoin de penser à autre chose qu'à des meurtriers en cavale. L'assassin de Jean-Pierre avait en effet disparu sans laisser de trace. Le meurtre avait fait l'objet d'un entrefilet le lendemain des faits, mais c'était tout. Les affaires sordides des gangsters, de la mafia et affiliés n'intéressaient pas le citoyen lambda. L'article mentionnait la présence d'une femme sur la scène du crime, heureusement sans la nommer…

En voyant la *wedding planner*, Sasha et Alex restèrent un instant sidérés. Prunella ressemblait à un croque-mort croisé avec un gardien de prison. Tailleur noir sévère, cheveux aile de corbeau, chignon serré… Autant dire qu'elle ne respirait pas la joie de vivre. Alex la prit immédiatement en grippe.

— Il faut sûrement beaucoup de poigne pour faire ce métier, tenta de faire valoir Sasha.

Elle avait chuchoté ces mots à l'oreille de son fiancé.

— En tout cas, ne me laisse pas seul avec elle, répondit-il sur le même ton. Elle me file les chocottes.

D'une voix sèche et marquée d'un puissant accent britannique, Prunella leur demanda de lui décrire le mariage de leurs rêves. Alex et Sasha expliquèrent qu'ils souhaitaient une cérémonie modeste, en petit comité.

— Petit comment ?

— Cent invités, grand maximum.

Prunella eut une moue de désapprobation.

— Vous êtes sûrs ? C'est peu…

Le jeune couple hocha timidement la tête.

— Bon. Passons au lieu. Ce sera un mariage new-yorkais, je présume ?

— Oui, madame, répondit Alex.

Ses parents leur avaient proposé d'organiser la réception dans leur vaste jardin, à Chicago, mais Sasha tenait à se marier à New York.

— Vous avez réservé une salle, j'espère ? Sinon, il faudra repousser la cérémonie d'un an.

— Nous ne repousserons rien du tout, décréta Sasha.

Prunella haussa un sourcil.

— Je vois. Vous attendez un heureux événement.

— Hein ? Mais non ! s'indigna Sasha. Nous souhaitons nous marier en juin de cette année, c'est tout.

— Ne le prenez pas mal, mademoiselle. J'ai affaire à nombre de fiancées enceintes, vous savez. J'ai même une cliente qui a accouché une heure après avoir dit oui. Les temps ont changé ! Bon, vous pensez à quel genre de décor ? En intérieur ou en extérieur ? Quelque chose de champêtre ? Un restaurant huppé ? La fête aura-t-elle lieu l'après-midi ou en soirée ?

Il y avait tant d'options. Sasha en avait le tournis.

Quand Alex et elle quittèrent le bureau de Prunella, ils n'étaient guère plus avancés.

— Je commence à comprendre pourquoi certains couples se marient en un quart d'heure à Las Vegas, marmonna Alex sur le chemin du retour. Tu es sûre que tu ne veux pas organiser la cérémonie à Chicago ?

— Nos amis sont ici, chéri… On ne peut pas leur imposer tous ces frais de déplacement.

Ce soir-là, Oliver leur téléphona pour savoir ce qu'ils avaient pensé de Prunella. Les fiancés ne mâchèrent pas leurs mots.

— Allons, je suis sûr qu'elle vous a donné plein d'idées, protesta le jeune homme. Non ? Pas une seule ?

— À vrai dire, si, répondit Sasha. Un décor champêtre nous plairait assez.

— Tu vois ! On progresse déjà. Bon, vous connaissez quelqu'un qui a un jardin ?

— Un jardin à New York ? Ça existe ? ironisa Alex.

Oliver rappela Sasha le lendemain.

— Je tiens une piste ! fanfaronna-t-il. Une fille qui a un super toit terrasse sur la Cinquième Avenue. Avec plein de fleurs, vue sur Central Park et tout le tralala. Je l'ai déjà loué pour des clients. Je vous préviens, elle est tatillonne : elle n'accepte pas n'importe qui, mais ça vaut le coup de tenter. Je l'appelle ? Vous avez arrêté la date ?

— Euh... Le 14 juin, lança Sasha plus ou moins au hasard.

— Super ! Je vous tiens au courant.

De fait, dix minutes plus tard, alors que Sasha se rendait à l'hôpital – accompagnée par ses deux policiers en civil, comme toujours –, Oliver la rappela.

— C'est gagné ! lui lança-t-il, tout fier. Vin d'honneur en fin d'après-midi et noce en soirée, pour cent vingt personnes. Bon, ce n'est pas donné, mais ça reste plus abordable que les salles de réception dans les grands hôtels. En revanche, c'est à vous de gérer la déco, la musique et le traiteur ; elle ne fournit que le lieu.

— Combien ? demanda Sasha.

Le chiffre que lui glissa Oliver était dans sa gamme de prix.

— Merci, lui dit-elle avec chaleur. On te doit une fière chandelle. Je peux t'engager comme *wedding planner* ?

— Ah non, désolé... Organiser un mariage, c'est un vrai cauchemar ! Le jour où je me décide à sauter le pas, j'irai expédier l'affaire à Las Vegas.

Sasha pouffa.

— On en parlait justement hier avec Alex... Ce serait tellement plus simple, c'est vrai.

— Mais pour le toit terrasse, alors ? Je confirme ou non ?

— Oui, oui, confirme ! Je vais informer Prunella.

— Il faut immédiatement envoyer les *save-the-date,* décréta Prunella au téléphone, un quart d'heure plus tard. Ensuite, vous ferez imprimer les cartons d'invitation. Je vous rappelle que vous vous mariez dans quatre mois – autrement dit, demain ! Il va falloir passer la seconde !

— Euh… Vous pourriez nous envoyer un récapitulatif ? bredouilla Sasha.

— Dès que vous aurez versé l'acompte et que vous m'aurez renvoyé le contrat signé.

Sasha n'avait pas encore eu le temps de le faire viser par son père.

— Je m'en occupe, promit-elle, légèrement mal à l'aise.

— J'ai un créneau aujourd'hui à seize heures quinze.

— Impossible, je travaille toute la journée. Mais je scanne le contrat et je l'envoie à mon père dès que j'arrive au boulot.

— Bien. Tenez-moi au courant.

Prunella raccrocha.

Une fois à la maternité, Sasha n'eut pas une seconde à elle : quatre femmes attendaient en salle de travail, dont une était flanquée d'une sage-femme *new age* qui formulait pour sa patiente des exigences ubuesques. Pour couronner le tout, une cinquième parturiente arriva en ambulance pour un accouchement gémellaire prématuré.

— Quelle journée ! lâcha Sasha en passant devant le bureau des infirmières. Sally, tu peux nous envoyer un second anesthésiste ? On ne va pas s'en sortir.

Des cris de douleur résonnaient à travers tout l'étage. La jeune femme repartit au front. Elle ne faisait pas un métier facile. Il fallait savoir gérer son stress… Mais Sasha était habituée. Tandis que les mariages étaient pour elle *terra incognita*. Et ce n'était pas à sa mère qu'elle pouvait demander conseil.

— Le col est à dix, il faut pousser, informa-t-elle la jeune femme qui vagissait en broyant la main de son mari.

La patiente vomit et se mit à pleurer.

— Madame, vous n'avez pas envie de serrer votre fils contre vous ? lui dit gentiment Sasha. Si ? Alors, il faut pousser.

Avec un petit hochement de tête, la femme obéit en hurlant. Elle avait refusé la péridurale, préférant « laisser faire la nature », et il était trop tard pour changer d'avis. Hélas ! Son bébé était costaud. Cela n'allait pas être facile.

— Poussez. Poussez. Poussez ! C'est très bien, madame. Courage !

La parturiente vomit de nouveau, puis ses vagissements reprirent de plus belle. Elle s'en souviendrait longtemps, de son accouchement.

Il fallut une heure de souffrance supplémentaire pour qu'enfin la tête de l'enfant paraisse. Sasha l'aida à se retourner. La mère cessa de crier et se mit à pleurer de joie.

— Mes félicitations, madame, lui dit Sasha. Vous êtes maman !

— Merci. Merci, merci !

Sasha rayonnait presque autant que la jeune mère. Bien faire son travail, c'était sa plus grande joie. Elle recousit la mère et la confia aux bons soins des infirmières. D'autres patientes avaient besoin de son aide.

— Sasha ! la héla Sally dans le couloir. Une certaine Prunella a cherché à te joindre. Trois fois.

— C'est une blague ?

— Elle prétend que c'est « hyper urgent ». Je lui ai dit que tu étais en salle d'accouchement.

Sasha leva les yeux au ciel.

— J'aurais dû venir te chercher ? s'inquiéta Sally.

— Certainement pas. C'est ma *wedding planner*. Elle attendra !

Déjà, elle s'élançait à la suite des brancardiers qui emmenaient en salle de travail la femme enceinte des jumeaux. Les bébés n'avaient que trente-quatre semaines.

La journée fut éreintante. Ce n'est qu'à minuit que Sasha put enfin souffler. Quand elle rentra au loft, vers une heure du matin, Alex dormait à moitié.

— C'est toi, chérie ? grogna-t-il. T'as pas rappelé Prunella. Elle n'est pas contente.

— Elle va s'en remettre.

Sasha était de plus en plus tentée de sauter dans le premier avion pour Las Vegas. Elle ôta ses baskets, se déshabilla, se glissa sous la couette et s'endormit en moins de temps qu'il n'en faut pour le dire. Prunella était le cadet de ses soucis.

19

Claire et sa mère embarquèrent pour Milan le jour
de la Saint-Valentin. Comme elles étaient célibataires,
il leur semblait de circonstance de passer la journée
ensemble. Du reste, obnubilée par ses nouveaux projets,
Claire ne pensait presque plus à son ex.

L'avion était plein à craquer. Les deux femmes voya-
geaient en classe économique et, devant le comportement de certains adolescents mal élevés, la jeune femme
ne put s'empêcher de regretter le calme et le luxe du
jet privé de George. Elle secoua la tête. George était
une ordure. Elle n'avait rien perdu.

Elle sortit son ordinateur de sa sacoche et s'absorba
dans le travail. Les dernières semaines avaient été char-
gées. Elle avait comparé d'innombrables échantillons
de cuir et de daim, déterminé une palette de couleurs,
dressé la liste du matériel nécessaire à l'élaboration
d'un stand pour les salons, trouvé un avocat honnête,
un comptable efficace…

La ville de Parabagio se trouvait dans la « région
de la chaussure » italienne, ainsi qu'on la surnommait.
C'était là que se concentraient les meilleurs artisans du
pays. Claire avait réservé une chambre à Milan, à moins
d'une heure de route, près de la via Montenapoleone,

avec l'espoir que sa mère et elle auraient le temps de faire quelques emplettes. Milan était le temple de la mode, et Sarah n'y avait jamais mis les pieds : pour elle, ce voyage était un rêve devenu réalité. Bien sûr, il faudrait qu'elles se montrent raisonnables, ce n'était pas le moment de jeter l'argent par les fenêtres. Mais un peu de lèche-vitrines n'avait jamais tué personne.

Sarah se pencha par-dessus l'épaule de sa fille. Il fallait le reconnaître : elle avait du talent. Ses croquis respiraient l'élégance et la sophistication. La collection se composait pour moitié de modèles classiques, sobres et intemporels, et pour moitié de créations plus originales, légèrement frivoles, peut-être, mais irrésistibles pour toute *fashionista* digne de ce nom. D'un commun accord, mère et fille avaient retenu deux paires d'escarpins et trois modèles de ballerines. S'y ajouteraient bientôt des bottes. Au total, leur objectif était de proposer une vingtaine de modèles dès cette année. Toutefois, tout se jouerait au premier salon, à Las Vegas : le nombre de commandes serait un bon indicateur de leurs chances de succès.

Elles parlèrent boulot pendant le déjeuner, puis Sarah regarda un film et Claire étudia la concurrence (elle avait fait des stocks de magazines de mode à l'aéroport). Enfin, elle s'endormit.

L'aéroport de Malpensa était connu pour le chaos qui y régnait, mais Claire et Sarah, heureuses d'être arrivées, ne s'en formalisèrent pas. Elles prirent la navette jusqu'à leur hôtel, qui se révéla minuscule et meublé de manière très spartiate. Elles firent un tour dans le quartier. Si la ville n'était pas spécialement belle, elle pullulait de vie et, surtout, c'était la plaque tournante de la haute couture. Elles dînèrent dans une petite trattoria. Les serveurs se répandirent en compliments flagorneurs sur leur beauté à toutes deux. Claire s'amusa de voir sa mère rougir comme une collégienne mais, au fond, elle aussi se sentait flattée. Le lendemain matin, inconsciemment, elle fit un effort vestimentaire. En général, elle n'était pas fan des sifflets et autres marques d'attention que ne manquaient pas de lui réserver les Milanais, mais, en ce moment, elle avait besoin de se rassurer sur son pouvoir de séduction. Elles louèrent une voiture et se rendirent à Parabagio. Claire avait pris rendez-vous avec trois usines fabriquant des chaussures.

La première, la jeune femme la connaissait bien pour y avoir été envoyée plusieurs fois par l'entreprise Arthur Adams. Elle y fut accueillie comme une vieille amie, si bien qu'elle se sentit presque coupable de vouloir faire établir d'autres devis. Mais telle était la dure loi du marché.

Une heure plus tard, Claire et Sarah poussaient les portes d'une fabrique plus modeste. Les chaussures y étaient en grande partie réalisées à la main et le résultat était impressionnant de finesse et de précision – le fondateur de la maison avait autrefois confectionné des souliers pour des reines italiennes, ainsi que pour Marie-Antoinette elle-même ! Toutefois, Claire visait une clientèle humble et sans prétention qui ne se reconnaîtrait pas dans ces modèles sophistiqués. Qui plus est, le devis dépassait de loin le budget de leur petite start-up.

La troisième usine était incroyablement moderne. D'impressionnants showrooms présentaient leurs produits actuels et passés. L'entreprise travaillait en partenariat avec quantité d'enseignes célèbres, de la plus haut de gamme à la plus abordable. Le propriétaire, Biagio Machiolini, dirigeait l'affaire familiale avec l'aide de ses deux fils quadragénaires, lesquels étaient des cousins des anciens fournisseurs royaux dont Claire et sa mère venaient de quitter les locaux ; ils possédaient à l'évidence un immense savoir-faire.

Cesare, l'un des fils Machiolini, demanda à voir les croquis de Claire. Elle lui en tendit quelques-uns, et il s'extasia sur leur ligne contemporaine et raffinée. Ils passèrent près de trois heures à discuter objectifs, prix et image de marque. Vers treize heures, Roberto, le second fils, se joignit à eux, et tous quatre déjeunèrent ensemble. Biagio, à qui plaisait l'idée d'une mère et de sa fille travaillant main dans la main dans la plus pure tradition italienne, les gratifia ensuite d'une visite guidée des coulisses de l'usine.

De retour dans leur chambre d'hôtel – il était déjà seize heures –, les deux femmes étudièrent le contrat que leur avaient remis les Machiolini, notamment la partie financière. Ils leur proposaient une réduction « spécial lancement » pour leur première saison, ce qui était très tentant. D'un autre côté, avec les fournisseurs de Walter Adams, Claire savait où elle mettait les pieds.

Le choix était cornélien.

— Alors ? lança-t-elle à sa mère. Tu en penses quoi ?

— Les trois fabricants possèdent une grande expertise. Mais l'expertise, ça ne fait pas tout. Celui qu'on choisira deviendra l'un de nos interlocuteurs principaux.

En gros, elle partageait l'opinion de sa fille : c'était une question d'affinités.

— Je te laisse décider, conclut-elle. Tu as plus d'expérience que moi et tu es une négociatrice hors pair. Tu m'as soufflée, aujourd'hui !

Claire piqua un fard.

— Je crois que j'ai une préférence pour la fabrique Machiolini.

— Oui, ils m'ont fait forte impression, à moi aussi. Ils ont l'air sérieux et passionnés. Et puis, qu'est-ce qu'ils sont beaux !

— Tu as remarqué ça, toi ? la taquina sa fille.

Biagio était bel homme, et ses fils tenaient de lui.

Les deux femmes firent une courte sieste, puis sortirent dîner dans un restaurant du quartier. Le lendemain, après une longue conversation téléphonique avec leur avocate, elles retournèrent chez Machiolini & Figli et signèrent le contrat.

— Vous aurez vos vingt prototypes en pointure 37 le 1er avril au plus tard, leur promit Cesare en appuyant ses propos d'une franche poignée de main.

C'était dans six semaines. Sarah ne masqua pas son inquiétude. Les Machiolini la rassurèrent : avec les ressources et la main-d'œuvre dont ils disposaient, la fabrique était tout à fait capable de relever le défi. Ensuite, on procéderait aux délicats ajustements de taille et de confort : ainsi, par exemple, la hauteur du bout ne devait pas entraver la circulation sanguine... sans pour autant donner au soulier des allures de sabot de ferme !

Avec les Machiolini, Claire se savait entre de bonnes mains. La suite, c'était sur ses épaules à elle qu'elle reposait. C'était à elle qu'incombait la lourde tâche de cerner les attentes et le budget de ses futures clientes, de se faire connaître grâce aux salons, d'obtenir du feedback, d'en tirer les bonnes conclusions, de choisir les distributeurs les mieux à même de vendre ses produits, d'embaucher une stagiaire si les ventes le permettaient...

Le marché fut scellé autour d'un verre de vin.

— Vous resterez bien déjeuner avec nous ? les implora Machiolini père dans un anglais au fort accent italien.

— Merci, mais nous avons des projets pour cet après-midi, déclina aimablement Sarah.

Le lendemain, elles repartaient pour New York et elles avaient envie de profiter un peu de l'atmosphère de la ville et, surtout, de ses boutiques. Claire s'offrit une jolie robe en coton blanc et pas moins de trois paires de chaussures. Sa mère craqua pour un tailleur pantalon à la coupe exquise et un pull de chez Prada.

Ironie du sort, ce soir-là, Claire reçut un e-mail des services R.H. de Jimmy Choo. L'objet : Entretien d'embauche. Cela faisait trois mois que la jeune femme les avait démarchés et, sans réponse de leur part, elle les avait chassés de son esprit. Trois mois plus tôt, elle aurait sauté sur l'occasion, bien sûr. Entre-temps, sa vie avait pris un nouveau tournant. Elle respira à fond, remercia chaleureusement l'expéditeur et l'informa qu'elle s'était engagée dans une autre voie.

Le lendemain, durant le vol de retour, Claire ne leva pas le nez de son carnet à croquis. Son excitation était à son comble. Claire Kelly Design était dans les starting-blocks. Les Machiolini s'apprêtaient à donner une forme tangible à ses dessins.

L'avion se posa sur la piste et les passagers rallumèrent leurs téléphones portables. Presque aussitôt, Sarah reçut un message.

— C'est qui ? l'interrogea Claire. Biagio te demande en mariage ?

Bien que marié et père de six enfants, l'Italien avait flirté ouvertement avec sa mère, ce qui n'avait pas été pour lui déplaire.

— C'est ton père, répondit Sarah d'une petite voix. Il dit que je lui manque. Il veut savoir comment s'est passé le voyage.

Jim avait toujours connu Sarah oisive et sédentaire. Il devait être sidéré par sa métamorphose.

— Tu lui réponds quoi ?

— « Très bien. On s'est beaucoup amusées. »

Claire se mordit la lèvre. Puis elle posa la question qui la taraudait depuis quelques semaines.

— Tu crois qu'il s'en sort, tout seul ?

Père et fille se téléphonaient rarement. Ils n'avaient pas grand-chose à se dire. Ce qui n'empêchait pas Claire de s'inquiéter pour lui. En dépit de tous ses travers, il restait son père.

— Je l'espère, répondit Sarah.

D'un pas conquérant, elle se dirigea vers le tourniquet à bagages.

Février touchait à sa fin quand le commissaire O'Rourke contacta Sasha. *Rappelez-moi de toute urgence*, avait-il écrit dans son SMS. Le sang de la jeune femme ne fit qu'un tour. Et s'il était arrivé quelque chose à Valentina ? Jamais les jumelles n'avaient été séparées si longtemps, et la jeune interne n'en dormait plus de la nuit. D'une main tremblante, elle composa le numéro du commissaire et retint son souffle.

Il n'y alla pas par quatre chemins.

— On le tient, notre assassin ! L'ex de votre sœur avait arnaqué un client : il avait empoché le pactole et livré en échange une marchandise dégradée. C'est pour ça qu'il a été éliminé. On vient de coincer le tueur ainsi que son commanditaire. Un Américain et un Français, respectivement. Notre compatriote est sous les verrous. Pour l'autre, on a fait une demande d'extradition, sans succès. Il sera jugé par la justice française. Bref ! Votre sœur ne court plus aucun danger et nous la libérons demain matin. Quant à vous, vous pouvez vous laisser repousser les cheveux ! Et je rappelle mes hommes illico.

Sasha s'était presque accoutumée à la présence des huit policiers qui se relayaient pour assurer sa protection. Ils étaient sympathiques et discrets. Cependant, elle accueillit la nouvelle avec un profond soulagement.

— Merci, commissaire. Et merci à vos hommes. C'est bête, mais ils vont me manquer.

— Je croirais entendre votre sœur. C'est un sacré numéro, celle-là ! lâcha-t-il.

Qu'avait-elle encore fait ? Sasha préférait ne pas le savoir…

Elle raccrocha et téléphona aussitôt à Alex pour lui annoncer la bonne nouvelle.

— Dieu merci, murmura son fiancé en soupirant.

Depuis qu'elle le connaissait, Sasha ne l'avait jamais vu aussi stressé qu'au cours des dernières semaines.

Les policiers vinrent prendre congé d'elle peu après. Sasha leur fit la bise et les regarda s'éloigner. Son calvaire était enfin terminé.

Valentina s'excuserait-elle d'avoir infligé ce cauchemar à son entourage ? Non, probablement pas. Il ne fallait pas compter là-dessus. Le mot « pardon » ne faisait pas partie du vocabulaire de sa sœur.

Sasha avait bien réfléchi. Elle avait beau aimer Valentina de tout son cœur, elle couperait les ponts avec elle si celle-ci se remettait en ménage avec un malfrat. Alex avait déjà suffisamment pâti de ses frasques au cours des derniers mois. Non qu'il se fût plaint.

Il n'avait même pas parlé de l'affaire à ses parents afin de ne pas les inquiéter. Mais Sasha n'était pas aveugle : il s'était rongé les sangs, et à juste titre. Valentina était allée trop loin. Peut-être ignorait-elle, au départ, l'étendue des malversations de son amant, mais elle devait bien se douter qu'il était malhonnête. Cela se voyait comme le nez au milieu de la figure. Son armée de gardes du corps aux gueules de truands aurait dû suffire à lui mettre la puce à l'oreille. Mais elle avait préféré se mettre des œillères et profiter de son mode de vie fastueux pendant quelque temps.

L'argent ne fait pourtant pas le bonheur, songea Sasha. Val devrait le comprendre.

Celle-ci lui téléphona le lendemain matin. Sasha éclata en sanglots au seul son de sa voix.

— Tu m'as trop manqué, gémit-elle. On s'est fait un sang d'encre, tu sais.

— Tu m'étonnes ! J'ai flippé grave. Et tu ne connais pas la meilleure ? Ils m'ont collée chez les bonnes sœurs ! Dans un couvent, en Arizona. Pas un mec à la ronde, même pas un jardinier ! Rien que les flics. J'ai dû porter la cornette ! Et bosser au potager ! Franchement, certains jours, j'ai regretté que la balle ne m'ait pas tuée.

Sasha pouffa. Imaginer Val en habit de nonne était trop drôle.

— Tu l'as encore, l'habit ?

— Et puis quoi, encore ? De toute façon, les bigotes ne me l'auraient pas laissé. Elles y tiennent, à leur machin.

— Elles avaient peut-être peur que tu t'en fasses une minijupe. Ou que tu le portes sans culotte ni soutif, avec des talons hauts, juste pour épater la galerie.

— J'aurais bien aimé. Ces vieilles biques m'ont fait porter des sandales trop moches. J'ai de la corne aux pieds, maintenant.

Deux mois chez les religieuses, et c'était tout ce que Val retenait de l'expérience. Sasha soupira.

— Bon, reprit-elle. Tu reviens quand ?

— J'ai un vol cet aprèm, lâcha-t-elle, aussi nonchalante que si elle rentrait d'un shooting.

— J'ai hâte de te revoir, déclara Sasha, émue.

— Pareil. Tu bosses aujourd'hui ?

— Cette nuit, seulement. Avant, je serai au loft.

Claire et sa mère planchaient sur leur business plan dans le salon du loft. Abby faisait des cartons dans sa chambre. Charlie somnolait au soleil, sous la fenêtre, et Morgan venait de rentrer, les bras chargés de commissions, quand on sonna à la porte. Sasha courut ouvrir. Valentina se tenait sur le palier, plus tape-à-l'œil que jamais : jupe en cuir ras les fesses, pull rouge vif et cuissardes à talons aiguilles. Elle se mit à hurler.

— Quoi ? Val, qu'est-ce qu'il y a ? s'écria Sasha, effarée.

— Tes cheveux ! C'est… C'est un massacre !

— Je sais, oui… C'est à cause de toi, ma chère, que j'ai dû les couper. J'ai même été obligée de porter des lentilles colorées pour plus de sûreté.

— Merde. Alex doit me détester. Le brun, ça ne te va pas du tout !

— Je te remercie… Bon, tu comptes nous présenter ?

En effet, un jeune homme se tortillait, visiblement mal à l'aise, derrière Valentina. Il était tout en muscles.

Son tee-shirt blanc moulait des épaules volumineuses et il portait un jean, des bottes de cow-boy et un coupe-vent agrémenté des lettres NYPD. Quelque chose saillait sous le tissu. Une arme à feu, devina Sasha, forte de son expérience des derniers mois.

— Tu es toujours sous protection rapprochée ? s'étonna-t-elle.

Valentina se fendit d'un sourire malicieux.

— C'est Bert. Il faisait partie de mon escorte, là-bas, chez les bigotes. Tu nous aurais vus, tous les deux ! Lui en curé et moi en bonne sœur !

Elle pouffa. Bert la couvait d'un regard énamouré. Sasha aurait dû se douter que sa sœur se débrouillerait pour tirer profit de sa mésaventure : Bert était son butin de guerre.

— Les religieuses ont dû apprécier, commenta Sasha en se remémorant les remarques du commissaire.

« Un sacré numéro. » C'était l'euphémisme du siècle.

Bert lui adressa un signe de tête poli. Il devait avoir vingt-cinq, vingt-six ans. Un petit jeune, donc ! C'était nouveau. En plus, il exerçait une profession respectable, pour une fois.

Pauvre Bert : Sasha craignait fort que sa relation avec Val ne soit de courte durée. Celle-ci s'apprêtait à reprendre sa vie exactement là où elle l'avait laissée, avec ses tentations et ses mondanités. Bientôt, elle se débarrasserait de son amoureux transi comme d'une vieille chaussette.

Les deux jeunes gens entrèrent. Abby et Claire embrassèrent Valentina avec chaleur.

— On est contentes de te revoir, lui assura Morgan.

Timide, le policier alla jouer avec Charlie.

— Je vais peut-être vous laisser entre vous…, déclara-t-il.

Le regard que lui lança Valentina en dit long sur la relation qu'ils avaient nouée au couvent, ces deux derniers mois.

— OK, répondit-elle. Tu repasses me chercher dans une demi-heure ?

— Pas de problème. Je peux promener le chien, si vous voulez.

— Vraiment ? C'est adorable, merci, répondit Abby.

Charlie tendit la patte à Bert, tout content.

— Quand j'étais à la brigade des stups, je bossais avec un super chien, un berger allemand… Il s'est pris une balle perdue. On a dû le faire piquer.

— Le pauvre…, murmura Abby en lui tendant la laisse.

Quand il fut parti, Sasha interrogea sa sœur.

— Tu les prends au berceau, maintenant ?

— N'importe quoi ! Il a vingt-neuf ans. Il fait plus jeune que son âge. Mais je te confirme que c'est un grand garçon. Et même un *très* grand garçon, si tu vois ce que je veux dire.

Sasha leva les yeux au ciel. C'était toujours pareil avec sa sœur. À croire qu'elle ne pensait qu'à ça ou qu'elle avait forcément besoin de se vanter.

— Pitié, Val, on voit très bien… J'imagine que tu vas le jeter à la première occasion ? Le gentil Bert ne tiendra pas deux semaines dans ton univers. Il se fera manger tout cru.

— Sache que j'ai changé, protesta Valentina. Les *bad boys*, j'en ai soupé ! Alors, quoi de mieux qu'un flic ? Il est sexy en uniforme et… je me sens en sécurité avec lui.

Sasha haussa les sourcils. Elle avait du mal à croire que sa sœur se soit réellement racheté une conduite.

— Arrête de me faire les gros yeux ! insista cette dernière. Puisque je te dis qu'il me plaît. Il me rend heureuse. Il est super gentil ; il prend soin de moi. Mon passé, mon tableau de chasse, il s'en fout. Il m'accepte telle que je suis.

— Tu m'en vois ravie. Mais je te connais. Tu vas lui briser le cœur. Tu changes de mec comme de chemise. Ce Bert a l'air sympa, il ne mérite pas ça.

— Pourquoi t'es aussi sûre que je vais le larguer ?

— Franchement ? Parce qu'il est pauvre, Val. Or tu aimes l'argent.

— L'argent, j'en ai bien assez pour deux, rétorqua-t-elle, piquée au vif.

Elle s'affala sur le canapé, bousculant Claire et Sarah.

— Bon, et vous, les filles, quoi de neuf ?

— Ma mère et moi, on crée notre boîte, annonça Claire. Elle va vivre ici quelque temps.

— Et moi, je pars bosser sur un film à Los Angeles.

— Waouh ! fit Valentina. Que de changements ! Et les préparatifs du mariage, ça progresse ?

— Il aura lieu le 14 juin, ici, à New York, lui répondit Sasha, et, si tu veux bien, j'aimerais que tu sois mon témoin.

— Bert peut venir ?

— Si tu sors toujours avec lui, avec plaisir.

Quand Bert revint avec Charlie, il se répandit en éloges à son sujet. Abby en rosit d'aise.

— On devrait en prendre un, nous aussi, décréta le policier en plantant son regard dans celui de sa chérie.

Et, incroyable mais vrai, Valentina acquiesça. En fait, elle semblait sincèrement éprise.

Sasha les raccompagna jusqu'à la porte d'entrée. En les regardant s'engouffrer dans la cage d'escalier, elle songea au film *Bodyguard*. Ainsi, le cliché de la demoiselle en détresse et de son preux chevalier pouvait avoir cours dans la réalité. Elle secoua la tête, éberluée.

— Ta sœur avec un mec bien ! s'esclaffa Claire quand Sasha réapparut dans le salon. Comme quoi, tout arrive.

— Elle vient de me confier qu'il allait emménager chez elle. Je tombe des nues.

— Ne fais pas cette tête. Au moins, lui, il ne finira pas en taule. Je ne peux pas en dire autant de mon ex, maugréa Claire.

La vie mondaine de George Lewis alimentait de nouveau les rubriques people des journaux : il avait été libéré sous caution.

Le mois de février s'acheva et la date du départ d'Abby arriva. Les adieux furent déchirants. Les quatre colocataires étaient plus qu'amies : elles se considéraient comme des sœurs.

Abby n'ayant pas encore d'appart' à L.A., elle s'installa provisoirement chez ses parents. Elle se sentait un peu déracinée, mais ses perspectives d'avenir et la compagnie de Charlie atténuaient son désarroi.

Au loft, cependant, l'équilibre avait été rompu. Un jour, en rentrant de l'hôpital, Sasha trouva Morgan en pleurs dans la cuisine. La jeune interne ne s'en étonna pas outre mesure : après tout, elle venait de perdre coup sur coup son emploi et l'une de ses meilleures amies. Sasha l'enlaça.

— Abby te manque, à toi aussi ?

Mais Morgan secoua la tête.

— Ce n'est pas ça, sanglota-t-elle.

— Je suis sûre que tu vas retrouver du boulot. C'est normal que tu sois inquiète, mais...

— Il ne s'agit pas de ça, non plus.

Sasha regarda son amie éplorée. Si ce n'était ni Abby ni l'affaire George Lewis, qu'est-ce qui pouvait la mettre dans un tel état ?

— Je suis enceinte, lâcha Morgan.

— Oh, fit Sasha en s'effondrant sur le tabouret, à côté d'elle.

Elle était sous le choc.

— Tu ne prends pas la pilule ?

— Si, je la prends ! Mais j'ai été malade et le médecin m'avait prescrit des antibiotiques. Peut-être que ça a annulé les effets. En tout cas, je suis enceinte. De deux mois...

— Deux mois ! Tu ne t'en rends compte que maintenant ?

— J'ai loupé un cycle quand George a été arrêté, mais j'ai mis ça sur le compte du stress...

— Et Max ? Tu lui en as parlé ?

Morgan fit non de la tête.

— Si je lui en parle, il voudra garder le bébé, hoqueta la jeune femme. Mais moi, je ne veux pas d'enfants ! Je veux me faire avorter et retrouver du boulot ! Sauf que, si j'ai recours à une IVG, je ne pourrai jamais le lui avouer.

— Morgan, ton corps t'appartient. Je peux te donner le numéro d'un confrère, si tu le souhaites. Mais tu devrais en parler à Max. S'il découvre plus tard que tu lui as caché cette grossesse, il ne te le pardonnera peut-être pas.

— Je sais. Quoi que je fasse, je suis coincée. Je ne veux pas de ce bébé, Sasha ! Je n'ai pas la fibre maternelle. Je déteste les gosses.

— Il paraît que c'est différent quand ce sont les tiens…

Mais Morgan était inconsolable : cette grossesse, pour elle, c'était un véritable séisme.

Les jours suivants, Morgan vomit tous les matins. Max flaira le pot aux roses.

— Dis-moi la vérité, Morgan. Tu es enceinte ?

Devant sa mine catastrophée, il comprit qu'il avait vu juste.

— Pourquoi tu ne m'en as pas parlé plus tôt ?

— Parce que je ne veux pas d'enfants ! gémit-elle, au bord des larmes. Tu le sais. Je ne m'en suis jamais cachée.

— Mais cet enfant, on l'a conçu ! Qu'on le veuille ou non. Tu ne vas quand même pas… ?

Il laissa sa phrase en suspens. Morgan le dévisageait avec des yeux de bête traquée.

— Ce n'est pas un enfant, Max. Il s'agit à peine d'un fœtus, à ce stade. C'est… C'est un regrettable accident.

— OK, ce n'était pas prévu, et je comprends que tu paniques. Mais… on peut au moins en discuter ?

— À quoi bon ? Tu veux le garder. Moi, je ne veux pas !

— Tu es enceinte de combien ?

— Deux mois. Je vais prendre rendez-vous pour un avortement très vite.

— Tu ne peux pas faire ça.

— C'est mon corps, Max.

— Mais on s'aime, Morgan ! Tu ne vois donc pas que nous ferions de bons parents ? Si tu te débarrasses de notre enfant, je… je ne crois pas que je pourrai te le pardonner.

— Je sais.

Elle le regarda droit dans les yeux. Elle l'aimait sincèrement. Mais elle ne voulait pas sacrifier sa vie sur l'autel de cet amour.

Cette nuit-là, elle dormit seule. Max était rentré chez lui.

20

Pendant les jours qui suivirent, la tension entre Morgan et Max ne fit que croître. Il pria même Morgan de ne plus passer au restaurant.

— Pas tant que tu n'auras pas pris ta décision finale, expliqua-t-il.

En fait, la décision de Morgan était prise. Si elle repoussait le moment de prendre rendez-vous pour l'IVG, c'était uniquement parce qu'elle savait que cela signerait la fin de sa relation avec Max.

Elle ne lui en voulait même pas. Max avait toujours été un fervent défenseur de la cause des femmes. Seulement, cette fois, il en allait de la chair de sa chair, et l'émotion le submergeait. Il avait été jusqu'à la supplier de mener sa grossesse à terme. « Après, je l'élèverai seul, lui avait-il promis. Tu n'auras pas à lever le petit doigt ! »

Mais Morgan ne pouvait pas.

Sasha s'inquiétait.

— Tu as pris rendez-vous ? la relançait-elle régulièrement. Si tu ne te dépêches pas, il sera trop tard. La limite, c'est trois mois…

— Je sais. Je suis complètement paumée. J'ai l'impression de perdre pied.

Sasha ne voulait pas prendre parti. Dans son métier, elle n'était pas appelée à juger. Uniquement à faire en sorte que les patientes soient bien encadrées au niveau médical, quels que soient leurs choix. Cependant, elle regrettait que ses amis en soient arrivés à ce point de rupture.

— Tu sais, Morgan, il faut comprendre Max… Ce bébé, pour lui, c'est un cadeau du ciel. Une chance qui ne se reproduira sans doute jamais. En tout cas, pas avec toi.

— Je sais.

Pendant trois semaines, Morgan tourna en rond dans le loft. Chaque jour, elle espérait que Max allait l'appeler pour lui dire qu'il avait changé d'avis, que c'était elle qui comptait, qu'elle avait le droit de décider. Mais non, il refusait de lui adresser la parole. Elle eut beau lui envoyer quantité de messages pour lui exposer son point de vue, elle ne reçut pas une seule réponse.

— C'est incroyable. Il filtre mes appels ! se lamenta Morgan.

— Il est têtu comme une mule, concéda Sasha.

— Non, mais tu te rends compte ? Il fait passer le bébé avant moi ! Il préfère me perdre, moi, plutôt que ce… ce fœtus de moins de trois mois !

Sur un coup de tête, Max avait été jusqu'à consulter un avocat pour connaître ses droits en tant que père du futur bébé. La loi, évidemment, était du côté des femmes.

Morgan, cependant, allait de plus en plus mal. À présent, elle passait ses journées à pleurer. L'idée de perdre Max la désespérait, mais sa décision était prise, et son chantage lui était insoutenable. Sasha l'accompagna au planning familial pour la soutenir. Elle ne pouvait plus attendre, les trois mois seraient bientôt écoulés.

Le gynécologue procéda à l'échographie. Le fœtus était viable et bien formé. Le cœur battait. D'une voix entrecoupée de hoquets, Morgan exposa sa situation au médecin, lequel lui proposa de le rappeler le lendemain pour fixer une date.

— Nous verrons alors si votre décision est définitive, conclut-il d'un ton neutre.

Morgan ressortit de la clinique plus triste encore qu'à l'arrivée. Elle se remémora son enfance malheureuse, entre sa mère alcoolique et son père coureur de jupons.

De retour à l'appartement, elle alla se coucher, non sans avoir d'abord vomi. Ses nausées ne lui laissaient aucun répit, et elle ne s'alimentait pratiquement plus. Le stress concourait probablement à aggraver son état.

Sasha passa une tête dans sa chambre.

— Je dois partir à l'hosto. Ça va aller ?

Morgan hocha la tête en pleurant.

À l'hôpital, Alex et Sasha se retrouvèrent pour prendre un café ensemble.

— Tu sais, confia la jeune interne à son fiancé, je crois vraiment qu'il faut qu'elle avorte. Elle est traumatisée. Ce bébé ne serait pas heureux. C'est trop dur pour un enfant de ne pas être désiré.

— Alors, qu'est-ce qu'elle attend ?

— Ce n'est pas simple. Elle ne veut pas perdre Max. Et lui… il est prêt à assumer la garde exclusive de l'enfant s'il le faut…

— C'est dingue, cette histoire.

— Oui, c'est dingue… C'est un sujet délicat. Pour certaines personnes, avoir une descendance est essentiel ; pour d'autres, c'est une hantise. Morgan a eu une enfance douloureuse. Cette grossesse non désirée doit faire remonter à la surface tout un tas de traumatismes.

— Tu crois qu'elle risque de faire une bêtise ?

— Je ne sais pas… Je suis passée au restau de Max pour essayer de lui dire que Morgan allait vraiment très mal, mais il ne veut rien entendre.

« Les choses ne sont pas aussi simples que tu le penses, lui avait-elle dit.

— Pour moi, si », avait rétorqué Max, coupant court au débat.

L'échéance approchait. Or Sasha et Alex ne seraient pas présents : ils se rendaient à Atlanta. Sasha aurait voulu annuler le voyage afin de soutenir son amie, mais c'était impossible. Il fallait que ses parents rencontrent leur futur gendre avant la cérémonie. Le vendredi, malgré leurs réticences, ils embarquèrent.

Sasha avait réservé une chambre d'hôtel pour ne pas faire de jaloux entre ses parents. Ils s'y rendirent directement après avoir atterri, puis allèrent dîner au restaurant avec Muriel. La mère de Sasha étudia Alex sous toutes les coutures. À croire qu'elle envisageait d'en faire l'acquisition… Elle le bombarda de questions au sujet de ses parents et particulièrement du cabinet de sa mère. Elle avait mené sa petite enquête et, quoiqu'elle ne voulût pas l'admettre, elle était assez impressionnée.

— Tu sais que je suis antimariage, n'est-ce pas ? déclara-t-elle tout de go.

Alex hocha la tête, perplexe. Sa future belle-mère ne se souciait nullement de paraître sympathique.

— Oui, je suis au courant, madame Hartmann.

— Appelle-moi Muriel, je te prie. Je sais, cela t'étonne sûrement, mais les faits parlent d'eux-mêmes : de nos jours, soixante pour cent des mariages se soldent par un divorce. Et les statistiques grimpent ! Honnêtement, il est tout sauf rationnel de sauter le pas. On y perd du capital, du patrimoine immobilier, des amis... Entre nous, c'est un investissement foireux. Autant jouer au blackjack dans le premier casino venu : au moins, là, on a une chance de gagner. Tandis que se passer la corde au cou, c'est une démarche vouée à l'échec. Soit les époux sont infidèles, soit ils se laissent aller. Ils s'empâtent, ils se mettent à ronfler, ils n'ont plus de vie sexuelle...

Elle haussa un sourcil narquois.

— Si, si, reprit-elle avant qu'Alex ait pu protester. Le mariage est un vrai tue-l'amour. Oh ! Bien sûr, au début, tout n'est que romance et projets d'avenir. Mais la lune de miel ne dure pas. On finit toujours par regretter. Suivez mon conseil, les enfants : commencez par vivre ensemble, à l'essai. Et surtout, pas de compte commun ! Et n'allez pas jeter l'argent par les fenêtres pour une noce qui de toute façon se révélera ratée. Si vous saviez les histoires que j'entends...

— Je me doute, répondit Alex. Toutefois, vous n'entendez que les histoires qui ont échoué, par définition. Du fait de votre spécialisation... Mes parents sont mariés depuis trente-huit ans et amoureux comme au premier jour.

— C'est une aberration. Qui te dit que tu sais ce qu'il en est réellement ? Bien des couples donnent le change.

— Un amour comme le leur, ça ne se simule pas.

Muriel Hartmann haussa les épaules. Elle ne faisait aucun effort pour masquer son scepticisme. Alex la trouvait déroutante. Elle était belle, à sa manière, mais son regard implacable gâtait tout.

— Tu serais libre pour un brunch dimanche matin ? lui demanda Sasha alors qu'ils sortaient du restaurant.

Si seulement sa mère pouvait dire non...

La prière de la jeune femme fut exaucée : le dimanche, Muriel jouait au golf avec deux amies juges.

— Et demain ? suggéra cependant sa mère. Ah, mais non... Suis-je bête : j'imagine que tu vois ton père et sa greluche.

— Oui.

— Eh bien, bon courage... Bonsoir, Alex. On se voit au mariage.

Elle embrassa froidement sa fille, s'installa derrière le volant de sa Jaguar et démarra.

Alex lâcha un sifflement.

— Elle n'est pas commode, ta mère ! Tu n'as pas dû avoir une enfance facile.

— Elle n'était pas comme ça, avant. Elle n'a juste pas digéré le fait que mon père l'ait quittée. Heureusement que je n'habitais plus avec eux quand ils ont divorcé. Le pire, ç'a été quand papa a rencontré Charlotte. Maman a pété un fusible. Elle n'accepte pas le bonheur de papa. Le fait que Charlotte soit très jeune et, accessoirement, sublime n'a pas dû aider. En plus, elle est tombée enceinte... Bref ! Depuis, ma mère en veut à la terre entière.

— Elle est comme ça même avec ses clientes ?

— Surtout avec ses clientes ! Les femmes qui paient ses services doivent vraiment exécrer leurs maris : maman les taille en pièces. Valentina m'assure qu'elle a encore un cœur... Que tout est la faute de papa...

Sasha secoua la tête, épuisée.

— Désolée de t'infliger ça, Alex. Ça doit te faire bizarre, toi qui as des parents en or.

Alex l'enlaça tendrement.

— On fait avec ce qu'on a.

Ils marchèrent jusqu'à leur hôtel. Alex ne connaissait pas Atlanta, mais il n'avait pas particulièrement envie de faire du tourisme. Sasha, pour sa part, était déjà impatiente de rentrer à New York.

Le lendemain, ils retrouvèrent Steve Hartmann à son country club pour le déjeuner. Le père de Sasha était bel homme et tellement jovial qu'on avait peine à croire qu'il ait pu être l'époux de Muriel pendant vingt-six longues années. Quand ils eurent fini de manger, ils se rendirent à Buckhead, le quartier résidentiel cossu où Steve habitait avec sa jeune épouse et leurs jumelles. Il y possédait une maison de dimensions invraisemblables, flanquée d'une piscine et d'un court de tennis. De vieux chênes bordaient l'allée centrale, donnant à la propriété de faux airs de domaine de Louisiane.

Sur la pelouse, une femme jouait pieds nus avec deux fillettes. Steve gara la voiture et courut l'embrasser. Il avait l'air très épris. Alex et Sasha descendirent de leur véhicule de location et Charlotte se tourna vers eux pour les saluer. Alex et Sasha lâchèrent un petit cri de surprise.

Elle était enceinte.

— Félicitations, Charlotte, lui dit Sasha en s'efforçant de ne pas penser à la scène que ferait sa mère au mariage quand elle serait confrontée à cette nouvelle preuve du bonheur de son ex-mari.

— On est fous de joie, lui avoua fièrement son père.

Charlotte rayonnait.

— C'est pour quand ? demanda Sasha.

— Fin août, répondit la jeune femme avec un accent du Sud prononcé (qui aurait exaspéré Valentina).

— Tu pourras quand même venir au mariage ?

— Les filles sont toutes les deux nées après terme, alors mon médecin n'est pas inquiet.

— Super, répondit Sasha du bout des lèvres.

Pourquoi, mais pourquoi n'avait-elle pas opté pour un mariage à la va-vite à Las Vegas ?

Un domestique en livrée leur servit des biscuits au citron et du thé glacé au bord de la piscine. Les enfants se baignaient sous la surveillance d'une nounou, une Anglaise très professionnelle, sans comparaison avec celles qui avaient élevé Sasha et sa sœur. Pendant leur enfance, une ribambelle d'étudiantes et de filles au pair plus ou moins douées s'étaient relayées pour les garder pendant que leurs parents travaillaient. Charlotte, elle, avait arrêté les shootings immédiatement après son mariage et ses journées se passaient à bronzer, à se faire faire les ongles et à participer à des galas de charité.

Quand elles sortirent de la piscine, les fillettes coururent vers leur grande sœur et la couvrirent de baisers. Elles jouèrent à chat toutes les trois sur la pelouse. Leur mère les couvait d'un œil attendri.

Ils dînèrent sur la terrasse, puis Alex et Sasha rentrèrent se coucher. La jeune femme n'avait qu'une envie : retrouver le loft et ses amis. Elle avait passé un bon moment chez son père, mais ils n'avaient rien en commun et manquaient rapidement de sujets de conversation ; contrairement aux parents d'Alex, il ignorait tout de la médecine et ne s'y intéressait pas vraiment.

— Merci pour ton soutien, glissa-t-elle à Alex sur le chemin de leur hôtel. Et pour ta patience.

— Ton père n'est pas un mauvais bougre. Il est un peu cliché, peut-être. Mais il a bon fond.

Sasha opina. Elle regrettait seulement que sa nouvelle épouse et lui se cantonnent à la surface des choses. Chez eux, on ne jurait pas, on ne se plaignait pas, et

jamais au grand jamais on ne parlait des difficultés.
C'était un peu artificiel.

— Ma mère va faire une syncope quand elle verra
Charlotte enceinte.

— Ça fait huit ans qu'elle a divorcé, non ? Il faut
qu'elle tourne la page…

À l'hôtel, Sasha échangea leurs billets de retour
contre un vol en début de matinée. Elle ne respira
réellement que le lendemain, lorsque l'avion atterrit
à New York.

— Ouf ! Une bonne chose de faite, lâcha-t-elle.

— Je peux te demander une faveur, Sasha ? Le jour
du mariage… ne me laisse pas seul avec ta mère.

La jeune femme pouffa.

— Je ne te ferai jamais un coup pareil, promis. Mais
attention : j'en attends autant de ta part !

Au moment où les fiancés franchissaient le seuil du
loft, Morgan marchait le long de l'Hudson, broyant
du noir. Elle ne voulait pas de ce bébé. Et pourtant…
malgré elle, elle s'était senti une responsabilité envers
lui. Il n'avait rien demandé à personne. Et puis, ce
n'était pas comme si elle avait quinze ans… Elle avait
un logement, de l'argent de côté…

Elle allait garder l'enfant.

En revanche, elle ne pouvait pardonner à Max le
chantage qu'il lui avait fait subir. Leur relation était
terminée. Il y avait mis fin lorsqu'il avait fait passer un
embryon non désiré avant le bien-être et la volonté de
la femme qu'il prétendait aimer. Au fond, il ne l'aimait
pas vraiment.

Elle ne l'empêcherait pas de voir le petit. Quand il serait assez grand, ils pourraient même en avoir la garde partagée. Mais pour ce qui était de se remettre ensemble... c'était non. Il ne pouvait en être question.

Morgan lui avait dit tout ce qu'elle avait sur le cœur dans une lettre qu'elle avait postée dans la matinée.

Elle marcha longtemps, seule, au bord de l'eau.

21

Les jours passèrent sans que Morgan revienne sur sa décision. Elle ne voulait plus entendre parler de Max. Elle lui fit envoyer ses affaires au restau. Il avait beau la harceler d'appels, elle restait inflexible. Il l'avait rejetée quand elle lui avait fait part de son envie d'avorter : c'était son tour, à présent, de se heurter à un mur. De se sentir abandonné et impuissant.

En désespoir de cause, il téléphona à Sasha.

— Il faut que tu lui parles, lui conseilla-t-elle.

— Elle dit que je l'ai trahie. Que je me fous pas mal d'elle, que tout ce qui compte pour moi, c'est le petit… Mais c'est faux : je l'aime !

— Tu n'as pas été très délicat.

— Il faut absolument que je la voie !

— Ah ? Et tu étais où, ces quatre dernières semaines, quand elle cherchait désespérément à te joindre ?

— J'espérais que mon silence lui laisserait l'occasion de réfléchir. De changer d'avis. Mais je n'ai jamais eu l'intention de rompre avec elle…

— Arrête, Max. Tu lui as dit que, si elle choisissait l'IVG, tout serait fini entre vous.

— OK. J'ai merdé. Mais aide-moi, Sasha, je t'en prie. C'est un tel gâchis, cette histoire.

— Je ne te le fais pas dire…

Sasha soupira.

— Je pense que Morgan a besoin de temps.

— J'ai envie d'être à ses côtés. De la soutenir, de l'aider.

— C'est vrai qu'elle en aurait bien besoin. Entre le scandale à son boulot et cette grossesse non planifiée, elle est paumée.

Morgan se réfugiait dans le mutisme. Elle dormait beaucoup, se promenait longuement, en solitaire ; à part ça elle ne faisait pas grand-chose. Physiquement, elle se sentait mieux, mais elle déprimait. Quand ils dînaient tous ensemble le dimanche soir – sans Max, bien sûr, qu'Oliver avait dû remplacer aux fourneaux –, elle desserrait à peine les mâchoires. Évidemment, ça plombait l'ambiance…

Dans un premier temps, elle ne fit part à personne de sa résolution de garder l'enfant. Elle en parlerait quand cela se verrait. Elle n'avait aucune envie de simuler vis-à-vis d'autrui l'excitation et l'allégresse. Elle ne s'épancha qu'auprès de son frère, qui lui promit de garder le secret. Morgan était en deuil. De son indépendance. De Max. De sa carrière.

Elle contacta un avocat, qui servit d'intermédiaire entre elle et Max pour négocier les futurs droits de visite du père. Pour le jeune homme, ce fut une douche froide, mais, quand Morgan prenait une décision, elle s'y tenait.

Effondré, Max tenta de faire intercéder Oliver en sa faveur.

— Tu sais, quand ma sœur a une idée en tête, elle ne l'a pas ailleurs, l'avertit ce dernier.

Il lui conseilla d'attendre la naissance du petit. Alors, peut-être, elle se radoucirait. Cependant, Max devenait fou à l'idée de demeurer cinq mois dans l'incertitude. Il ne parvenait plus à se concentrer sur son travail. Il était nerveux, parlait sèchement à ses employés, était moins efficace en cuisine. Morgan et le bébé l'obsédaient.

Il possédait bien un double de la clé du loft, mais il n'osa pas s'en servir, sachant qu'une telle initiative se retournerait contre lui. Peut-être même que Morgan déposerait une main courante. Elle en était capable.

Attendre, et espérer. C'était tout ce qu'il lui restait à faire.

Les prototypes arrivèrent d'Italie la première semaine d'avril. Lorsqu'elle les déballa, Claire piailla de joie et se mit à danser dans sa chambre : ils étaient sublimes. Sa mère riait aux larmes. Avec des modèles aussi réussis, le salon à Las Vegas promettait d'être un franc succès.

Elles embauchèrent une stagiaire pour les aider lors de l'événement. Avec la permission de Sasha et de Morgan, elles transformèrent l'ancienne chambre d'Abby en réserve. Les cartons s'empilaient dans toute la pièce. Peu avant de prendre l'avion, elles engagèrent un mannequin spécialisé pour les essayages. Verdict : les souliers lui allaient comme un gant, les talons étaient stables ; l'ensemble de la collection était remarquablement confortable.

Claire loua deux chambres au MCM Grand, l'hôtel de Las Vegas le plus proche du centre de congrès où se tenait le salon : une pour elle et sa mère, l'autre pour Claudia, la stagiaire. La veille de l'ouverture, elles arrangèrent leur stand, disposant les modèles avec soin.

Le jour J, leurs efforts furent récompensés : les prototypes retinrent l'attention de plusieurs grands magasins et chaînes de distribution. Claire renseigna avec
empressement les acheteurs potentiels. Le *hic*, c'était
leurs capacités de production : pour cette première
collection, Claire Kelly Design ne pourrait fournir
que quelques distributeurs. Cependant, si les produits
se vendaient bien, et si l'intérêt pour sa collection se
maintenait, la marque élargirait son champ d'opération
à la saison prochaine.

Le deuxième jour du salon, Claire connut un moment
de pure jouissance. Elle aperçut Walter à quelques
stands du sien. Il s'avança avec une allure qui se voulait nonchalante et lorgna les créations de son ancienne
employée. Après avoir longuement tergiversé, il daigna
lui adresser la parole.

— Vous travaillez pour qui ? lui demanda-t-il sur
un ton revêche.

Avec un sourire triomphant, Claire lui indiqua le logo
de la marque. Le vieux en resta comme deux ronds
de flan.

— Et vos fabricants ?

— Des Italiens, lui répondit la jeune femme, laconique.

Sur ce, elle tourna le dos à son ancien patron afin de
se consacrer à un client, un homme qui avait déjà admiré
ses chaussures la veille et qui désirait maintenant passer
commande. Walter s'éloigna en traînant les pieds.

Les commandes s'amoncelèrent toute la semaine
durant. Le salon était un franc succès, et Claire et sa
mère décidèrent de prolonger le contrat de Claudia.

— Tu te rends compte qu'à l'automne prochain nos
bébés trôneront sur les étals de plusieurs grands magasins ? s'exclama Sarah, euphorique.

— Oui, c'est incroyable. Merci, maman. Je te dois tellement.

Mère et fille s'étreignirent, puis elles remballèrent leurs prototypes et reprirent l'avion pour New York. Elles avaient du pain sur la planche !

Le mois de mai arriva. Morgan était à présent enceinte de quatre mois et cela commençait à se voir. Elle n'en avait pas encore parlé à Claire ; seuls Sasha et son frère étaient au courant. Claire savait bien que Max et Morgan avaient rompu, mais elle ignorait pourquoi. Et plus le temps passait, plus la jeune femme éprouvait des réticences à annoncer sa grossesse…

Morgan n'avait pas adressé la parole à Max depuis deux mois. Un jour, n'y tenant plus, il l'attendit au pied de son immeuble. Il fit le pied de grue sur le trottoir pendant plusieurs heures. Enfin, elle sortit pour se rendre à son cours de yoga.

À sa vue, elle sursauta et voulut se réfugier dans le sas de l'immeuble, mais il la retint par le bras.

— Morgan, attends ! Parle-moi. C'est trop bête…

Il avait les yeux caves et le teint cireux. Il ne dormait plus depuis des semaines.

— Je n'ai rien à te dire, lâcha-t-elle. Tout est fini entre nous.

— Je t'aime, Morgan. Je veux élever cet enfant à tes côtés.

— Tu m'aimes ? Tu ne disais pas la même chose quand je voulais avorter. Ce que tu voulais, c'était un bébé. Tu l'auras, mais c'est tout. Mon avocate te contactera pour établir un programme de gardes. Toi et moi, c'est terminé.

— Pardon, Morgan. J'ai été idiot. Je... J'étais bouleversé. Je ne t'aurais jamais quittée.

— Tu as ignoré mes appels pendant trois semaines. Alors que j'étais complètement paumée et que j'aurais eu besoin de toi. Mais tu n'en avais rien à faire. Tu m'as laissée tomber !

— Je sais. J'ai eu tort. Je te demande pardon, Morgan.

Il lui posa la question qui le taraudait depuis un mois.

— Qu'est-ce qui t'a fait changer d'avis ? Pourquoi tu gardes le bébé ?

Elle hésita à lui répondre. Ça ne le regardait pas.

— Je ne sais pas. Je n'arrêtais pas de repousser la date de l'IVG. J'ai fini par comprendre que c'était un acte manqué. Je n'assumais pas de... de sauter le pas.

— Vraiment ? Alors... tu es contente ?

— Loin de là ! se récria Morgan avec sa franchise coutumière. Je n'ai jamais désiré ce bébé. Ce que je voulais, c'était toi, et toi seul. Maintenant, me voici au chômage et future mère célibataire d'un enfant conçu par accident. Ce n'est pas ce que j'avais prévu, figure-toi.

— Je suis toujours là, murmura Max.

Il avait les larmes aux yeux. Alors que Morgan se détournait, elle sentit sa main se poser doucement sur son épaule.

— J'ai déconné, Morgan. Je le regrette tellement. Si je peux faire quoi que ce soit pour réparer...

— Non. Tu ne peux rien faire. Et moi non plus, à part mon devoir : élever cet enfant du mieux que je pourrai.

— Tu sais, il paraît que c'est attachant, ces petites bêtes. Tu pourrais être surprise.

— J'en doute. Bon, je suis en retard. Je te laisse.

Il lui barra le passage.

— Morgan. Je t'en supplie. Donne-nous une seconde chance. Si tu ne me hais pas…

— Je ne te hais pas.

— C'est un début ! Est-ce qu'on ne pourrait pas…

Il s'interrompit. Morgan grimaçait de douleur.

— Qu'est-ce qu'il y a ?

— Rien, mentit-elle.

Mais la douleur la reprit, et elle poussa un petit cri.

— Tu as mal au ventre ?

Elle hocha la tête.

— Ce n'est rien, je te dis.

Elle fit demi-tour pour regagner le loft. Max la suivit et lui attrapa le bras pour la soutenir. Elle n'eut pas la force de protester.

Parvenue au quatrième étage, elle se rendit aux toilettes. Quand elle en ressortit, elle était livide.

— Je saigne, déclara-t-elle d'une toute petite voix.

— Je t'emmène à l'hosto.

Morgan opina faiblement. Elle faisait une fausse couche, elle en était persuadée. Tant mieux… Ce serait la solution à ses problèmes. Pourtant, une étrange tristesse sourdait en elle.

Elle s'appuya sur Max pour descendre les quatre étages. Dans la rue, elle dut s'arrêter deux fois, assaillie par de violentes contractions. Il lui semblait que les saignements s'aggravaient. Max héla un taxi et lui tint la main pendant tout le trajet. De l'autre, il téléphona à Sasha.

Lorsqu'ils arrivèrent aux urgences gynécologiques, elle les attendait.

— Tu veux que quelqu'un d'autre t'examine ? demanda Sasha à son amie en l'installant dans la salle d'auscultation.

Morgan fit non de la tête. Puis elle se mit à pleurer.

— C'est ma faute, murmura-t-elle. C'est parce que je ne voulais pas du bébé.

— Ne dis pas n'importe quoi, la gronda gentiment Sasha. Et, d'après ce que je constate, le saignement n'est pas très abondant. On va pratiquer une échographie, d'accord ?

Morgan acquiesça. Le bébé bougea juste à cet instant. Depuis quelques jours, elle parvenait à discerner ses mouvements. C'était une sensation étrange. Comme le battement d'ailes d'une nuée de papillons.

Sasha la fit asseoir dans un fauteuil roulant et la poussa jusque dans le couloir. Max leur fondit dessus.

— Alors ? s'enquit-il, fou d'angoisse.

— Il est trop tôt pour se prononcer, l'informa Sasha.

Un médecin procéda à l'échographie. Quand la sonde passa sur le ventre tendu de Morgan, l'image du bébé apparut à l'écran. Il suçait tranquillement son pouce.

— Il y a un petit hématome dans la région du col, expliqua le médecin. C'est sans doute la raison des saignements.

— C'est assez fréquent en début de grossesse, ajouta Sasha. On appelle ça le *spotting*. C'est sans gravité.

— Je fais du yoga tous les jours, avoua Morgan. Vous pensez que c'est trop ?

Le médecin fronça les sourcils.

— Oui, il va falloir lever le pied, madame. Un peu de repos, et tout ira bien.

Morgan sanglotait à chaudes larmes.

— J'ai cru que je l'avais tué !

— Tout va bien, ma belle, lui assura Sasha.

— J'ai eu si peur ! Je ne veux pas le perdre.

— Et Max ? On le laisse entrer ?

Morgan hésita un instant, puis répondit :

— OK.

Sur son écran, le médecin agrandit l'image pour le futur papa. Le bébé suçait encore son pouce. Max en perdit tous ses moyens.

— Je t'aime tellement, déclara-t-il à Morgan. Je te demande pardon de m'être comporté comme un salaud.

— Je t'aime aussi, lui répondit Morgan, se surprenant elle-même.

— Hum, fit le médecin. Navré de vous interrompre, mais souhaitez-vous connaître le sexe de votre enfant ?

Riant à travers leurs larmes, Max et Morgan hochèrent la tête à l'unisson.

Sasha désigna une ombre à l'écran.

— Prêts ? C'est un garçon ! leur annonça-t-elle.

Un grand sourire aux lèvres, Max se pencha et embrassa Morgan. Elle lui sourit. À les voir ainsi, on n'aurait jamais deviné qu'ils sortaient de deux mois de rupture.

— Et n'oublie pas : zéro sport ces quinze prochains jours ! rappela Sasha à son amie quand celle-ci se fut rhabillée. D'ailleurs, si vous pouviez éviter de vous réconcilier sur l'oreiller, je crois que le bébé apprécierait.

Sur ces dernières mises en garde, elle tendit aux futurs parents deux exemplaires de l'échographie. Morgan et Max se répandirent en remerciements et rentrèrent au loft, ensemble.

En l'espace de quelques heures, tout avait basculé.

Morgan se sentait désormais en paix. Sa dispute avec Max lui apparaissait comme une peccadille depuis qu'elle avait failli perdre son enfant. Elle passa le restant de la journée au calme, avec lui, à l'appartement.

— Est-ce que tu accepterais de revenir m'aider au restau ? demanda Max timidement au bout de quelque temps. C'est le souk dans les comptes depuis ton départ.

— Je m'en doute. T'es nul en maths. Qu'est-ce que tu ferais sans moi ?

Il rit, penaud, et ils s'embrassèrent. Mais soudain, elle se dégagea.

— Max, je te préviens, je ne t'épouserai pas ! Le bébé, je veux bien, mais je m'arrête là.

— Tout ce que tu veux, ma chérie… Euh, par contre, on pourrait peut-être emménager ensemble ?

Morgan le regarda, songeuse.

— Hum, c'est vrai que ça simplifierait les choses avec le petit… Accordé. Mais pas de mariage, je le répète ! Ça gâcherait tout.

— Tu es cinglée, Morgan. Je t'adore. Je te propose un marché : on se mariera pour fêter la naissance de notre dixième enfant.

— Chiche !

Tandis qu'ils plaisantaient de la sorte, Morgan prenait conscience qu'à son tour elle allait quitter le loft. Max avait raison : cela s'imposait. Elle ne pouvait pas infliger les hurlements d'un nourrisson à Claire et à sa mère. De plus, puisqu'ils se décidaient à fonder une famille, Max et elle avaient besoin d'un endroit à eux.

Lorsque Claire et Sarah rentrèrent, peu après, elles marquèrent un temps d'arrêt sur le seuil, surprises par la présence de Max. Les mots se bousculèrent hors de la bouche de Morgan.

— On va avoir un bébé !

— Un garçon, précisa Max.

Claire et Sarah ouvrirent de grands yeux. La première allait réagir quand Morgan la coupa :

— Je sais ce que tu penses, Claire, et la réponse est : non, on ne va pas se marier !

Claire éclata de rire.

— Tu es impayable, Morgan. Félicitations !

Même si Claire se réjouissait sincèrement pour ses amis, elle accueillit la nouvelle avec un pincement au cœur. Abby était partie et ne reviendrait peut-être pas. Sasha allait se marier en juin. Morgan, dont le terme était en octobre, emménagerait certainement avec Max.

Selon toute vraisemblance, l'ère du loft touchait à sa fin.

22

La date du mariage se rapprochait inéluctablement, et Prunella faisait tourner Sasha en bourrique, mais au moins les préparatifs avançaient-ils. Les invitations, un chef-d'œuvre de raffinement, étaient parties dans les temps. Le menu était au point ; il ne restait plus qu'à comparer gâteaux et pièces montées. La question du champagne était réglée : Max le leur offrait en guise de cadeau de mariage. Un photographe professionnel avait été sélectionné (« Il fait aussi des vidéos, avait argué Prunella. De nos jours, c'est indispensable ! »). Le linge de table, en lin et dentelle, était réservé ; quant à la vaisselle, le traiteur fournissait en ce domaine des prestations de qualité. Enfin, Prunella avait repéré une petite chapelle non loin de l'appartement en toit terrasse où se tiendrait la noce ; la cérémonie religieuse aurait lieu à dix-huit heures.

Sasha était recrue de fatigue. Alex et elle n'avaient pas eu un week-end de libre depuis leur escapade à Atlanta. Heureusement, elle avait trouvé sa robe sans la moindre difficulté, alors qu'elle feuilletait distraitement un magazine qui traînait dans la salle de garde. Le modèle était en satin, agrémenté d'un voile ravissant et d'une longue traîne de dentelle qu'elle pourrait ôter sur la piste de danse. Comme elle manquait de temps pour se livrer aux essayages, Valentina se dévoua et s'y rendit à sa place. Les photos qu'elle lui envoya suffirent à la convaincre : c'était *la* robe. Sa jumelle la trouvait ennuyeuse comme la pluie, mais Sasha s'en contrefichait !

« C'est pas très sexy, avait déclaré Valentina. Trouve-toi un truc fendu, ou au moins décolleté ! »

Mais la robe correspondait exactement aux envies de Sasha. Un petit bouquet de muguet compléterait son look. Pour les demoiselles d'honneur, elle avait choisi un modèle beige à fines bretelles (au grand dam de Valentina, qui aurait préféré du rouge) et des orchidées. Les hommes porteraient le smoking et Alex avait opté pour un costume trois pièces blanc. La mère du marié serait en bleu marine et Muriel soit en vert émeraude, soit en doré.

Mi-mai arriva. Incroyable mais vrai : ils étaient dans les temps. Prunella s'était révélée aussi efficace que pénible. Ce qui n'empêchait pas la pression de monter à l'approche du grand jour. Tant de détails pouvaient déraper ! « Je contrôle la situation », répétait inlassablement Prunella. Sasha tâchait de s'en remettre à elle.

Les colocs de Sasha organisèrent son enterrement de vie de jeune fille. Comme elle ne pouvait s'absenter un week-end entier, elles durent se contenter d'un dîner dans le quartier de SoHo. Vêtue d'une petite robe noire sexy qu'elle étrennait (elle l'avait achetée en vue de la répétition du mariage), elle était resplendissante. Ses cheveux, bien que courts, avaient retrouvé leur teinte miel naturelle. Alex fit la fête de son côté dans une boîte de nuit prisée de Manhattan.

Abby s'était déplacée exprès. Elle profita de l'occasion pour faire à ses amies une révélation : Josh et elle sortaient ensemble. Elle avait même rencontré ses fils et elle les adorait. Morgan lui parla du bébé à naître ; son embonpoint commençait à se voir ! En parallèle des préparatifs du mariage, Sasha et Alex cherchaient un appart', tout comme Morgan et Max. Sasha, enfin, avait pris une grande décision : elle finirait son internat à New York, puis ils déménageraient à Chicago pour se rapprocher de la famille d'Alex.

— On va se sentir bien seules, toutes les deux, cet été, glissa Claire à sa mère. Tout le monde déserte !

Sa mère se mordit la lèvre.

— Justement, murmura-t-elle. Je voulais t'en parler…

Elle prit la main de sa fille, la mine penaude.

— Tu n'as plus besoin de moi, chérie. Tu as toutes les compétences nécessaires pour continuer l'aventure toute seule, et tu as Claudia, aussi. Je me suis bien amusée, et je ne t'en remercierai jamais assez. Mais je crois qu'il est temps pour moi de rentrer.

— Rentrer où ? À San Francisco ?

— Oui. J'ai discuté avec ton père. Il est prêt à poursuivre ses efforts. Il n'a pas bu une goutte d'alcool depuis deux mois. Il a envie de voyager. Notre relation n'est pas parfaite, mais il reste mon mari, et… je l'aime. J'ai envie de nous donner une seconde chance.

Claire était tiraillée entre la joie et la peine. Sa mère lui avait été d'un immense soutien en cette période de transition et elle allait beaucoup lui manquer. Elle ne se voyait pas vivre seule au loft. De toute manière, elle n'en aurait pas les moyens.

— Tu pars quand ? lui demanda-t-elle.

— Dans un mois, après le mariage.

Les yeux de Sarah pétillaient de joie depuis qu'elle avait parlé de raviver la flamme de sa relation avec

Jim. Claire opina et sourit jusqu'aux oreilles. Comment aurait-elle pu ne pas se réjouir pour sa mère ?

— Tu sais, tu devrais recommencer à sortir, toi aussi, conclut celle-ci.

Claire se crispa. Elle ne se sentait pas prête. Près de six mois s'étaient écoulés depuis sa rupture avec George. Mais la souffrance était encore là, et la jeune femme n'avait qu'une envie : bosser, bosser, et bosser encore.

Et pourtant… Si son père était capable de remonter la pente après tant d'années, pourquoi pas elle ?

Claire et Sarah allèrent se coucher dans un état d'esprit pensif, ce soir-là.

— Merci pour tout, maman, souffla Claire avant d'éteindre la lumière. Je n'y serais jamais arrivée sans toi.

— Je n'ai fait qu'accomplir mon devoir de mère, ma chérie.

Elle embrassa la jeune femme sur la joue. Lorsque Claire s'endormit, elle se sentait aussi en sécurité qu'une petite fille.

23

Le jour du dîner de répétition, Sasha et ses demoiselles d'honneur se firent faire manucures et pédicures dans un salon de beauté recommandé par Valentina. Sasha, qui avait confié sa chevelure à une coiffeuse, arborait un joli carré plongeant. Sa robe noire sortait du pressing, et l'agence de voyages venait de confirmer les réservations pour la lune de miel à Paris. Tout était fin prêt.

Alors que les filles bavardaient gaiement entre elles, Sasha reçut un appel de son père. Elle savait qu'il devait arriver à New York dans la matinée avec femme et enfants (et nounou). Muriel, elle, serait là cet après-midi. Quant aux Scott, ils avaient atterri la veille.

— Papa ? Tout va bien ? demanda Sasha, surprise par l'appel de Steve.

— On a un souci.

— Quoi ?

— Charlotte a des contractions. Et ce n'est pas du faux travail. Je crois bien qu'elle est en train d'accoucher… Elle n'en est qu'à sept mois de grossesse !

— Quoi ! s'exclama la jeune femme en état d'alerte. Vous avez appelé son médecin ?

— Oui, mais que veux-tu qu'elle fasse à distance ?

— Les contractions sont rapprochées ?

— Toutes les cinq minutes.

— Allez au NYU Hospital. Je vais appeler un confrère.

— Et toi ? Tu ne peux pas t'en charger ?

— Euh… Charlotte n'y verrait pas d'inconvénient ?

— Au contraire. Tu es occupée, là ?

Sasha se mordit la langue. « Occupée » ? La veille de son mariage ? Alors qu'elle organisait un dîner pour cent convives le soir même ? Ben voyons !

— Je peux être à l'hôpital dans vingt minutes.

Sur ses ongles, le vernis rose poudre n'avait pas fini de sécher, mais tant pis. Dans la vie, il y avait des priorités à respecter. La jeune femme était médecin avant tout.

— Charlotte a un problème. Apparemment, elle est en train d'accoucher avec deux mois d'avance. J'ai promis mon aide à mon père.

— Ah, je ne savais pas qu'elle était en cloque, lâcha Morgan.

— Si.

— Ta mère est au courant ? s'enquit Claire.

— Pas encore…

Sasha quitta le salon de beauté en quatrième vitesse et bondit dans un taxi. Dix minutes plus tard, elle enfilait sa blouse et ses Crocs, prête à agir. Elle installa sa belle-mère dans un fauteuil – Charlotte se tordait de douleur.

— T'es là, toi ? s'étonna Sally, l'infirmière, en avisant Sasha. T'es pas censée te marier ?

— C'est demain. Je m'ennuyais ; il n'y avait rien à la télé.

Charlotte se mit à pleurer. Elle avait l'air terrifiée.

— Les petites sont bien nées après terme ? lui demanda calmement Sasha.

— Oui.

— Qu'est-ce que tu as fait aujourd'hui ? Tu as porté quelque chose de lourd ?

— Non… Enfin, si. J'ai pris Lizzie dans mes bras. Mais pas longtemps. Et elle est légère comme une plume.

Charlotte était jeune et en bonne santé : cela n'aurait pas dû avoir d'impact.

— Désolée d'être indiscrète, reprit Sasha en évitant de croiser le regard de son père, mais… vous avez eu des rapports récemment ?

Charlotte rougit jusqu'aux oreilles.

— Tu crois que ça a pu… ?

Steve toussota nerveusement.

— Ce n'est pas exclu, répondit Sasha. L'orgasme féminin peut parfois déclencher des contractions utérines. On va regarder tout ça.

Charlotte saignait, mais la poche des eaux était intacte et le col n'était pas dilaté. Bon. Le pire semblait avoir été évité.

— Attention, cela ne signifie pas que tu sois tirée d'affaire, avertit Sasha. Si tu veux bien, Charlotte, je vais te faire une injection pour tenter de mettre un terme à tes contractions. Et tu vas devoir rester alitée quelques jours, par mesure de précaution.

— Mais je ne veux pas rater ton mariage !

— Tu préfères quoi : manger de la pièce montée et accoucher deux mois trop tôt, ou rater la fête et donner naissance à un beau bébé en pleine santé dans huit semaines ?

Charlotte baissa la tête.

— Dommage… J'avais acheté une super robe pour demain.

— Allez, vite, Sasha, intervint Steve. Fais-lui l'injection.

Il serrait la main de sa femme. Une infirmière lui fit entendre le cœur du bébé : il battait normalement. À l'échographie, l'enfant se révéla même plutôt robuste.

Sasha regagna le bureau des infirmières.

— En fait, t'es accro au boulot, c'est ça ? la taquina Sally.

Sasha consulta l'horloge : il était déjà dix-sept heures. Elle passa un coup de fil à Alex, puis retourna prendre des nouvelles de sa belle-mère. Ses contractions commençaient à s'espacer. Dans le doute, la jeune interne s'attarda à la maternité et administra une nouvelle injection à Charlotte. Vers dix-neuf heures, elle songea qu'il fallait qu'elle y aille. Elle aurait tout juste le temps de rentrer chez elle pour se changer et d'arriver à l'heure au dîner. Mais son père était dans un tel état de nerfs que Sasha resta encore.

Il était vingt heures quand les contractions cessèrent tout à fait. Charlotte, à qui on avait administré un sédatif, dormait. Sasha conseilla à son père de rentrer à l'hôtel : elle allait garder Charlotte pour la nuit.

— Je ne veux pas la laisser seule, répondit Steve.

Sasha hocha la tête.

— Je suis désolé de rater ton dîner, mais je te promets d'être là demain pour te conduire jusqu'à l'autel.

Sasha releva ses SMS. Alex essayait de la joindre depuis trois quarts d'heure. Il était vingt heures trente. Elle n'avait plus le temps de rentrer se changer. Qu'à cela ne tienne : elle irait telle qu'elle était. Et si elle courait, elle arriverait pile à l'heure pour le service.

— Tu m'appelles s'il y a quoi que ce soit ! lança-t-elle à son père avant de filer.

Ses Crocs aux pieds, elle déboula sur le trottoir et sauta dans un taxi.

— C'est une urgence ! dit-elle au chauffeur.

Il démarra sur les chapeaux de roue.

La fausse alerte avait au moins eu un mérite : la confrontation tant redoutée entre Muriel et Charlotte n'aurait pas lieu.

Le taxi s'arrêta devant le Metropolitan Club ; Sasha tendit un billet au chauffeur, puis sortit et s'engouffra dans le hall au pas de course. Elle faillit plaisanter avec le portier au sujet de sa tenue (« Je suis le médecin. Où est le blessé ? »), mais se ravisa : ce n'était pas le moment.

Lorsqu'elle pénétra dans la salle pleine de fleurs et de convives endimanchés, elle eut conscience de faire tache, avec sa blouse et ses sabots. Mais cela valait mieux que d'arriver à vingt-deux heures, non ? Alex, l'apercevant, écarquilla les yeux. Sasha alla immédiatement présenter ses excuses à sa belle-mère.

— Je suis confuse, Helen. La femme de mon père avait des contractions. J'arrive directement de l'hôpital, je n'ai pas eu le temps de me changer…

— Ne t'inquiète pas, ma chère Sasha. Tu es rayonnante, comme toujours. Et ta coupe te va à ravir. L'épouse de ton père va bien ?

— Oui, c'était une fausse alerte.

Alex s'était approché et la regardait, toujours aussi perplexe. L'entrée fracassante de sa fiancée l'avait sonné.

— Tu n'avais vraiment rien d'autre à te mettre, Sasha ?

— Si : un short en jean. Mais je ne suis pas sûre que tu aurais préféré… Je te demande pardon, Alex. Charlotte menaçait d'accoucher prématurément…

— Et ton père t'a appelée, toi ? La veille du mariage ?

— Ils ne connaissent personne à New York…

— Ils auraient pu aller aux urgences, comme tout le monde.

— Je sais. Mais je suis là, c'est ce qui compte, non ? Et vois le bon côté des choses : comme Charlotte est au repos forcé, on évitera l'esclandre avec maman demain.

Alex sourit.

— Ah, pas mal, en effet… Excuse acceptée.

Les invités, cependant, s'impatientaient. Alex prit Sasha par la main et l'entraîna sur l'estrade. La jeune femme s'empara du micro.

— Bonsoir à tous, lança-t-elle à l'assemblée. Pardon pour le retard. Pour ceux qui ne me connaissent pas, je suis le docteur Hartmann. Jusqu'à demain, du moins ! Mes amis vous confirmeront que cette blouse est la seule tenue que je possède. Mais ne vous inquiétez pas : ma sœur me prêtera une belle robe pour la cérémonie de demain.

Le public rit de bon cœur. Alex remercia ses parents pour le dîner, et le couple alla s'asseoir à la table d'honneur.

— Tu plaisantais, j'espère ? susurra Alex à l'oreille de Sasha.

— Quand ça ?

— Quand tu as parlé de la robe. Ce n'est pas Val qui l'a choisie, si ?

Sasha eut un petit rire malicieux.

— Tu verras bien, mon chéri !

Valentina portait ce soir-là une robe en lamé or particulièrement spectaculaire. Bert était fier comme

Artaban. Il y avait de quoi : personne n'aurait misé un kopeck sur sa présence au mariage. En règle générale, les relations de Valentina étaient de bien plus courte durée.

Sitôt le repas terminé, Muriel fondit sur sa fille comme un aigle sur sa proie.

— Qu'est-ce que c'est que cette tenue, Sasha ?

— J'ai été retenu à l'hosto, marmonna la jeune femme. Une urgence.

Muriel tourna les talons et s'éloigna en secouant la tête, atterrée. Elle n'avait pas dit un seul mot gentil à sa fille de toute la soirée.

Le jeune couple écouta ses témoins et amis se livrer à l'exercice des discours. Celui des colocataires de Sasha se révéla particulièrement touchant. Et Ben ne fut pas en reste.

La soirée s'acheva et chacun rentra chez soi.

Alex et Sasha avaient décidé de dormir séparément. Ils s'embrassèrent tendrement. Puis Sasha appela l'hôpital : Charlotte récupérait ; il n'y avait plus rien à craindre ni pour elle ni pour le bébé.

Enfin, la future Mme Scott rentra au loft de Hell's Kitchen pour y passer sa dernière nuit de célibataire auprès de ses meilleures amies.

24

Au matin du grand jour, le soleil inondait l'azur de sa lumière dorée. La température s'annonçait idéale.

Cela n'empêcha pas Sasha de stresser toute la journée.

À quinze heures, la coiffeuse arriva au loft pour réaliser son brushing. La maquilleuse prit le relais une heure plus tard. Sarah prépara des sandwichs, mais la mariée avait l'estomac noué et ne put en avaler une seule bouchée.

Muriel avait proposé de passer « aider » sa fille, mais celle-ci avait refusé : elle était bien assez tendue comme ça. Valentina, en revanche, lui tint compagnie tout l'après-midi.

Elle avait dit vrai, trois mois plus tôt, à son retour de l'Arizona. Elle avait changé. Bien sûr, elle faisait jaser la presse à ragots en exhibant fièrement son compagnon dans les soirées mondaines, mais elle paraissait néanmoins assagie, ayant moins à cœur de choquer les gens autour d'elle.

Vint le moment d'enfiler la robe. Valentina, Claire et les autres en soulevèrent délicatement l'étoffe et aidèrent Sasha à la mettre tout en prenant soin de ne pas la décoiffer. La coiffeuse fixa son voile, que Sasha dut bientôt retirer pour répondre au téléphone. C'était Alex qui voulait s'assurer que les préparatifs se déroulaient comme prévu et lui rappeler... qu'il l'aimait.

Conformément à la tradition, la mariée devait porter sur elle « un objet neuf, un objet ancien, un objet bleu et un objet d'emprunt ». La robe joua le rôle de l'objet neuf. L'objet ancien était un mouchoir en dentelle qui avait appartenu à sa grand-mère et qui entourait son bouquet. Valentina lui avait offert des dessous myosotis, et la mère de Claire lui prêta son collier de perles. L'espace d'un instant, Sasha regretta presque d'avoir envoyé promener la sienne, avant de se raviser : Muriel aurait trouvé le moyen de gâcher ces moments uniques par ses remarques acerbes.

Sasha se rendit à l'église à bord de la limousine qu'avait louée son père, galvanisée par l'événement qui s'annonçait. Claire, Sarah, Abby et Morgan la suivaient, également en limousine.

Sur place, les témoins d'Alex dirigeaient les invités vers les bancs de l'église, ornés de fleurs blanches. Sasha et ses amies avaient rendez-vous avec Prunella dans le hall du presbytère. La *wedding planner* entreprit de faire aligner les demoiselles d'honneur par ordre de taille : Abby, puis Claire, puis Morgan et, enfin, Valentina. Et elle donna le coup d'envoi.

La procession des demoiselles d'honneur fut suivie d'une courte pause, le temps qu'elles prennent place de part et d'autre de l'autel, où se tenaient déjà les témoins du marié. Enfin, au bras de son père, Sasha fit son entrée. Quand Alex la vit, son cœur s'emballa. Elle était sublime. L'instant était parfait.

Ils échangèrent vœux et alliances ; on les déclara officiellement mari et femme. Alex posa ses lèvres sur celles de Sasha. La suite se déroula dans un tourbillon.

Déjà, on servait le champagne sur l'immense toit terrasse arboré et constellé de bougies. Et voici que les mariés ouvraient le bal.

Un premier miracle se produisit, ce soir-là. Steve pria Muriel de lui accorder une danse, et elle accepta. Avec le sourire. Ils dansèrent comme on enterre la hache de guerre.

Jim, le père de Claire, avait fait le déplacement, pour servir de cavalier à Sarah. La réconciliation entre les époux était en marche… Abby était accompagnée par Josh (qui portait admirablement le smoking) ; ils passèrent la soirée à se faire les yeux doux. Max, enfin, était aux petits soins pour Morgan.

Second prodige de la soirée : Valentina ne commit aucun écart de conduite. Elle se contenta d'admirer son bel amant, Bert, tandis que ce dernier enflammait le dance floor. Il faut dire qu'il avait un sex-appeal hors du commun.

Claire avait été placée à la table de Ben. Après le dîner, ils dansèrent ensemble.

— Pourquoi as-tu choisi de t'installer à Hell's Kitchen ? lui demanda le jeune homme à la faveur d'une pause.

— Parce que j'étais fauchée ! rétorqua Claire en gloussant. D'ailleurs, je le suis toujours. Mais un peu moins…

Elle lui raconta sa passion pour la mode, l'entreprise qu'elle venait de créer, la fabrique en Italie et le salon à Las Vegas. Ben parut impressionné.

— Ça va me faire tout drôle de vivre au loft sans Sasha et les autres, confia Claire au jeune homme.

— Tu n'as jamais habité seule ?

— Non. Et pour tout te dire, je ne suis pas sûre d'en avoir envie. Je dois manquer de maturité.

— Tu connais Chicago ?

— Non, mais je prévois de rendre visite à Sasha et Alex quand ils seront installés.

— Excellente initiative. C'est une super ville. Tu aimes la voile ?

— Tu plaisantes ? J'ai grandi à San Francisco. J'adore ça !

— Fais-moi signe quand tu seras dans le coin. Je t'emmènerai faire un tour sur le lac.

À quelques pas de là, Sasha donna un petit coup de coude à Alex.

— Notre plan fonctionne à merveille ! plaisanta-t-elle.

— Ils sont faits l'un pour l'autre, je l'ai toujours dit.

— Il ne reste plus qu'à attirer Claire à Chicago afin de transformer l'essai.

— Mon frère est un grand garçon. Il peut aussi s'offrir un billet d'avion pour New York. Je me demande s'il lui a déjà parlé de voile…

Muriel les interrompit : elle tenait à leur présenter ses vœux. Pour une fois, elle fut tout sucre, tout miel. Cette soirée était un miracle, vraiment… Elle dansa même avec son gendre, à la stupéfaction de Sasha.

— Ta sœur et Bert, ça semble parti pour durer, finalement, lui glissa Alex un peu plus tard. Tant mieux. Il a l'air de lui faire du bien. Et toi, ma chérie, je t'ai dit tout le bien que tu me faisais ?

— Hum, pas depuis cinq minutes. Je t'écoute…

Il rit et l'embrassa. Du coin de l'œil, Sasha aperçut Prunella. Elle se tenait en retrait, mais elle veillait au grain. Avec sa robe noire digne de Mercredi Addams et sa teinture ridicule, elle n'en avait pas moins accompli sa mission de main de maître.

Oliver et Greg félicitèrent les mariés.

— Je m'amuse comme un petit fou ! affirma Oliver.

— Il n'arrête pas de parler au ventre de sa sœur, râla Greg. Un vrai tonton poule !

Morgan arborait fièrement sa bosse sous sa robe de demoiselle d'honneur. Ces dernières semaines, elle avait opéré un revirement complet sur la question des enfants : tant que Max lui jurait de ne jamais lui demander sa main, elle voulait bien faire tout ce qu'il voudrait.

Entre deux danses, Sasha, Morgan, Claire et Abby s'absorbaient dans leurs souvenirs partagés, se remémorant avec nostalgie l'époque où la colocation était née.

— Qu'est-ce qu'on va faire, si loin les unes des autres ? se désola Sasha.

— Prendre l'avion, tiens ! rétorqua Morgan.

— Josh et moi, on revient dans moins d'un an, leur annonça Abby.

Claire lui sourit avec chaleur. Abby semblait heureuse avec Josh. Finalement, toutes ses amies avaient des copains en or. Loin d'en concevoir de la jalousie, Claire se réjouissait pour elles. En ce qui la concernait, elle avait survécu à sa rupture avec George et en était ressortie plus forte qu'auparavant. Juste à ce moment-là, elle surprit Ben qui la couvait du regard depuis une table voisine…

Ben, encouragé sans nul doute par le sourire que venait de lui adresser Claire, se leva et se dirigea vers elle pour l'entraîner de nouveau sur la piste.

— Alors, tu as décidé quand tu débarquais à Chicago ? la relança-t-il. Tu fais quoi, pour la fête nationale, début juillet ? Si je peux me permettre, les feux d'artifice ont de l'allure, depuis le lac Michigan.

Sasha et Alex coupèrent le gâteau, puis la mariée s'apprêta à jeter le bouquet en l'air (à vrai dire, c'était un bouquet de remplacement fourni discrètement par

Prunella, qui ne voulait pas qu'elle sacrifie le sien).
Toutes les célibataires se groupèrent derrière Sasha.
Alex avait les yeux rivés sur elle : bientôt, il pourrait
emporter sa bien-aimée et l'avoir rien qu'à lui pour le
restant de la nuit.

Elle se percha sur un petit tabouret. Lança le bouquet avec une vigueur inattendue. Il fusa loin au-dessus
de Claire et des autres femmes. Ce fut Greg qui, sans
réfléchir, l'arrêta dans sa course.

Oliver le dévisagea, médusé.

— Désolé, bredouilla le hockeyeur. Déformation
professionnelle !

Galamment, il tendit les fleurs à Claire.

Alex et Sasha prirent congé de leurs amis et partirent
sous une pluie de pétales de rose. Une calèche tirée par
un cheval blanc les emporta en direction du Plaza, où
ils passeraient leur nuit de noces avant de s'envoler
pour Paris, le lendemain matin.

Sasha se retourna une dernière fois. Elle distingua
trois visages : ceux de ses trois amies qui avaient partagé
avec elle le quotidien du grand loft de Hell's Kitchen.
Ses trois meilleures amies… Elles étaient bien accompagnées : Abby et Josh. Morgan et Max. Et Claire,
que Ben tenait par l'épaule. La calèche prit un virage.
Devant Sasha et Alex s'étiraient la Cinquième Avenue
et toute une vie de bonheur à venir.

Le loft resterait à jamais dans leurs cœurs. C'était là
que tout avait commencé. Et les liens qui s'y étaient
tissés ne feraient que se renforcer.

Découvrez dès maintenant
le premier chapitre de

Prisonnière
le nouveau roman de
DANIELLE STEEL

Aux éditions
Presses de la Cité

DANIELLE STEEL

PRISONNIÈRE

ROMAN

Traduit de l'anglais (États-Unis)
par Francine Deroyan

PRESSES
DE LA CITÉ

Titre original :
THE MISTRESS

L'édition originale de cet ouvrage a paru chez Delacorte Press,
Penguin Random House, New York, en 2017.

Ce livre est une œuvre de fiction. Les noms, les personnages, les
lieux et les événements sont le fruit de l'imagination de l'auteur ou
sont utilisés fictivement. Toute ressemblance avec des personnes
réelles, vivantes ou mortes, serait pure coïncidence.

Pocket, une marque d'Univers Poche,
est un éditeur qui s'engage pour la préservation
de l'environnement et qui utilise du papier fabriqué
à partir de bois provenant de forêts gérées
de manière responsable.

Le Code de la propriété intellectuelle n'autorisant, aux termes de l'article
L. 122-5, 2° et 3° a, d'une part, que les « copies ou reproductions strictement réservées à l'usage privé du copiste et non destinées à une utilisation
collective » et, d'autre part, que les analyses et les courtes citations dans
un but d'exemple et d'illustration, « toute représentation ou reproduction
intégrale ou partielle faite sans le consentement de l'auteur ou de ses
ayants droit ou ayants cause est illicite » (art. L. 122-4).
Cette représentation ou reproduction, par quelque procédé que ce soit,
constituerait donc une contrefaçon, sanctionnée par les articles L. 335-2
et suivants du Code de la propriété intellectuelle.

© Danielle Steel, 2017

© Presses de la Cité, un département **place des éditeurs**,
2019 pour la traduction française
ISBN 978-2-258-13513-0
Dépôt légal : mai 2019

À Beatie, Trevor, Todd, Nick, Sam, Victoria,
Vanessa, Maxx, et Zara,
mes chers et merveilleux enfants.
Que vos choix soient les bons,
et, dans le cas contraire,
puissiez-vous avoir la sagesse et le courage
de les modifier.
Puissiez-vous être heureux et sereins,
entourés de bonnes personnes
qui vous aiment et vous traitent bien.
Que vos trajectoires soient aisées,
vos vies emplies de grâces...
Et, surtout, rappelez-vous toujours, toujours,
à quel point je vous aime.

Maman/DS

1

Au crépuscule d'une chaude journée de juin, le *Princess Marina*, un gigantesque yacht, était à l'ancre à la pointe du cap d'Antibes, non loin du mythique Hôtel du Cap. Long de cent cinquante mètres, il trônait à la vue de tous, tandis que les nombreux matelots d'un équipage de soixante-quinze personnes arrosaient et astiquaient ses ponts... Il suffisait aux observateurs de remarquer à quel point les hommes semblaient petits, vus de loin, pour prendre la mesure de l'impressionnante taille du bateau, dont la coque était illuminée de l'intérieur. Les habitués de la Riviera connaissaient tous le nom de ce fabuleux yacht et l'identité de son propriétaire. D'autres bâtiments, également trop massifs pour être amarrés au port, étaient ancrés à proximité. Il n'était en effet pas aisé de manœuvrer ces géants, quelles que soient l'importance de l'équipage ou son habileté.

Le propriétaire du *Princess Marina*, Vladimir Stanislas, possédait trois autres yachts de tailles comparables ancrés en divers endroits du globe, ainsi qu'un magnifique voilier de cent mètres, acheté à un Américain, mais rarement utilisé. Cependant, le *Princess Marina*, baptisé ainsi en l'honneur de sa mère, décédée alors qu'il n'avait que quatorze ans, était son bateau préféré, une exquise île flottante au luxe inouï, dont la construction lui avait coûté une fortune. Quoique Vladimir Stanislas possédât aussi à Saint-Jean-Cap-Ferrat l'une des plus légendaires villas de la Côte d'Azur, rachetée à une célèbre vedette de cinéma, il ne se sentait jamais autant en sécurité qu'en mer... Les cambriolages et attaques à main armée des villas de luxe étaient monnaie courante dans le sud de la France.

Au large, entouré d'un équipage dont les membres étaient formés à la protection rapprochée de haute sécurité et aux pratiques antiterroristes, il était parfaitement serein. Sans compter qu'il disposait de tout un arsenal à bord et d'un système de missiles dernier cri. De plus, il avait la possibilité de se déplacer rapidement, à n'importe quel moment.

Fort des excellentes relations qu'il entretenait depuis son adolescence avec les hommes clés de son pays, Vladimir Stanislas était parvenu, voilà une vingtaine d'années, à la tête du monopole de l'industrie sidérurgique russe. Il avait pour amis les membres les plus éminents du gouvernement, jusqu'au Président lui-même, et fréquentait nombre de chefs d'État. Il avait également investi dans le pétrole et dans d'autres industries. Bref, il était reconnu comme l'un des hommes les plus riches de Russie et même du monde. On estimait sa fortune à quarante ou cinquante milliards de dollars, et, ce, sur la seule base de ses investissements connus.

Vladimir n'avait que quarante-neuf ans. Ce fabuleux yacht qui étincelait dans le crépuscule comme un joyau n'était donc qu'un symbole parmi d'autres de ses puissantes relations et de son habileté en affaires.

L'homme était à la fois admiré et craint. Ce qu'il avait accompli au cours des dix-neuf dernières années lui avait valu la considération et l'envie des hommes d'affaires du monde entier. Il contrôlait aujourd'hui la majeure partie des nouvelles richesses de la Russie. Ceux qui le connaissaient bien et qui avaient conclu des contrats avec lui étaient conscients que l'histoire ne s'arrêterait pas là. L'homme avait la réputation d'être impitoyable et de ne jamais rien pardonner à ses ennemis. Il avait aussi la réputation de toujours obtenir ce qu'il voulait…

Néanmoins, il avait d'autres facettes plus douces : sa récente passion pour l'art et la littérature, son amour de la beauté et sa fidélité envers ses compatriotes. Ses amis, de puissants industriels comme lui, ainsi que ses maîtresses étaient tous russes. Partout, que ce soit dans son sompteux hôtel particulier à Londres, dans sa villa du sud de la France ou dans son appartement spectaculaire à Moscou, il s'entourait de gens originaires de son pays natal.

Étrangement, malgré sa richesse et son influence, Vladimir Stanislas préférait passer inaperçu dans la foule. Vêtu sans ostentation, il allait et venait discrètement. Ce n'était que lorsque vous le regardiez dans les yeux que vous réalisiez qui se trouvait en face de vous : un homme au pouvoir infini, un homme dont la ligne ferme de la mâchoire et la prestance indiquaient qu'il n'accepterait aucun refus, aucune contradiction.

Vladimir plaisait aux femmes depuis son plus jeune âge. Ses pommettes hautes et ses traits mongols finement ciselés, héritage de ses ancêtres, donnaient une touche d'exotisme à son charme sauvage. Grand, musclé, blond aux yeux bleus, il n'était pas beau au sens classique du terme, mais son physique attirait inexorablement la gent féminine. Et dans les rares moments où il s'autorisait à se laisser aller et à sourire, on soupçonnait chez lui une certaine chaleur. La sentimentalité typique des Russes affleurait.

Cependant, jamais Vladimir ne se plaçait en position de vulnérabilité vis-à-vis des femmes. Il tenait à être le seul maître de son destin, à garder toute sa liberté. Rien dans sa vie n'arrivait par hasard ou par accident. Chaque événement était soigneusement planifié, organisé. Il avait eu de nombreuses maîtresses depuis son accession au sommet de la hiérarchie sociale, mais, contrairement à ses pairs et à ses homologues, il ne voulait pas d'enfants d'elles. Il clarifiait ce point dès le début de la relation. En réalité, il ne tolérait aucune entrave, rien qui puisse le rendre vulnérable. Pour ces raisons, il n'avait pas de famille.

La plupart de ses connaissances avaient eu des enfants avec leurs maîtresses, généralement sur l'insistance de celles-ci, désireuses d'assurer leur avenir financier. Vladimir refusait ce genre d'obligation. Les enfants ne faisaient pas partie de ses projets. C'était une décision qu'il avait prise sans regret, bien des années auparavant. Il était très généreux avec ses maîtresses tant que durait leur liaison, mais cela s'arrêtait là : il ne leur faisait aucune promesse d'avenir. Et d'ailleurs, aucune de ses conquêtes n'aurait insisté sur le sujet. Car Vladimir était comme un serpent enroulé prêt à frapper à tout moment, potentiellement impitoyable si on le mettait en colère. Il ne faisait quasiment jamais preuve de cruauté, mais sa réputation le précédait : il pouvait se révéler dangereux s'il était trahi ou provoqué. Rares étaient ceux qui avaient tenté de le défier, et parmi eux aucune femme.

Natasha, sa compagne actuelle, savait parfaitement que le refus d'enfant était une clause non négociable. De même que celui du mariage. Vladimir imposait ses conditions dès le départ et ne revenait plus sur le sujet, qui ne devait plus être abordé une seule fois, précisait-il. Il s'était vite débarrassé de celles qui avaient tenté de le convaincre, ou de le circonvenir. Au besoin, il leur avait versé une somme rondelette, néanmoins dérisoire par rapport à ce qu'un contrat de mariage aurait pu leur rapporter. Vladimir Stanislas ne faisait jamais de compromis, sauf quand cela lui était bénéfique en affaires. Dans tous les domaines, le magnat russe écoutait sa tête et non son cœur, et c'était ce choix qui l'avait mené à la position qu'il occupait aujourd'hui. Enfin, il ne faisait confiance à personne, ayant appris très jeune à ne croire qu'en lui-même.

Depuis qu'il s'était élevé au sommet, Vladimir avait gagné en puissance et accumulé des richesses à un rythme fulgurant. Il vivait quelque part dans la stratosphère avec un pouvoir quasi illimité et une fortune dont personne ne soupçonnait l'importance. Il jouissait comme un enfant des fruits de sa réussite et ne regardait pas à la dépense quand il s'agissait d'acheter des villas, des bateaux ou des voitures de sport, sans compter un avion et deux hélicoptères qu'il utilisait fréquemment pour se déplacer autour du monde. Il y avait aussi sa collection d'œuvres d'art, véritable passion. S'entourer de beauté lui était vital et il aimait posséder le meilleur en tout.

Il consacrait peu de temps à l'oisiveté, mais n'hésitait pas à s'amuser quand il le pouvait. Bien entendu, les affaires occupaient la première place dans son esprit et il réfléchissait toujours au prochain contrat. Néanmoins, à l'occasion, il prenait le temps de se distraire avec ses rares amis, principalement des hommes d'influence avec lesquels il entretenait également des relations professionnelles ou des politiciens qui lui étaient redevables. Il n'avait jamais eu peur du risque et ne supportait pas de s'ennuyer. Son esprit était aussi vif que l'éclair.

Cela faisait sept ans qu'il vivait avec sa compagne actuelle, et, à quelques exceptions près, ce qui était inhabituel pour les hommes de sa trempe, il lui était fidèle. Il n'avait ni le temps de batifoler, ni l'envie de la tromper, pas même de flirter avec une autre femme. Inutile d'aller chercher ailleurs ce qu'il avait à portée de main.

Natasha Leonova était sans aucun doute la plus belle femme qu'il eût jamais rencontrée. La première fois qu'il l'avait aperçue, c'était dans une rue de Moscou, où elle frissonnait sous les rigueurs de l'hiver russe. Il avait été conquis dès le premier instant de leur rencontre, mais, jeune et fière, elle avait refusé toute proposition d'aide de sa part. Il l'avait poursuivie de ses assiduités pendant un an avant qu'elle ne succombe enfin à son offensive. À dix-neuf ans, elle était devenue sa maîtresse. Elle en avait aujourd'hui vingt-six.

Quand les circonstances le demandaient, Natasha remplissait à ses côtés le rôle d'hôtesse dans les limites qu'il lui imposait. Elle avait le bon goût de ne jamais se mettre trop en avant. Bien qu'elle fût aussi intelligente que belle, il n'attendait rien de plus d'elle que sa présence et sa disponibilité en toute occasion. Fine mouche, elle se contentait des rares informations qu'il consentait à lui donner. Elle l'attendait là où il l'exigeait, dans la ville, la demeure ou le yacht de son choix, patientant jusqu'à son retour. Elle ne l'avait jamais trompé. Dans le cas contraire, il l'aurait aussitôt rayée de sa vie.

Cet arrangement leur convenait à tous les deux. Et Vladimir récompensait généreusement sa fidélité.

Ils étaient ensemble depuis maintenant sept ans, un temps bien plus long que ce qu'ils auraient pu prévoir. Natasha faisait partie intégrante du mécanisme parfaitement réglé qui régissait la vie de Vladimir, et, par là même, elle était importante pour lui. Chacun avait conscience du rôle qu'il jouait dans la vie de l'autre.

Dans la somptueuse cabine du yacht qui leur servait de résidence principale durant plusieurs mois de l'année, Natasha se déplaçait avec la grâce d'une danseuse. Elle aimait vivre ainsi sur les flots, appréciant la liberté de changer de lieu à tout moment, au rythme de leurs envies. Que son amant restât à bord pour travailler dans son spacieux bureau, en contact permanent par vidéoconférence avec ses collaborateurs de Moscou et de Londres, ou qu'il s'envolât vers l'une ou l'autre métropole pour tenir ses réunions, elle passait ses journées comme bon lui semblait. Parfois, elle allait à terre se promener ou faire du shopping, ou bien elle restait à bord et se prélassait au soleil près de la piscine.

Natasha avait parfaitement intégré les paramètres de leur vie commune. Elle avait appris à satisfaire les attentes de Vladimir ; elle savait qu'il appréciait sa beauté inégalée et l'exhibait tel un bijou rare ou une Ferrari. Contrairement à d'autres femmes dans sa position, Natasha ne se montrait jamais difficile, exigeante ou irritable et elle était, pour cette raison même, un véritable objet d'envie pour les amis de Vladimir. Elle savait instinctivement à quel moment se taire ou parler, quand garder ses distances ou se rapprocher. Elle devinait parfaitement les humeurs de son amant, elle était flexible et facile à vivre. N'avait pas de projets personnels ou d'ambition particulière. Et comme elle n'exigeait rien de Vladimir, il se montrait fort généreux.

D'ailleurs, bien qu'elle appréciât tout ce qu'il lui offrait, elle se serait contentée de moins, chose inédite pour une femme dans sa situation.

Natasha avait en outre compris qu'elle ne devait jamais interroger son amant sur ses fréquentations professionnelles ni sur les accords qu'il passait. Vladimir appréciait sa discrétion, ses manières douces, sa compagnie et sa beauté renversante. Parfois, il l'exhibait comme une œuvre d'art, car sa présence à ses côtés témoignait de son bon goût et le posait auprès des autres hommes.

Vladimir aimait sa beauté naturelle, qu'il était inutile de chercher à rehausser par des artifices. Natasha lui rappelait certains modèles de ses tableaux préférés de maîtres italiens, et il pouvait contempler sans se lasser sa gracieuse silhouette, ses traits parfaits, ses cheveux soyeux d'un blond délicat, et ses grands yeux bleus de la couleur d'un ciel d'été. Surtout, il prenait autant de plaisir à discuter avec elle qu'à la regarder. Il appréciait son intelligence. Il détestait les femmes vulgaires, cupides et stupides. Natasha était différente. Il émanait d'elle une grâce et une distinction sans égales.

Natasha appréciait la gentillesse et la générosité de Vladimir à son égard, elle pressentait cependant qu'il pouvait se révéler dangereux. Elle l'avait déjà vu changer d'humeur en un instant. Elle voulait croire qu'il était une bonne personne sous la façade dure qu'il affichait, mais jamais elle n'avait cherché à tester ses limites.

Elle avait dix-neuf ans quand Vladimir l'avait sauvée de la pauvreté dans les rues de Moscou, et elle n'oubliait pas combien la vie avait été dure pour elle jusque-là. Pour rien au monde elle n'aurait voulu se voir obligée de retourner à ces conditions précaires, et elle faisait tout son possible pour ne pas mettre en péril l'existence confortable qu'il lui avait offerte. Elle aimait être sa compagne, appréciait son personnage et l'admirait pour tout ce qu'il avait accompli. Sous sa protection, elle se sentait en sécurité.

En raison de la nature de leur vie commune, Natasha vivait dans un isolement relatif et n'avait pas d'amis. Dans son monde, il n'y avait de la place que pour Vladimir, car c'était ce qu'il souhaitait. Elle jouait donc selon les règles qu'il avait établies, sans regrets ni jérémiades. Elle était suffisamment intelligente pour comprendre la place qui lui revenait dans l'esprit de son amant. Totalement satisfaite de son sort, elle savait apprécier cette vie et n'envisageait même pas de gagner plus d'importance à ses yeux. Elle était sa maîtresse, un point c'est tout. Il lui donnait plus qu'elle n'avait jamais espéré. Et tant pis si elle n'avait pas d'enfant, ni même d'amis ; tant pis s'il ne l'épousait pas. Elle ne regrettait rien. Ce qu'ils partageaient lui suffisait amplement.

Natasha sortait de la douche quand elle entendit l'hélicoptère approcher. Elle enfila une combinaison de satin blanc qui moulait parfaitement les courbes de son corps, brossa rapidement ses longs cheveux blonds ondulés, appliqua un léger maquillage, mit les clips d'oreilles en diamant que Vladimir lui avait offerts, puis glissa à ses pieds des sandales argentées à talons hauts.

Émergeant de leur suite, elle se précipita vers l'un des deux héliports du pont supérieur et s'avança parmi la douzaine de membres d'équipage et d'agents de sécurité qui attendaient Vladimir. L'hélicoptère se posait. Un sourire aux lèvres, le vent fouettant ses longs cheveux, elle tenta d'apercevoir son amant à travers les vitres de l'appareil. Le pilote coupa le moteur, la porte s'ouvrit, et Vladimir descendit de l'engin, saluant le pilote d'un signe de tête, tandis qu'un garde du corps saisissait sa mallette. Vladimir aperçut Natasha et lui sourit. Après deux jours d'absence, il était impatient de la revoir.

Ils passaient parfois des mois d'affilée sur le yacht, que Vladimir ne quittait que pour se rendre à des réunions. Ravi du déroulement de celle à laquelle il venait d'assister, il passa un bras autour des épaules de Natasha, puis ils descendirent la volée de marches qui menait jusqu'à un vaste bar magnifiquement décoré sur le pont inférieur. Une hôtesse leur tendit à chacun une coupe de champagne. Vladimir contempla les flots un moment avant de reporter son attention sur Natasha. Elle ne lui posait jamais de questions sur son travail. Tout ce qu'elle savait se résumait à ce qu'elle avait fortuitement entendu, vu ou deviné, et elle le gardait pour elle. Cette discrétion était primordiale pour Vladimir.

Ils s'installèrent confortablement dans un canapé de cuir, sans prêter plus d'attention aux gardes du corps qui se tenaient à proximité. Ces hommes faisaient partie du paysage.

— Alors, qu'as-tu fait aujourd'hui ? demanda-t-il avec douceur, admirant la façon dont la combinaison de satin blanc moulait les formes de la jeune femme.

Elle était si sexy – ne se montrant jamais provocante, sauf dans l'intimité de leur chambre à coucher – que les hommes ne pouvaient s'empêcher d'envier Vladimir, ce qui l'emplissait d'orgueil. Tout comme le yacht était l'une des preuves de sa fabuleuse richesse, l'extrême beauté de Natasha était un symbole de sa virilité.

— J'ai nagé, je me suis fait manucurer, et je suis allée faire un peu de shopping à Cannes, répondit-elle d'un ton léger.

Elle profitait généralement de ses absences pour s'esquiver. Lorsqu'il était là, elle restait à bord pour être à sa disposition. S'il avait du temps libre, il aimait nager avec elle, prendre ses repas en sa compagnie et discuter avec elle quand l'envie l'en prenait.

Natasha avait étudié l'histoire de l'art toute seule, s'était formée en lisant des livres et des articles sur Internet, tout en se tenant au courant de l'actualité du monde de l'art. Elle aurait aimé prendre des cours à la Tate Gallery de Londres quand ils y résidaient, ou à Paris lors de leurs séjours dans la capitale, mais ils ne demeuraient jamais assez longtemps au même endroit pour qu'elle s'inscrive à des cours. En outre, Vladimir voulait l'avoir en permanence à ses côtés. Cependant, quoiqu'elle n'eût pas suivi de cursus classique, elle avait énormément appris sur l'art ces dernières années, et Vladimir aimait discuter de ses récents achats de tableaux avec elle, ainsi que de ses projets d'acquisition. Elle étudiait longuement la biographie des artistes cités par lui et tentait de découvrir des anecdotes à leur sujet. Vladimir était fasciné par ses connaissances. Il en mesurait l'étendue quand elle discutait avec des experts en art lors des dîners qu'ils donnaient à bord du yacht. Oui, il était vraiment fier d'elle.

N'ayant pas d'amies, Natasha était habituée à faire du shopping seule. Vladimir la laissait acheter tout ce qui lui faisait plaisir et lui offrait quantité de cadeaux. Il aimait choisir pour elle des bijoux et la couvrait de sacs Hermès en alligator, de toutes les couleurs imaginables. Son modèle préféré était le *Birkin* avec fermoir en diamants, valant une fortune. Il l'habillait également lors des défilés de haute couture, ainsi la combinaison de satin Dior qu'elle portait ce soir. Lui, en revanche, s'habillait sobrement. D'ailleurs, il rentrait de Londres vêtu d'un jean, d'une chemise bleue, d'un blazer à la coupe parfaite et de mocassins Hermès en daim brun. Malgré leurs vingt-trois ans de différence d'âge, ils formaient un beau couple. De temps en temps, il lui faisait remarquer que, même s'il n'en avait pas l'air, il était assez vieux pour être son père.

Bien qu'elle n'eût pas vraiment de vie personnelle, Natasha ne se sentait pas seule. Quant à Vladimir, il ne se lassait pas de l'admirer. Durant ces sept dernières années, il n'avait rencontré aucune femme capable de le séduire davantage. Il n'avait trompé Natasha qu'en de rares occasions, quand les hommes avec lesquels il signait des contrats lui proposaient les services de prostituées après une réunion importante. Il ne voulait pas se montrer grossier en refusant. Heureusement, en général, à ce moment de la soirée, les hommes avaient déjà beaucoup bu, et il en profitait pour s'éclipser.

Quand ils eurent fini leur champagne, les étoiles étaient déjà hautes dans le ciel. Vladimir annonça qu'il voulait descendre se doucher et enfiler une tenue plus décontractée pour le dîner. Elle le suivit jusqu'à leur cabine et s'allongea sur leur vaste lit, tandis qu'il se déshabillait et traversait son dressing pour gagner sa salle de bains en marbre noir. De l'autre côté de la suite, Natasha disposait de son propre dressing et de sa salle de bains en marbre rose, spécialement conçus pour elle.

En entrant dans la cabine, Vladimir avait allumé une lumière dans le hall, indiquant qu'il ne voulait pas être dérangé. En l'attendant, Natasha mit de la musique. Soudain, entendant un bruit, elle se retourna vivement. Vladimir était là, nu, tout juste sorti de la douche, les cheveux encore mouillés. Il lui souriait.

— Tu m'as manqué à Londres, Tasha. Je n'aime pas voyager sans toi.

Elle savait qu'il disait vrai, mais il ne lui avait pas demandé de l'accompagner, ce qui signifiait qu'il avait dû être occupé jusque tard dans la nuit par ses réunions…

— Tu m'as manqué aussi, répondit-elle avec douceur.

Pieds nus, la fine combinaison de satin blanc moulant ses formes sensuelles, ses cheveux d'or en éventail sur l'oreiller, elle était divine. Il s'assit sur le lit à côté d'elle, abaissa avec une lenteur extrême les fines bretelles de la combinaison sur ses épaules, fit glisser le tissu soyeux le long de son corps, et bientôt Natasha ne porta plus que son délicat string, de satin blanc, lui aussi. Il lui murmura des mots doux dans le cou, puis, se collant à elle dans toute la splendeur de sa virilité, il lui retira son string et le jeta au loin. Toute la journée, il avait attendu avec impatience le délicieux moment où il pourrait enfin s'unir à elle. Et, comme toujours au moment de la jouissance, il poussa un rugissement de victoire. On aurait dit un lion affamé…

Après quoi, Natasha se blottit dans ses bras. Poussant un soupir de contentement, elle lui sourit. Leur union était parfaite et leur apportait à chacun la sérénité et la paix bienvenues dans ce monde agité.

Ils se douchèrent ensemble. Une heure plus tard, quand ils montèrent dans la salle à manger extérieure, Natasha portait un caftan de soie blanche. Tous deux affichaient un air détendu. Ils s'installèrent pour dîner. Il était déjà vingt-deux heures passées, mais ils appréciaient de dîner tard. Au moins, Vladimir n'était plus dérangé par des coups de téléphone professionnels et n'avait plus à répondre aux courriels envoyés par ses secrétaires depuis Londres ou Moscou. La nuit était à eux.

— Pourquoi ne pas dîner à Saint-Paul-de-Vence, demain soir ? proposa Vladimir en allumant un cigare cubain dont elle huma avec plaisir la senteur âcre.

— À la Colombe d'Or ?

Ils avaient déjà pris de délicieux repas dans le célèbre établissement, dont les murs étaient couverts d'œuvres de Picasso, Léger, Calder et bien d'autres artistes qui y avaient réglé leurs notes de bar et de restaurant en nature, autrement dit avec des tableaux, à l'époque de leur vie de bohème... Et aujourd'hui, fréquenter les lieux était un véritable régal pour l'œil...

— En fait, j'aimerais essayer un nouvel endroit dont je n'arrête pas d'entendre parler, dit Vladimir tout en contemplant les flots et la nuit étoilée. Il s'appelle Da Lorenzo. C'est lui aussi un lieu de prédilection des amateurs d'art : il est décoré uniquement de toiles de Lorenzo Luca.

Tel un sanctuaire, le restaurant consacré au célèbre artiste avait été ouvert par sa veuve dans la maison où ils avaient vécu. Au-dessus du restaurant, des salles d'exposition attendaient les collectionneurs, les marchands de tableaux et les conservateurs de musée. Ce devait être une expérience d'immersion totale dans l'œuvre du peintre. Vladimir voulait visiter ce lieu depuis des années, mais les réservations pour le restaurant étaient si difficiles à obtenir qu'ils finissaient toujours par dîner à la Colombe d'Or, ce qui était très agréable aussi.

— Un marchand d'art de Londres m'avait dit d'appeler Mme Luca en se recommandant de lui, poursuivit-il. Ma secrétaire l'a fait, et ça a marché. Nous avons une réservation pour demain. J'ai hâte d'y aller enfin, déclara-t-il d'un air radieux.

— Moi aussi. J'adore l'œuvre de Lorenzo Luca. Son travail est un peu similaire à celui de Picasso, mais il a son propre style, très reconnaissable. Il y a très peu d'œuvres de lui sur le marché. À sa mort, il a laissé à sa veuve la majorité de ses toiles, qu'elle refuse de vendre. Elle en cède une aux enchères de temps en temps, mais c'est extrêmement rare. Lorenzo n'était pas aussi prolifique que Picasso ; ses œuvres sont donc beaucoup moins nombreuses. De plus, il n'a réussi que très tard dans la vie, et le refus de vendre de la part de sa veuve a fait grimper le prix des toiles, qui valent désormais presque aussi cher que celles de Picasso. Le dernier tableau vendu chez Christie's il y a plusieurs années a atteint une somme record, affirma Natasha.

— On ne pourra donc rien acheter durant le dîner ! plaisanta Vladimir. Apparemment, aller là-bas, c'est plutôt comme visiter un musée. Mme Luca garde le meilleur travail de son mari dans son ancien atelier. J'aimerais bien le visiter un jour. Qui sait, peut-être pourrons-nous l'en convaincre demain ?

Après le dîner, ils retrouvèrent le profond canapé de cuir, et le personnel de bord leur apporta tout ce qu'ils désiraient. Natasha dégusta une dernière coupe de champagne tandis qu'ils regardaient les étoiles. La mer était calme, la nuit paisible.

Avant de se coucher, Vladimir abandonna Natasha un petit moment pour répondre à ses courriels. Même à minuit passé, il pensait à ses affaires et se tenait informé. Le travail était sa priorité. Une terreur silencieuse l'emplissait, ce que Natasha comprenait bien. C'était l'un des liens les plus forts qu'ils partageaient, même s'ils n'en parlaient jamais. Tous deux avaient connu la pauvreté la plus abjecte. Une rage de s'en sortir l'avait conduit, lui, à un succès étourdissant, et cette même pauvreté avait guidé Natasha – qui vivait dans les rues de Moscou depuis l'adolescence – jusque dans ses bras.

Né dans une famille extrêmement pauvre, Vladimir avait, à trois ans, vu son père mourir d'alcoolisme. Quand il avait eu quatorze ans, c'était sa mère, Marina, qui était décédée de la tuberculose et de malnutrition. Sa famille n'avait pas d'argent pour les soins médicaux. Sa sœur avait succombé à une pneumonie à l'âge de sept ans.

Jeté à la rue après le décès de sa mère, Vladimir survécut comme il le put, se fiant à son instinct et se jurant de ne plus jamais être pauvre. À quinze ans, il devint le coursier de certains personnages les moins recommandables de Moscou. À dix-sept ans, il était un sous-fifre de confiance et il accomplissait pour eux des tâches parfois douteuses, mais il les menait avec courage et efficacité. Il était intrépide et intelligent. L'un de ses employeurs vit son potentiel et devint son mentor. Vladimir prit son enseignement à cœur. À vingt et un ans, il avait déjà gagné plus d'argent qu'il n'avait jamais osé en rêver et il était déterminé à grimper les échelons jusqu'au sommet. À vingt-cinq ans, il était un homme riche selon la plupart des normes, et à trente ans, ayant pleinement utilisé ses relations, il était à la tête de plusieurs millions. Dix-neuf ans plus tard, rien ne pouvait plus l'arrêter, et il se dresserait avec virulence contre le moindre ennemi qui voudrait s'en prendre à sa fortune.

Natasha éprouvait la même terreur de retomber dans la pauvreté. Fille de père inconnu et d'une prostituée qui l'avait abandonnée, elle n'avait jamais été adoptée et était restée à l'orphelinat jusqu'à ses seize ans. Elle avait ensuite travaillé trois ans en usine, avait vécu dans des dortoirs non-chauffés, sans aucune perspective d'avenir. Elle avait refusé les avances d'hommes qui voulaient payer pour avoir des rapports sexuels avec elle. Pas question de devenir comme sa mère, laquelle était morte d'alcoolisme peu de temps après l'avoir abandonnée.

Un jour, Vladimir avait remarqué Natasha qui marchait péniblement dans la neige, vêtue d'un mince manteau, beaucoup trop léger pour le froid qui régnait alors. Elle avait dix-huit ans, et il avait été frappé par sa beauté. Quelque chose en elle lui rappelait sa mère, Marina. Il lui avait offert de la conduire en voiture à l'endroit de son choix, afin de lui épargner le froid glacial et la neige. À sa stupéfaction, elle avait refusé. Ayant néanmoins réussi à savoir où elle vivait, il lui avait, pendant des mois, envoyé des vêtements chauds et de la nourriture. Mais elle refusait systématiquement les colis, qui lui revenaient. Finalement, près d'un an après leur rencontre, un jour où elle était malade et fiévreuse, elle avait accepté qu'il prenne soin d'elle jusqu'à sa guérison. Probablement avait-elle échappé à la mort grâce à lui.

Natasha s'attacha peu à peu à lui. Non seulement Vladimir lui avait-il sauvé la vie, mais encore l'avait-il délivrée d'une existence de dur labeur à l'usine. Ils n'évoquaient jamais leurs passés respectifs, mais la misère et la solitude restaient des craintes ancrées dans l'esprit de Natasha. Elle faisait encore des cauchemars relatifs à l'orphelinat, à l'usine, aux dortoirs, aux femmes qu'elle avait vues mourir dans son ancienne vie. Elle aurait préféré mourir elle aussi plutôt que d'y retourner.

Et pour Vladimir, c'était pareil. Le passé n'était jamais bien loin. C'était comme si le démon de la pauvreté dans laquelle il avait grandi le poursuivait. Il ne cessait jamais de regarder par-dessus son épaule pour s'assurer que le spectre avait disparu. Peu importe combien de milliards il avait gagnés, ce n'était jamais assez…

Ainsi, en dépit de l'immense chemin parcouru, de l'opulence et de la sécurité que Vladimir et Natasha connaissaient désormais, ils savaient tous les deux que leurs vieilles terreurs feraient toujours partie d'eux. À cet égard et à bien d'autres, ils étaient parfaitement assortis. Ils venaient d'horizons similaires, éprouvaient un profond respect mutuel et un besoin réciproque l'un de l'autre que leur pudeur gardait secret.

Cette nuit-là, Natasha s'endormit en attendant Vladimir, comme cela arrivait souvent. Quand il la rejoignit dans le lit, il la réveilla et lui fit à nouveau l'amour. Il était le sauveur qui l'avait délivrée de l'enfer, et, si dangereux qu'il puisse être pour les autres, elle savait qu'elle était en sécurité avec lui.

Vous avez aimé ce livre ?
Vous souhaitez en savoir plus sur Danielle STEEL ?
Devenez, gratuitement et sans engagement, membre du
CLUB DES AMIS DE DANIELLE STEEL
et recevez une photo en couleurs dédicacée.

Pour cela il suffit de vous inscrire sur le site
www.danielle-steel.fr
ou de nous renvoyer ce bon accompagné d'une enveloppe
timbrée à vos noms et adresse au
Club des Amis de Danielle Steel
– 12, avenue d'Italie – 75627 PARIS CEDEX 13

Monsieur – Madame – Mademoiselle

NOM :
PRÉNOM :
ADRESSE :

CODE POSTAL :
VILLE :
Pays :

E-mail :
Téléphone :
Date de naissance :
Profession :

La liste de tous les romans de Danielle Steel disponibles
chez Pocket se trouve au début de cet ouvrage. Si un ou
plusieurs titres vous manquent, commandez-les à votre
libraire.

POCKET N° 17189

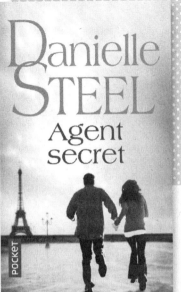

> Un homme et une femme, réunis par le destin, luttent ensemble pour survivre.

Danielle STEEL

AGENT SECRET

Brillant agent secret, Marshall Everett a réussi à infiltrer un cartel de la drogue en Amérique du Sud. Quand son identité est révélée, il doit rentrer précipitamment aux États-Unis, et perd tous ceux qu'il aimait.

Ariana Gregory renonce à la frénésie new-yorkaise pour accompagner son père diplomate en Argentine. Kidnappée peu de temps après son arrivée, elle est libérée dans des conditions traumatisantes et se retrouve vite, elle aussi, seule au monde.

Le hasard les réunit à Paris, où chacun tente de se reconstruire.

RETROUVEZ TOUTE L'ACTUALITÉ DE POCKET SUR :
www.pocket.fr

POCKET N° 17188

Le pardon en héritage.

Danielle STEEL

CADEAUX INESTIMABLES

Paul a été un père plutôt absent. Lorsqu'il décède subitement, sa famille découvre qu'il a réservé à chacun d'eux un héritage étonnant. À Timmie, sa fille aînée, engagée auprès des sans-abri, il lègue la somme nécessaire à l'ouverture d'un centre d'accueil. Il encourage Juliette, la cadette, à utiliser son héritage pour voyager et découvrir le monde. Joy, la dernière, a grâce à lui la liberté de poursuivre son rêve de devenir actrice. Son ex-femme Véronique se voit quant à elle confier la mission d'aller en Europe, à la recherche de l'auteur d'un mystérieux tableau… De Rome à Paris, de New York à Venise, cet héritage changera leurs vies bien plus qu'elles ne l'avaient imaginé.

RETROUVEZ TOUTE L'ACTUALITÉ DE POCKET SUR :
www.pocket.fr

POCKET N° 17225

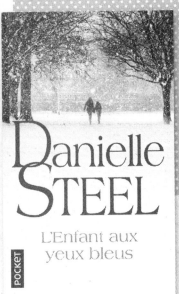

La rencontre miraculeuse de deux êtres blessés par la vie, à qui l'on offre une seconde chance.

Danielle STEEL

L'ENFANT AUX YEUX BLEUS

De retour d'une mission humanitaire, Ginny erre dans New York en s'interrogeant sur le sens de sa vie. Une fois encore, elle s'apprête à fêter seule Noël et ressent âprement le vide laissé par ceux qu'elle a perdus trop tôt. Elle croise alors le regard bleu perçant d'un jeune garçon, transi de froid et manifestement sans abri. Ginny lui propose de s'installer chez elle le temps de lui trouver un centre d'accueil.

C'est le début d'une relation unique qui changera à jamais la jeune femme. Ginny a dès lors une raison de se battre, mais aussi une raison de vivre. Et elle n'abandonnera pas avant d'avoir obtenu justice.

RETROUVEZ TOUTE L'ACTUALITÉ DE POCKET SUR :
www.pocket.fr

POCKET N° 17013

> Deux frères
> ennemis au cœur
> d'une sombre
> affaire.

POCKET

Danielle STEEL

LE FILS PRODIGUE

Depuis leur plus jeune âge, Peter et son frère Michael se haïssent. Ils ont toujours été différents en tout point. L'un a fui sa famille et a quitté le Massachusetts pour travailler dans la finance à New York, l'autre s'est établi dans sa ville natale en tant que médecin et est devenu un citoyen apprécié et respecté de tous. Vingt ans plus tard, le fils prodigue revient. Contre toute attente, les relations fraternelles semblent s'être apaisées... jusqu'à ce qu'une série de décès touche la ville et ses alentours. Et si l'un des frères était lié à l'affaire ?

RETROUVEZ TOUTE L'ACTUALITÉ DE POCKET SUR :
www.pocket.fr

POCKET N° 17150

Danielle STEEL

Musique

Il n'est jamais trop tard pour s'accorder une deuxième chance.

Danielle STEEL

MUSIQUE

Stephanie a toujours été une mère et une épouse dévouée. Lorsque son mari décède soudainement, sa vie vacille. Comment réussir à aller de l'avant ? Elle passe un séjour doux-amer en vacances avec deux couples d'amis, et sur la route du retour elle décide de se rendre à Las Vegas. Après tout, personne ne l'attend chez elle.

Au Grand Canyon, elle fait la rencontre de Chase Taylor, star mondialement connue de la musique country. Et quand il lui propose de l'accompagner en tournée, Stephanie accepte... Un monde nouveau s'offre à elle, et peut-être une nouvelle vie.

RETROUVEZ TOUTE L'ACTUALITÉ DE POCKET SUR :
www.pocket.fr

*Cet ouvrage a été composé et mis en page
par Nord Compo à Villeneuve-d'Ascq*

Imprimé en France par **CPI**
en avril 2019
N° d'impression : 3033092

POCKET – 12, avenue d'Italie – 75627 Paris Cedex 13

S29082/01